KB001470

워처
3 | 불의 세례
하

This publication has been supported by the ©POLAND Translation Program
이 책은 폴란드 북 인스티튜트의 지원을 받아 제작하였습니다.

**초판 1쇄** | 2018년 12월 27일
**초판 5쇄** | 2021년 12월 20일

**지은이** | 안제이 사프콥스키
**옮긴이** | 이지원

**펴낸이** | 서인석
**펴낸곳** | 제우미디어
**출판등록** | 제 3-429호
**등록일자** | 1992년 8월 17일
**주소** | 서울시 마포구 독막로 76-1 한주빌딩 5층
**전화** | 02-3142-6845
**팩스** | 02-3142-0075
**홈페이지** | www.jeumedia.com

**ISBN** | 978-89-5952-732-8
978-89-5952-511-9(set)
• 파본은 구입하신 서점에서 교환해드립니다.

**제우미디어 네이버 포스트** | post.naver.com/jeumediablog
**제우미디어 페이스북** | facebook.com/jeumedia

**만든 사람들**
**출판사업부 총괄** 손대현 | **편집장** 전태준 | **책임 편집** 성건우 | **기획** 홍지영, 장윤선, 박건우, 안재욱, 조병준
**디자인 총괄** 디자인수 | **영업** 김금남, 권혁진 | **도움주신 분** 강신후, 이민수, 임예원, 최광민

# 위쳐

## 3 | 불의 세례

하

안제이 사프콥스키 지음 · 이지원 옮김

THE WITCHER

제우미디어

*센타우루스 작전에 본 부대는 제4기병대에서 나온 독립적인 여단으로 참여했다. 베르덴의 기마병을 3로타* 지원받았고, 나는 이를 '브림데' 전투병으로 분리시켰다. 나머지는 에이단에서의 전투를 본받아 '시버스'와 '모르테이슨' 전투병으로 나누었는데, 부대마다 네 개의 기병중대를 보유하고 있었다.*

*드리쇼트의 중앙 지역에서 우리는 8월 4일에서 5일로 넘어가는 날, 전투에 나섰다. 부대에 하달된 명령은 다음과 같았다. "비도르-카르카노-아르메리아 지역을 잇는 통로를 점령할 것. 이나 강을 장악할 것. 만나는 적은 모두 도륙하되, 거센 저항이 예상되는 지역은 피할 것. 밤에는 되도록 불을 질러 제4기병대의 길을 밝힐 것. 민간인들 사이에 공포를 확산시켜 적군 뒤편의 주요 도로를 피난민으로 가득 채워 차단할 것. 포위하듯 밀어붙이다가 후퇴하는 적의 부대를 분지 안쪽으로 몰아넣을 것. 민간인과 포로 중 특정 집단을 정해 몰살할 것. 두려움을 일으켜 공포감을 가중시키고 적의 사기를 꺾을 것."*

*위의 사명을 본 여단은 군인다운 충성심을 다하여 완수하였다.*

엘란 트라헤,
황제 폐하와 조국을 위해.
데어라니언 제7기병여단의 영광스러운 전투의 족적.

# 제 5 장

밀바는 필사적으로 달렸지만 말들을 구할 수 없었다. 도둑질하는 것을 뻔히 보면서도 손을 쓸 수 없었다. 처음엔 공포에 질린 피난민 무리에 휩쓸렸고, 다음엔 질주하는 마차들에 가로막혔으며, 이어서 매 하고 우는 복슬복슬한 양 떼에 막혀 마치 눈보라를 헤치고 나오듯 양들을 통과해야 했다. 밀바는 풀이 빽빽이 자란 호틀라 강가에 가까스로 도착했지만, 그녀를 기다리고 있던 건 여자든 아이든 가리지 않고 칼을 휘두르는 닐프가드군이었다. 피난민들이 살아남을 수 있는 유일한 방법은 풀이 빽빽하게 자란 강으로 뛰어드는 것뿐이었다. 밀바는 물속으로 뛰어들어 강물을 따라 떠내려가는 시체들 사이를 헤엄치기도 하고, 걷기도 하면서 반대편 강둑에 다다랐다.

강둑에 도착한 밀바는 곧장 도둑들을 쫓아가기 시작했다. 밀바는 로취와 페가수스, 밤색 망아지, 그리고 자신의 검은 말을 훔쳐간 농부들이 어느 방향으로 갔는지 기억하고 있었다. 게다가 검은 말의 안장 옆에는 밀바 자신

---

* 로타(rota): 중세 폴란드에서 군대를 세는 단위로 1로타는 삼백 명의 군인을 뜻한다.

이 아끼는 활이 걸려 있었다. 할 수 없지, 밀바는 신발에 들어간 물 때문에 철벅철벅 뛰어가며 생각했다. 다른 건 자기들이 알아서 해결하라지! 하지만 내 빌어먹을 활과 말은 꼭 찾아야만 해!

맨 처음 찾아낸 것은 페가수스였다. 시인의 말은 박차로 자신의 옆구리를 연신 차며 소리를 지르는 농부의 화난 목소리에도 아랑곳없이 느긋하게 자작나무 숲을 걷고 있었다. 페가수스를 탄 이 불쌍한 농부는 다른 말 도둑 무리에 비해서도 한참 뒤쳐져 있었다. 누군가 다가오는 기척을 느낀 농부는 밀바를 발견하자마자 곧장 말에서 뛰어내려 양손으로 바지춤을 움켜잡은 채 수풀 속으로 도망쳤다. 밀바는 당장 쫓아가 말을 훔친 농부의 얼굴을 후려치고 싶은 충동을 간신히 억누른 후, 페가수스의 옆에 매달린 류트가 소리를 낼 정도로 세차게 안장 위로 뛰어올랐다. 말에 대해 잘 아는 밀바는 페가수스를 어르고 달래, 녀석의 입장에서는 달리는 것과 다를 바 없는 빠른 걸음으로 움직이게 하는 데 성공했다.

페가수스의 이런 속보가 충분했는지, 밀바는 얼마 안 가 또 다른 말 때문에 애를 먹고 있는 말 도둑들을 발견할 수 있었다. 바로 갈색과 검은색 털이 섞인 위쳐의 변덕스러운 말, 로취 때문이었다. 게롤트 역시 로취의 변덕스러운 성격 때문에 다른 말이나 당나귀, 노새, 하다못해 염소라도 타겠다고 투덜거린 적이 한두 번이 아니었다.

밀바가 도둑들을 따라잡았을 땐, 마침 말고삐를 불쾌하게 당기는 데 화가 난 로취가 자신의 등 위에 앉아 있던 도둑을 땅바닥에 내동댕이치고 다른 농부들이 그런 로취를 달래고 있던 참이었다. 모두들 로취에 정신이 팔린 나머지, 페가수스를 탄 밀바가 달려와 무리 중 한 놈의 얼굴을 걷어차 코를 부러뜨릴 때까지도 그녀를 발견하지 못했다. 밀바는 자신에게 걷어차인

도둑이 비명을 지르며 신의 도움을 구할 때 비로소 그가 누군지 알아보았다. 바로 '나막신'이었다. 정말 운이라고는 쥐뿔도 없는 남자였다. 밀바 자신과 엮일 때면 특히나.

밀바 역시 행운이 다해가고 있었다. 정확하게 말하면, 행운이 문제가 아니라 어떤 식으로든 농부 두 명 정도야 충분히 때려잡을 수 있을 거라 생각한 밀바 자신의 오만함 때문이었다. 안장에서 내려오는 순간 밀바의 눈으로 주먹이 날아들었고 그대로 바닥에 쓰러지고 만 것이다. 밀바는 칼을 꺼내며 놈들의 창자를 쑤셔주겠다고 다짐했지만, 곧바로 굵은 곤봉이 그녀의 머리를 내려쳤다. 얼마나 세게 내려쳤는지 곤봉이 부러지고, 나무껍질과 썩은 나뭇조각들이 밀바의 눈앞으로 우수수 떨어졌다. 보이지도, 들리지도 않는 상태에서 밀바는 부러진 곤봉으로 또다시 자신을 내리치려던 도둑의 무릎을 잡아 뜯듯 거칠게 움켜잡자 도둑은 비명을 지르며 쓰러졌다. 그때 두 번째 도둑이 머리를 양손으로 감싸고 비명을 질렀다. 밀바가 눈을 비비며 정신을 차렸을 때야 그가 회색 말을 탄 남자가 휘두르는 채찍을 피하고 있다는 걸 깨달았다. 밀바는 벌떡 일어나 온 힘을 다해 도둑의 목을 걷어찼다. 말 도둑은 새된 목소리로 뭐라고 지껄이며 발버둥을 치다가 다리를 벌렸는데, 밀바는 그 틈을 놓치지 않고 정확하게 다리 가운데를 겨냥해 분노의 일격을 가했다. 도둑은 사타구니를 부여잡고는 자작나무 이파리들이 떨어질 정도로 비명을 질렀다.

회색 말을 탄 기사는 코피를 흘리고 있는 나막신에게 다가가 채찍질을 하며 숲으로 내몰았다. 비명을 지르는 두 번째 도둑도 쫓아버리려던 찰나 기사는 말을 멈춰 세웠다. 왜냐하면 자신의 검은 말을 되찾은 밀바가 활을 집어 들고 시위를 당기고 있었기 때문이었다. 반쯤 당겨진 시위에 물려 있는 화살은 정확하게 남자의 가슴을 겨냥하고 있었다.

밀바와 남자는 잠시 서로를 주시하고 있었다. 그러던 중 남자가 천천히 허리띠 안에서 긴 깃털이 달린 화살촉을 꺼내 밀바의 발밑으로 던졌다. 그러고는 차분하게 말했다.

"당신에게 이 화살촉을 돌려줄 기회가 생길 것 같았소, 엘프."

"난 엘프가 아니야, 닐프가드인."

"난 닐프가드인이 아니오. 그리고 그 활 좀 내려놨으면 좋겠는데. 내가 당신을 해칠 마음이 있었다면, 저들이 무슨 짓을 하든 지켜보고만 있었을 거요."

"당신 정체가 뭔지, 뭘 원하는지 어떻게 알겠어요? 하지만 구해준 건 고마워요. 그리고 화살촉이랑 내가 제대로 때려주지 못한 저놈 몫도."

밀바는 이를 악물고 말했다.

밀바에게 걷어차여 쓰러진 채 몸을 둥그렇게 말고 있던 도둑은 훌쩍거리며 숨을 헐떡이고는 낙엽 사이에 얼굴을 파묻었다. 남자는 도둑을 보고 있지 않았다. 밀바를 보고 있었다.

"말을 잡으시오. 우린 강기슭에서 빨리 벗어나야 하오. 군대가 강가 양쪽에서 샅샅이 훑으며 올라오고 있소."

남자가 말했다.

"우리? 같이? 언제부터 당신과 내가 '우리'가 되었죠? 친구라도 하자는 건가?"

밀바는 활을 내려놓으며 얼굴을 찌푸렸다.

"설명하겠소. 시간을 준다면."

남자는 말을 돌리며 밤색 망아지의 고삐를 잡았다.

"바로 그게 문제인데, 지금 시간이 없거든요. 위쳐와 나머지 일행들이……."

"나도 알고 있소. 하지만 우리가 죽거나 잡히면 그들을 구할 수 없소. 말과 함께 숲으로 도망가야 해. 빨리!"

이름이 카히르였지, 밀바는 나무가 쓰러지며 생긴 구덩이 옆에 나란히 앉아 있는 이 이상한 길동무를 힐끗힐끗 쳐다보며 생각했다. 자기 말로는 닐프가드인이 아니라고 주장하는 이상한 닐프가드 놈. 카히르.

"우린 당신이 죽은 줄 알았어요. 밤색 말이 혼자 달려와서……."

밀바가 중얼거렸다.

"일이 좀 있었소. 늑대인간처럼 털이 덥수룩한 산적 세 명에게 습격을 당했거든. 그때 말이 도망갔소. 산적들은 해치웠지만 말이 없어서 한참 뒤처졌었소. 새로 말을 구하고 오늘 아침에야 겨우 당신들을 따라잡았지. 그리고 곧장 강 하구로 달려와 이곳에서 기다리고 있었소. 당신들이 동쪽으로 가는 걸 알고 있었으니까."

카히르는 건조하게 말했다.

오리나무 숲에 숨겨놓은 말 중 하나가 콧김을 뿜고는 발을 굴렀다. 어두워지고 있었다. 모기들이 성가시게 귓가에서 윙윙거렸다.

"숲은 조용하군. 군대는 철수한 것 같소. 전투도 끝난 듯하고."

카히르가 말했다.

"전투가 아니라 학살이겠지."

"우리 기병대는……."

카히르는 말을 바로 잇지 못하고 헛기침을 했다.

"황제의 기병대가 난민촌을 공격했고, 남쪽에서부터 당신네 군대들이 공격해온 것이오. 테메리아군 같던데."

"만약 이미 전투가 끝났다면, 다시 돌아가야 해요. 위쳐와 단델라이온, 다른 일행들도 찾아야 하고."

"더 어두워질 때까지 기다리는 것이 현명할 텐데."

"여긴 뭔가 끔찍해. 너무 으스스해서 소름이 돋으려 한다고요. 쥐 죽은 듯이 조용한데 덤불 속에서 뭔가 계속 바스락거리고…… 위쳐 말로는 전쟁터에는 구울들이 꼬인다던데…… 게다가 농부들은 죄다 뱀파이어 얘기나 하고 있고……."

밀바가 활을 꼭 쥐고서 말했다.

"당신은 혼자가 아니오. 혼자면 더 무섭지."

카히르가 웅얼거리며 말했다.

"그렇긴 하네요."

밀바는 카히르가 무슨 말을 하는지 알아챘다.

"거의 2주 동안 우리를 따라온 거니까, 혼자서 말이죠. 하지만 주위는 온통 당신네…… 뭐, 당신 말로는 닐프가드인이 아니라고 했지만, 어쨌든 당신네 편이잖아요. 대체 내가 무슨 말을 하는지 모르겠네…… 그러니까, 도대체 왜 그쪽 편으로 돌아가지 않고 위쳐를 쫓아오는 거죠?"

"그건 긴 이야기요."

키가 큰 스코이아텔이 자기 앞에 바싹 몸을 굽히자 스트루이켄은 무서워서 눈을 질끈 감았다. 이 세상에 못생긴 엘프는 없다고, 모든 엘프는 태어날 때부터 아름답다고 하던데. 그렇다면 다람쥐들을 이끄는 이 엘프 역시 아름다운 외모를 가지고 태어났을지도 모른다. 하지만 지금 자신 앞에 있는 이 엘프에게는 본래의 아름다운 외모가 거의 남아 있지 않은 듯했다. 얼굴을 대각선으로 가로지는 끔찍한 상처 때문에 이마와 눈썹, 눈과 뺨 등이 비틀어진 것이다.

일그러진 얼굴의 엘프는 쓰러진 나무둥치에 걸터앉았다.

"난 아이센그림 파올리타나다."

엘프는 다시 포로 앞에 몸을 굽히며 말했다.

"4년 전부터 인간들과 싸우기 시작해, 3년 전부터는 부대를 이끌고 있지. 나는 전투 속에서 내 형제와 네 명의 사촌, 그리고 사백 명의 동지를 내 손으로 직접 묻었다. 너희의 황제는 이 투쟁의 동지지. 나는 지금까지 너희들의 첩자에게 정보를 전달하고, 너희들의 첩자와 시민을 돕고, 너희들이 지목한 인간을 없애며 그걸 증명해왔다."

파올리타나는 말을 멈추고 장갑을 낀 손으로 신호를 보냈다. 근처에 서 있던 스코이아텔이 땅에서 자작나무 껍질로 만든 작은 통을 들어 올렸다. 통에서는 달콤한 향기가 났다.

"난 닐프가드를 동지로 여겼지."

파올리타나는 같은 말을 되뇌었다.

"그래서 난, 나의 정보원들이 닐프가드에서 나를 잡으려는 계획을 짜고 있다고 경고했을 때도 믿지 않았다. 분명 혼자서 닐프가드의 사신과 만나라는 지시가 내려올 거고, 그곳에 가면 내가 잡힐 거라고 하더군. 난 그 얘기를 믿지 않았지만, 워낙 조심스러운 성격이라 다른 이들을 데리고 조금 일찍 접선 장소로 향했다. 그리고 그곳에서 만나기로 한 사신 대신 고기 잡는 그물과 튼튼한 밧줄, 재갈이 달린 가죽 마스크와 수갑까지 갖춘 여섯 명의 무리가 날 기다리는 걸 보고 놀라움과 실망을 감출 수 없었지. 그건 너희의 첩자들이 누군가를 납치할 때 쓰는 물건들이었으니까. 닐프가드의 첩자들이 나를, 이 파올리타나를 생포해 재갈을 물려 어딘가로 끌고 가려고 한 거야. 희한한 일이지 않나. 왜 그런 짓을 하려고 했는지 설명을 들어야겠다. 매복하고 있던 여섯 놈 중, 의심할 여지없이 우두머리로 보이는 놈이 이렇게 산 채로 잡혀와 나에게 그 설명을 해줄 것 같아 굉장히 기쁘군."

스트루이켄은 이를 악물고 엘프의 흉측한 얼굴을 보지 않기 위해 고개를 돌렸다. 차라리 주변에서 두 마리의 말벌이 윙윙거리는 자작나무 껍질로 만든 통을 보는 편이 나았다.

파올리타나는 손수건으로 땀이 난 목을 닦았으며 말했다.

"자, 그럼 이제 대화를 좀 나눠볼까, 납치범 양반. 이 대화가 쉬워질 수 있도록 내가 몇 가지 설명해주지. 이 통 안에는 단풍나무 시럽이 들어 있다. 만약 우리의 대화가 서로에게 만족할 만한 수준에 이르지 못하거나 솔직하지 못하다면, 이 시럽을 네놈 머리에 잔뜩 발라주겠다. 특히 눈과 귀에 말이지. 그리고 너를 저기 저, 열심히 일하는 착한 개미들이 가득한 개미굴에 던져놓을 거야. 이 방법은 나에게 저항하거나 솔직하지 못한 도'이네와 안'기바레에게 상당히 효과가 좋았지."

"난 제국군 소속이다! 닐프가드 제국의 정보국 장교이자, 에이돈의 자작인 바티에 드 리도 경의 부하라고! 내 이름은 얀 스트루이켄! 이런 취급은……."

스트루이켄이 창백하게 질린 얼굴로 소리를 지르자 파올리타나는 그의 말을 끊었다.

"좋지 않은 우연의 일치로군. 단풍나무 시럽을 아주 좋아하는 이 지역의 붉은 개미는 리도 자작에 대해 전혀 들어본 적이 없다는데? 그럼 시작하지. 나를 납치해오라는 명령을 누가 내렸는지에 대해서는 묻지 않겠다, 그건 물을 것도 없으니까. 내 첫 번째 질문은 그러니까, 날 어디로 데려갈 생각이었지?"

닐프가드의 첩자 스트루이켄은 개미들이 벌써 뺨 위를 스멀스멀 기어다니는 느낌이 들어 밧줄에 묶인 채로 몸부림을 치며 머리를 흔들었다. 그러나 대답은 하지 않았다.

"할 수 없군."

파올리타나가 침묵을 깨고 주머니를 들고 있는 엘프들에게 신호를 보냈다.

"당신을 베르덴으로 옮길 계획이었소. 나스트록의 성으로! 리도 님의 명령이었지!"

스트루이켄이 다급한 목소리로 외쳤다.

"고맙군. 그럼 나스트록에서는 나에게 무슨 짓을 할 계획이었지?"

"심문……."

"뭘 물어보려고?"

"타네드에서의 사건에 대해! 제발, 풀어줘! 다 말할 테니까!"

"네놈이 전부 털어놓는다는 건 당연한 거야. 이미 시작됐으니까. 이런 일은 시작이 가장 어렵거든. 계속해."

파올리타나는 말을 길게 늘이며 한숨을 내쉬었다.

"당신에게서 빌게포츠와 리엔스가 어디 숨어 있는지 자백을 받아내도록 되어 있었소! 그리고 셀락의 아들 카히르의 행방도!"

"황당하군. 빌게포츠와 리엔스의 행방에 대해 물으려고 날 납치하는 함정을 팠다고? 내가 그들에 대해 뭘 알겠나? 나와 그들이 대체 무슨 관계인데? 그리고 카히르인지 뭔지 하는 작자는 더 황당하군. 당신들이 원하던 대로 내가 그자를 잡아다가 넘겨줬잖아, 꽁꽁 묶어서. 배달 사고라도 난 건가?"

"접선 장소에 보낸 자들이 모조리 살해당했다. 시체 중 카히르는 없었고……."

"아하, 그래서 바티에 드 리도가 의심하기 시작했다, 이건가? 아니, 그러면 사신을 우리 부대로 보내 어떻게 된 일인지 물어보면 될 일 아닌가? 그런데 날 잡으려고 함정을 파고, 나스트록으로 데려가 심문할 작정이었다? 타네드에서 일어난 일에 대해서 말이지."

스트루이켄은 아무 말도 하지 않았다.

"지금 이해를 못한 건가? 이게 질문이었어. 도대체 이게 무슨 일인가, 하는 거야."

파올리타나는 끔찍한 얼굴을 스트루이켄의 면상에 바짝 들이댔다.

"나도 모른다, 나도 몰라…… 맹세코."

파올리타나가 손짓으로 신호를 보냈다. 스트루이켄은 비명을 지르고 온 힘을 다해 몸부림을 치며 위대한 태양을 걸고 자기는 모른다고 맹세했다. 그는 울면서 머리를 흔들고 얼굴에 두껍게 발라진 시럽을 뱉어냈다. 그러나 네 명의 스코이아텔이 스트루이켄을 번쩍 들어 불개미 굴 앞으로 옮기자 결국 모든 걸 털어놓기로 결심했다. 그 결과가 불개미 굴보다 더 끔찍할지도 몰랐지만.

"파올리타나 대장…… 만약 내가 발설했다는 것을 누군가 알게 된다면…… 난 죽는단 말이오. 하지만 말하겠소. 비밀 명령을…… 알고 있었소. 엿들었지…… 다 털어놓겠소."

"물론 그래야지. 개미굴에서의 최고 기록은 1시간 40분이었는데, 데머번드 왕의 특수부대 소속 장교였어. 하지만 그 장교도 결국엔 입을 열었지. 좋아, 계속 이야기해봐. 최대한 짧고, 조리 있게, 그리고 구체적으로."

파올리타나가 고개를 끄덕였다.

"황제는 타네드에서 자신을 향한 반란이 일어났다고 확신하고 있었소. 반역자는 로게빈의 마법사 빌게포츠였지. 그리고 리엔스라는 조력자가 있었소. 그리고 무엇보다 카히르 엡 셀락. 바티에…… 바티에 님은 혹시 파올리타나 대장이 이 문제에 관여한 것이 아닌가 의심하고 있소. 어쩌면 대장 스스로도 모르는 채 말이지. 그래서 납치한 후 나스트록으로 데려오라고 했소. 파올리타나 대장, 난 첩보 일을 20년간 해오고 있소. 바티에 님은 내가 모신 세 번째 상관이오."

"제발, 조리 있게 설명해. 그리고 떨지 좀 말라고. 솔직하게 다 털어놓기만 한다면 앞으로도 여러 명의 상관을 더 모실 수 있을 테니."

"철저히 비밀에 부치긴 했지만, 나는 알았소. 빌게포츠와 카히르가 타네드 섬에서 누굴 잡으려고 했는지. 그리고 그들은 성공한 거요. 왜냐하면 록 그림에 그, 그 여자…… 그러니까 신트라의 공주를 데려왔소. 성공했으니 카히르와 리엔스는 남작 작위라도 받겠지, 그 마법사는 최소 백작은 되겠군, 그렇게 생각했소. 하지만 작위를 내리는 대신 황제는 올빼미…… 그러니까 스켈렌과 바티에 님을 불러 카히르를 잡아오라는 명령을 내렸소. 리엔스, 빌게포츠도. 타네드에서의 일에 대해 알 법한 모든 이들을 잡아다가 심문하고 고문하도록 되어 있었소. 당신, 아니, 대장 역시…… 그러니 쉽게 짐작이 가능하지. 반역 행위가 있었던 거요. 그러니까…… 록 그림으로 데려온 건 가짜 공주였던 거요."

스트루이켄은 단풍나무 시럽이 잔뜩 발라진 입술로 숨을 헐떡이며 공기를 들이마셨다.

"풀어줘. 그리고 얼굴도 씻게 해."

파올리타나가 부하 다람쥐들에게 명령했다.

명령은 바로 실행되었다. 잠시 후, 실패한 생포 작전의 지휘관이자 닐프가드의 첩자인 스트루이켄은 전설적인 스코이아텔의 지도자 앞에 눈을 내리깐 채 서 있었다. 파올리타나는 무표정한 얼굴로 스트루이켄을 한동안 응시하더니 마침내 입을 열었다.

"귀에서 시럽을 씻어내고, 귀를 쫑긋 세워. 오랜 경험의 첩자답게 기억력을 확실히 되살려봐. 당신네 황제에 대한 내 충성을 증명할 테니. 당신들이 흥미로워할 만한 이야기를 들려주지. 당신은 단어 하나 빠트리지 말고 내 말을 바티에 드 리도에게 전달해."

스트루이켄이 열성적으로 고개를 끄덕이자 파올리타나는 곧장 이야기를 시작했다.

"블라트 중순, 그러니까 당신네 계산으로 6월 초에, 프란체스카 핀다베어라고 알려진 여자 마법사 에니드 안 그레나가 나에게 연락을 해왔다. 프란체스카의 명령으로 내 부대에 그 리엔스라는 자가 잠시 머물고 있었지. 마법사인 빌게포츠가 시키는 건 뭐든 하는 놈 같더군. 철저히 비밀에 부쳐져 행동 계획이 세워졌지. 그 계획의 목적은 타네드 섬에서 열린 대회의에서 마법사 몇을 제거하는 것이었어. 내가 그 계획을 접했을 때만 해도 그 작전은 에미르 황제와 바티에 드 리도, 스테판 스켈렌의 전폭적인 지지를 받고 있었지. 그렇지 않았다면 내가 도'이네와 협력하는 일은 없었어, 마법사고 뭐고 말이야. 왜냐하면 일이 잘못되는 것을 너무 많이 봤으니까. 닐프가드가 이 일에 끼어든 것이 확실해 보였던 것은, 브레머보르드 곶(串)에 특별 대리인 자격으로 셀락의 아들 카히르가 배를 타고 도착했을 때였어. 명령에 따라 나는 카히르가 지휘하게 될 특별 부대를 꾸렸지. 난 그들이 섬에서 어떤 특정인을 납치하리라는 것을 알게 되었고."

파올리타나는 잠시 이야기를 멈췄다가 말을 이었다.

"타네드까지 우리는 카히르가 타고 온 배를 타고 갔지. 리엔스가 가진 부적 덕분에 배는 마법의 안개에 휩싸여서 무사히 도착할 수 있었고. 우리는 섬 아래에 있는 동굴까지 배로 갔어. 그곳에서 가르스탕의 지하로 들어간 거야. 지하에 있을 때부터 뭔가 이상하다는 것을 느꼈다. 리엔스가 빌게포츠로부터 텔레포트를 통해 무슨 신호를 받는 것 같았지. 우리는 이렇게 행진하다가 싸움판 속으로 곧장 뛰어들어야 한다는 걸 알고 있었어. 우리는 준비가 되어 있었지. 그건 다행이었어. 동굴에서 나가자마자 지옥 한복판으로 떨어졌으니까."

파올리타나는 이런 회상이 마치 통증을 몰고 온 것처럼 얼굴을 심하게 일그러뜨렸다.

"초반 공격은 성공적이었지만, 그 이후부터 일이 꼬이기 시작했다. 우린 왕들의 마법사들을 단번에 제거할 수가 없었지. 무엇보다도 우리 쪽 희생자가 너무 많았어. 음모에 가담했던 몇 명의 마법사들도 죽었고, 다른 마법사들은 자기만 살겠다고 텔레포트로 도망쳤다. 어느 순간 빌게포츠도 사라지고, 그 후엔 리엔스도 사라졌지. 이들이 없어진 후 프란체스카도 더는 보이지 않더군. 프란체스카까지 사라지자 난 이것이 후퇴하라는 마지막 신호라 생각했다. 하지만 난 퇴각 명령을 내리지 않았어. 카히르와 그의 부대가 돌아올 때까지 기다린 거지. 그런데 그들은 돌아오지 않았고, 우리는 결국 그들을 찾아 나섰다."

파올리타나는 닐프가드 첩자 스트루이켄의 눈을 똑바로 바라보았다.

"카히르의 부대원 중 그 누구도 살아남지 못했다. 모두 잔인하게 죽었지. 전투 중 폭발해 완전히 무너져버린 토르 라라로 통하는 계단에서 겨우 카히르를 찾을 수 있었다. 부상을 당하고 정신까지 잃은 상태라 더는 명령을 수행할 수 없을 것 같더군. 반드시 찾아야 한다는 그 특정인은 이미 자취를 감췄고. 그런데 갑자기 아래쪽 아레투자와 록시아로부터 왕들의 군대가 밀려들기 시작했지. 난 카히르가 이들의 손에 넘어가선 안 된다고 생각했다. 그랬다간 이 작전에 닐프가드가 참여했다는 빼도 박도 못할 증거가 남게 될 테니까. 그래서 우리는 카히르를 데리고 지하를 통해 물길로 도망쳤다. 그리고 배에 오르자마자 곧장 빠져나왔어. 살아남은 부대원은 고작 열두 명에 불과했다. 그나마 그 열두 명도 대부분 부상당한 상태였지만.

그래도 바람은 우리 편이었다. 우린 히룬둠 서쪽에 도착해 숲에 숨었지. 카히르는 자기 몸에서 붕대를 풀더니 초록빛 눈의 미친 아가씨, 신트라의 새끼 사자에 대해 뭐라고 소리를 지르더군. 자기 부대를 몰살한 위쳐와 갈매기의 탑과 새처럼 하늘을 날던 마법사를 향해서도. 그러고는 말을 내놓으라는 둥, 섬으로 다시 돌아가야 한다는 둥, 이건 황제의 명령이라는 둥 난리를 쳤지. 그 상황에서는 그저 미친놈이라고 볼 수밖에 없었어. 그때 우리는 에이단에서 이미 전쟁이 한창이라는 걸 알게 됐지. 이렇게 된 마당에 난, 엉망이 된 부대를 빨리 재정비하고 도'이네와의 싸움을 다시 시작하는 것이 더 중요하다고 생각했다.

당신들과의 비밀 연락함에서 그 비밀 명령을 받았을 때 카히르는 우리와 계속 같이 있었어. 그 명령은 이상하기 짝이 없었지. 카히르가 임무를 완수하진 못했지만 반역죄까지 저질렀다는 증거는 전혀 없었으니까. 하지만 오래 고민하지는 않았다. 이건 당신들 문제니까, 당신들이 알아서 할 일이라고 생각했지. 몸을 묶었는데 카히르는 저항도 없이 모든 것을 포기한 사람처럼 가만히 있더군. 나는 카히르를 나무로 만든 관에 집어넣었고, 내가 아는 하브'케런의 도움을 받아 연락함 속에 들어 있던 그 장소로 전달하려 했지. 하지만 그걸 호위하라고 내 부대원 중 일부를 보내고 싶지는 않았어. 우리도 인원이 부족했으니까. 접선 장소에서 누가 당신네 사람들을 죽였는지는 나도 몰라. 하지만 접선 장소를 알았던 건 나뿐이지. 그러니까 우연히 일어난 당신네 사람들의 죽음에 대한 내 설명이 마음에 들지 않는다면, 배신자는 당신들 내부에서 찾아야 할 거야. 왜냐하면 날 제외하고 장소와 시간을 알고 있던 건 당신들뿐이니까."

파올리타나는 자리에서 일어났다.

"이게 전부다. 내가 말한 건 모두 사실이고. 나스트록의 지하 감옥에서도 이렇게 자세히는 말해주지 못했을 거야. 고문하는 놈들이나 만족시킬 만한 거짓말과 지어낸 이야기는 사실 당신들에게 해가 될 뿐 도움은 안 되니. 이 이상은 나도 몰라, 특히 빌게포츠와 리엔스가 있는 장소에 대해서는. 다만 그들이 배신했다는 짐작이 맞을지도 모르지. 또한 분명히 말하는데, 난 신트라의 공주에 대해서는 전혀 모른다. 진짜 공주건 가짜 공주건 전혀. 내가 아는 건 모두 말했다. 그러니 바티에건 스켈렌이건, 나를 또다시 잡아들이려는 짓은 하지 않길 바란다. 도'이네들은 옛날부터 날 잡으려 했고 죽이려고 했지. 나는 원래 그런 경우엔 습격한 놈들을 모조리 몰살시켰다. 앞으로는 바티에나 스켈렌의 부하인지 알아보지도 않을 거야. 그런 걸 알아볼 생각도, 시간도 없으니까. 내 말 이해하나?"

스트루이켄은 침을 꿀꺽 삼키며 고개를 끄덕였다.

"말을 챙겨라, 첩자. 그리고 내 숲에서 꺼져."

"그러니까 그 관에 넣어져서 사형대로 가는 길이었다, 이 말이죠? 이제야 좀 알겠네, 하지만 다는 모르겠어. 그럼 어딘가로 숨는 게 낫지, 왜 위쳐를 따라온 거죠? 그는 당신한테 엄청 화가 나 있던데…… 두 번이나 목숨을 살려주긴 했지만."

밀바가 중얼거렸다.

"세 번."

"내가 본 건 두 번이니까. 하지만 그렇다면 내가 처음 생각한 것처럼, 타네드 섬에서 게롤트에게 처참한 부상을 입힌 건 당신이 아니겠군요. 하지만 위쳐와 다시 칼을 겨누게 될 상황은 만들지 않는 게 나을 텐데. 난 당신들이 사이가 좋지 않은 이유에 대해서는 잘 몰라요. 그렇지만 당신은 내 목숨을 구해줬고, 나쁜 놈 같지는 않거든요…… 그러니 카히르, 내 말을 들어요. 시리라는 아이를 누가 닐프가드로 데려갔는지 게롤트가 다시 떠올린다면, 끓어오르는 분노를 참지 못할 거예요. 만약 당신이 그와 말싸움이라도 했다가는 분명 참지 않을 거라고요."

"시리라…… 예쁜 이름이군."

카히르가 나직이 중얼거렸다.

"몰랐나요?"

"몰랐소. 내가 들은 이름은 언제나 시릴라, 아니면 신트라의 새끼 사자였지…… 그리고 나와 함께 있을 때는…… 그랬던 적도 있었으니까…… 나에게 단 한마디도 말을 걸지 않았지. 내가 목숨을 구해주었는데도."

"이게 다 무슨 일인지 도저히 이해가 안 되네요. 당신들의 운명은 마치 이리저리 온통 꼬이고 얽힌 것 같아요. 내 머리로는 이해 불가."

밀바는 절레절레 고개를 저었다.

"당신 이름은 뭐요?"

카히르가 갑자기 물었다.

"밀바…… 본명은 마리아 배링. 하지만 밀바라고 불러요."

"위쳐는 잘못된 방향으로 가고 있소, 밀바. 시리는 닐프가드에 없단 말이오. 닐프가드로 시리를 납치해간 게 아니니까. 만약 납치한 게 정말 사실이라면."

"그게 무슨 말이에요?"

"긴 이야기지."

"위대한 태양이시여! 아시르, 도대체 머리에 무슨 짓을 한 거야?"

프린질라 비고는 문지방에 서서 머리를 숙인 채 놀란 눈으로 친구를 쳐다보고 있었다.

"머리 좀 감았어, 그리고 만지기도 하고. 들어와서 앉아. 멀린, 의자에서 내려오렴, 어서 저리 가!"

아시르 바 아나히드가 짧게 대답했다.

프린질라는 검은 고양이가 마지못해 내준 자리에 앉았지만 친구 아시르의 머리에서 눈을 떼지 못했다.

"그만 좀 쳐다봐. 변화를 주고 싶었어. 널 보고 따라한 거야."

아시르는 풍성하고 윤기 나는 웨이브를 손으로 툭 건드렸다.

"나를? 모두들 특이하고 반항적이라고 수군대는 나를? 만약 지금 네 모습을 아카데미나 궁정에서 본다면…….”

프린질라가 낄낄거리자 아시르가 말을 끊었다.

“난 궁정엔 안 가니까. 그리고 아카데미는, 뭐 자기들이 적응해야지. 이제 13세기야. 여자 마법사가 외모에 신경 쓰는 걸 두고 가볍고 생각 없다고 여기는 고루한 관념은 버려야지.”

“손톱도 했네. 정말 몰라보겠어.”

프린질라는 무엇 하나 놓치지 않는 예리한 초록빛 눈을 깜빡였다.

“아주 간단한 주문이야. 이 정도면 도플갱어가 아니라 나라는 걸 증명하기 위해 충분히 노력한 것 같은데? 원하면 주문이라도 외워보든지. 그게 아니라면 이제 본론으로 들어가자.”

아시르가 차갑게 대꾸했다.

프린질라는 자기 다리 위에 앉아 야옹야옹하며 몸을 비비는 고양이를 쓰다듬었다. 고양이는 검은 머리의 여자 마법사가 좋아서 그러는 척했지만, 사실은 의자에서 비키라는 신호였다. 프린질라는 고개도 들지 않고 말했다.

“셀락 엡 그루피드 비서관이 뭘 부탁했다고 하던데, 정말이야?”

“응. 셀락은 절망한 모습으로 도움을 구하러 왔어. 에미르 황제가 체포한 후 고문해서 죽이라는 명령을 내린 자신의 아들을 위해 좀 나서달라고. 친척이 아니라면 누구한테 그런 부탁을 하겠어? 셀락의 부인이자 카히르의 모친인 모르는 내 조카야. 내 친언니의 막내딸이거든. 그래도 난 아무것도 약속하지 않았어. 이 일에서 내가 할 수 있는 건 없으니까. 최근에 난, 다른 이들의 주의를 끌면 안 되는 상황이 돼버렸다고. 그 얘기를 해줄게. 하지만 그 전에 내가 알아봐달라고 했던 정보에 대해서 먼저 말해줘.”

아시르가 목소리를 잔뜩 낮춘 채 말했다.

프린질라는 몰래 안도의 한숨을 내쉬었다. 친한 친구가 교수형이 명백한 카히르, 그러니까 셀락 비서관의 아들 문제와 관련해서 자신까지 끌고 들어가면 어쩌나 걱정했던 것이다. 거절할 수 없는 부탁이라도 해오면 상당히 곤란했으니까. 프린질라는 이야기를 시작했다.

"7월 중순 쯤에, 록 그림에 모인 궁정 사람들 전체가 열다섯 살짜리 아가씨, 그러니까 신트라의 공주를 쳐다보고 있었지. 게다가 에미르가 접견 내내 고집스럽게 여왕이라 칭하며 예를 갖추어 대접했고, 곧 결혼한다는 소문까지 돌았어."

"나도 들었어. 아직도 그 정략결혼 얘기는 계속되고 있던데."

아시르는 프린질라의 자리를 포기하고, 자신의 옆자리를 노리는 고양이를 쓰다듬었다.

"하지만 전보다는 좀 누그러들었지. 왜냐하면 신트라의 여자애가 난 로완으로 옮겨졌거든. 단 로완은 반역자들을 가둬두는 곳이잖아. 황후 후보자가 머문 적이 없는 곳이지."

아시르는 아무 말도 하지 않았다. 그저 얼마 전에 다듬어 칠을 한 자신의 손톱을 들여다보며 참을성 있게 기다렸다. 프린질라가 다시 말을 이었다.

"기억나지? 3년 전에 에미르가 우리 모두를 불러서 누군가를 찾아내라고 했잖아. 북부 왕국들 중에서 말이야. 그리고 우리가 실패했을 때 얼마나 화를 냈는지도 분명 기억하겠지? 알브리히가 그렇게 먼 거리에서 상을 비추는 건 말도 안 되고, 위치를 찾는 것도 불가능하다고 했을 때 굉장히 화를 냈지. 그런데 지금 말이야, 알데스버그 전투를 축하하는 록 그림에서의 그 유명한 접견이 있고 일주일 후에 에미르가 성에서 알브리히와 나를 본 거야.

그러고는 영광스럽게도 우리에게 말을 다 걸었지. 그 말을 대충 요약하자면 이런 거였어. '너흰 공짜 밥이나 축내는 오만한 게으름뱅이들이다. 너희의 쓸모없는 거짓 마술에 내 돈이 얼마나 들어가는데, 얻을 수 있는 건 하나도 없다. 실력 없는 너희들 모두와 아카데미가 해내지 못했던 일을 평범한 점성술사가 나흘 만에 해냈다.'라고 했지."

아시르는 고양이를 계속 쓰다듬으며 무시하듯 코웃음을 쳤고, 프린질라는 말을 계속했다.

"난 그 기적의 점성술사가 누군지 금방 알아냈지. 다름 아닌 자르티시우스였어."

"그때 찾던 인물이 바로 황후 후보로 점찍어둔 신트라의 여자애였겠지. 자르티시우스가 그 아이를 찾아낸 거고. 그래서 어떻게 됐다든? 제1서기관으로 임명됐대? 아니면 미제사건부의 장관이라도 되셨나?"

"아니, 일주일 후 지하 감옥에 감금됐지."

"그게 셀락의 아들 카히르와 무슨 관계가 있는지 모르겠네."

"잠깐만 기다려봐. 이야기는 순서대로 해야 해. 그게 아주 중요하다고."

"미안, 잠자코 들을게."

"3년 전, 우리가 그 여자애를 찾을 때 에미르가 우리에게 뭘 줬는지 기억해?"

"머리카락 다발이었지."

"바로 그거야."

프린질라가 작은 가죽 주머니를 꺼냈다.

"자, 이거라고. 여섯 살짜리 여자아이의 연한 금발 머리카락. 내가 그 나머지를 간직하고 있었지. 그리고 또 알아둬야 할 사실은, 단 로완에 갇힌 신트라의 공주를 돌보는 그 임무를 리데르탈의 백작부인 스텔라 콘그레브에게 맡겼다는 거야. 그리고 그 스텔라는 나에게 신세 진 적이 있어서 어렵지 않게 공주의 머리카락을 구할 수 있었지. 바로 이거야. 약간 더 진한 색이긴 하지만, 머리카락 색은 나이가 들면 진해지니까. 하지만 그런 것과 상관없이 이 두 개의 머리카락은 전혀 다른 사람의 머리카락이야. 조사해봤지만 의심의 여지가 없어."

"나도 비슷한 이야기를 예상하고 있었어."

아시르가 인정하며 고개를 끄덕였다.

"신트라의 여자애를 단 로완에 고립시켰다는 얘기를 듣자마자 나도 그런 생각이 들었어. 점성술사가 일부러 그랬는지도 모르고, 아니면 에미르에게 가짜 공주를 바치는 음모에 가담했던 것이 분명해. 그 음모 덕분에 카히르의 목이 날아가겠지. 프린질라, 고마워. 이제 모든 것이 분명해졌어."

"모든 것이 분명해진 건 아니야."

프린질라가 단호하게 고개를 저었다.

"첫째, 신트라의 여자애를 발견한 건 자르티시우스가 아니야. 자르티시우스가 록 그림에 그 여자애를 데려온 게 아니라고. 자르티시우스가 여자애의 생년월일과 별자리를 전달받은 건, 에미르가 가짜 공주에 대해 이미 알아챈 다음이었고, 그 후에 집중적인 수색에 들어간 거야. 그 늙은이가 지하 감옥에 간 이유는 기술적인 잘못이거나 뭔가 사기를 쳐서겠지. 내가 알기로 자르티시우스는 황제가 찾는 사람의 위치를 100마일 오차 이내로 밝혀냈어. 그런데 그 지역은 티르 토차이르 산맥 뒤쪽, 벨다 강 수원지 뒤쪽에 자리한 완전한 사막이라는 거야. 스켈렌이 그곳에 갔는데, 전갈과 콘도르밖에 없었대."

"자르티시우스에게 뭘 기대하겠어? 하지만 카히르의 운명에는 이 일도 아무런 영향을 미치지 못할 거야. 에미르는 성질이 불같지만, 아무 이유도 없이 누군가를 고문하거나 죽이지는 않아. 아까 네가 말한 것처럼, 록 그림에 진짜 대신 가짜 공주를 데려오게 한 누군가가 존재해. 음모가 정말 존재했고, 카히르가 그 음모에 휘말린 거야. 카히르는 그 사실을 전혀 모르고 이용만 당한 거지."

"정말 그렇다면 끝까지 이용당하는 거였네. 카히르가 그 여자애를 직접 에미르에게 데려오는 거였잖아. 하지만 카히르는 흔적도 없이 사라졌어. 왜지? 사라진 것 자체가 의심스럽잖아. 에미르가 가짜를 보자마자 알아챌 거라고 생각했을까? 왜냐하면 알아봤으니까. 언제라도 알아볼 수 있었을 거야, 왜냐하면……."

"머리카락 다발이 있었으니까."

아시르가 끼어들며 덧붙였다.

"여섯 살 여자아이의 머리카락이. 프린질라, 에미르가 그 애를 찾기 시작한 건 3년 전이 아니라 훨씬 더 오래전부터야. 내 생각에는 카히르가 아주 오래되고 끔찍한 음모에 말려든 것 같아. 카히르가 목마나 타고 다니던 시절부터 진행되던…… 흠, 그 머리카락 다발 좀 여기 놓고 갈 수 있어? 좀 더 연구를 해봐야겠어."

아시르의 말에 프린질라는 천천히 고개를 끄덕이며 초록색 눈을 깜빡였다.

"두고 갈게. 하지만 조심해, 아시르. 끔찍한 일에 말려들면 안 돼. 너에게 남들의 이목이 집중될 수도 있으니까. 아까 그랬잖아, 그러면 안 될 만한 사정이 있다고. 그리고 그 이유도 말해준다고 했던 것 같은데."

아시르는 자리에서 일어나 창가 쪽으로 다가갔다. 황금탑의 도시라고 불리는 닐프가드 수도의 뾰족한 첨탑들 사이로 저물어가는 태양을 바라보았다. 아시르는 몸을 돌리지 않고 말했다.

"언젠가 나에게 이런 말을 했는데, 기억해? 마법에는 국경이 없어야 한다고. 마법은 항상 그 무엇보다 높은 가치를 지니며, 그 어떤 구분보다 우선한다고. 그렇다면 어떤…… 비밀 조직이 필요하지 않을까? 회합이나 만남과 같은……."

"난 준비가 되어 있어."

닐프가드의 여자 마법사 프린질라 비고는 잠깐의 침묵을 깨고 말했다.

"난 결심이 서 있고, 그 비밀 회합에 들어가겠어. 날 믿어줘서 고마워, 나에겐 영광이야. 그 회합이 어디서, 언제 열리는 거지? 비밀과 수수께끼에 싸인 그 회합 말이야, 나의 친구?"

창밖을 바라보고 있던 닐프가드의 여자 마법사 아시르 바 아나히드가 돌아섰다. 입술에는 희미한 미소를 띠고 있었다. 아시르가 입을 열었다.

"곧. 내가 다 말해줄게. 그전에 잠깐, 내가 잊어버리기 전에…… 프린질라, 네가 다니는 재단사네 주소 좀 가르쳐줄래?"

"불빛도 보이지 않네. 한 사람도 남아 있지 않아. 난민촌엔 피난민이 이백 명이나 있었는데. 아무도 살아남지 못했나?"

밀바는 달빛 아래 강변 너머의 컴컴한 강둑을 보며 속삭였다.

"만약 황제의 군대가 이겼다면, 살아남은 자는 모조리 노예로 끌고 갔을 거요. 만약 당신네 군대가 이겼다면 가는 길에 난민들을 데려갔을 테고."

카히르도 낮은 목소리로 속삭이며 대답했다.

둘은 갈대로 무성한 강둑의 늪을 향해 다가갔다. 조심스럽게 걸음을 옮기던 밀바는 무언가를 밟고는 깜짝 놀라 비명을 참으며 펄쩍 뛰었다. 진흙 사이로 튀어나온, 거머리가 잔뜩 붙어 있는 사람의 팔이었다.

"시체일 뿐이오. 우리나라, 데어란 사람이군."

카히르가 밀바의 어깨를 잡으며 중얼거렸다.

"누구라고요?"

"데어라니언 제7기병여단 소속이요. 소매에 은색 전갈 표시가……."

"신이시여, 저 소리 들려요? 저건 뭐지?"

밀바는 땀이 난 손으로 활을 꽉 움켜쥐고는 몸을 떨었다.

"늑대."

"아니면 구울이거나 다른 괴물일지도. 난민촌이 있었던 곳에는 시체도 많을 텐데…… 젠장, 난 안 가요! 이렇게 어두운 밤에 저쪽 강둑으로는 안 건너갈 거라고요!"

"그럼 새벽까지 기다려야…… 밀바? 여기 뭔가 이상한……."

"레지스…… 레지스? 당신인가요?"

밀바는 쑥과 샐비어, 고수와 아니스가 섞인 약초 냄새를 맡고는 반가운 마음에 소리라도 지르고 싶었지만 간신히 참았다.

"맞아요, 나예요. 다들 무사한지 걱정했어요. 그런데…… 혼자가 아니군요."

이발사 레지스가 소리도 없이 어둠 속에서 나타났다.

"잘 보셨어요."

밀바는 이미 칼을 뽑아 들고 있는 카히르의 어깨를 뿌리쳤다.

"나도 혼자가 아니고, 이 사람도 혼자가 아니에요. 얘기가 길어요. 레지스, 게롤트는 어떻게 됐어요? 단델라이온은? 졸탄과 다른 이들은? 다들 어떻게 됐는지 알고 있나요?"

"당연히 알고 있습니다. 말들은 괜찮은 건가요?"

"말은 무사해요. 나무 사이에 감춰놨어요."

"그럼 호틀라 강을 따라 남쪽으로 이동합시다, 지금 당장. 늦어도 오늘 자정 전에는 아르메리아까지 가야 해요."

"위쳐와 시인은 어떻게 됐죠? 무사한가요?"

"무사합니다. 하지만 문제가 있어요."

"문제라니, 무슨 문제요?"

"그 문제 역시 얘기가 길어요."

단델라이온은 조금이라도 더 편한 자세를 찾기 위해 몸을 움직이려다 신음 소리를 냈다. 톱밥과 나무 부스러기들 사이에서 곧 훈제될 햄처럼 꽁꽁 묶여 있는 포로에게 편한 자세란 불가능한 바람이었다.

"그래도 우리를 곧장 목매달진 않았잖아. 그러니까 희망이 있어. 거기에 우리의 희망이……."

"제발 그 입 좀 다물어."

게롤트는 나무 헛간의 지붕 사이 구멍으로 보이는 달을 바라보며 누워 있었다.

"비세게르드가 왜 우릴 바로 목매달지 않았는지 알아? 우리를 사람들이 보는 앞에서, 부대 전체가 행진하는 새벽에 처형하려고 그런 거야. 병사들을 선동하려는 거지."

단델라이온은 입을 다물었다. 게롤트는 단델라이온이 두려움에 숨을 몰아쉬는 것을 들었다.

"하지만 자넨 아직 어떻게든 빠져나갈 수 있을지도 몰라."

게롤트는 단델라이온을 진정시키고 싶었다.

"비세게르드는 나에게 개인적인 원한을 갚으려는 거고, 자네한테는 아무 감정도 없으니까. 자네 친구 에쳐베리 백작이 여기서 꺼내줄 거야, 두고 봐."

"개똥 같은 소리하고 있네. 말도 안 되는 소리 하지 마, 날 애 취급하지 말라고. 첫째로, 선동이 목적이라면 한 명보다는 두 명을 목매다는 게 낫지. 둘째로, 원래 개인적 원한을 갚을 때 증인은 남겨두는 게 아니야. 우린 같이 죽는 거야, 친구."

단델라이온의 목소리는 게롤트조차 놀랄 만큼 차분하고 이성적이었다.

"그만, 단델라이온. 가만히 누워서 작전을 생각해봐."

"무슨 빌어먹을 작전?"

"아무 빌어먹을 작전이라도."

이후로 단델라이온이 쉴 새 없이 떠드는 바람에, 아까부터 골똘히 생각에 잠겨 있던 게롤트는 도저히 생각을 정리할 수가 없었다. 언제라도 나무 헛간에 비세게르드의 부대 내부에 있는 테메리아의 첩자들이 들어올 수 있었다. 그리고 첩자라면 분명 게롤트에게 타네드 섬의 가르스탕에서 있었던 사건들에 대해서 추궁할 게 뻔했다. 게롤트는 사실 자세한 부분에 대해서는 아는 바가 거의 없었다. 그러나 자신이 아무것도 모른다는 걸 첩자들이 믿기 전에, 이미 게롤트는 죽기 직전까지 고문당할 것 또한 뻔했다.

게롤트의 희망은 오직 하나, 복수의 열망으로 불타오르는 비세게르드가 누군가에게 자신이 게롤트를 잡아놨다고 알리지 않는 것뿐이었다. 첩자들이라면 열불이 난 총사령관의 손아귀에서 어렵지 않게 포로들을 빼내어 본

부로 데려가고도 남았다. 더 정확하게 말하자면, 첫 번째 심문 후에도 살아남은 포로를 데려가는 것이겠지.

바로 그때 단델라이온이 작전을 생각해냈다.

"게롤트! 우리 뭔가 중요한 걸 알고 있는 척하자. 그러니까 우리가 진짜 첩자나 밀정인 척하는 거야. 그러면……."

"제발, 단델라이온."

"경비병을 매수해볼 수도 있어. 난 숨겨놓은 돈이 있다고. 부츠 밑창 아래에 금화가 있어. 이런 때를 대비해서…… 경비병을 불러보자고."

"그랬다간 네 돈을 몽땅 빼앗은 다음 발로 걷어찰걸."

시인은 불만스러운 듯 툴툴거렸지만, 입을 다물었다. 연병장에서 고함 소리와 말발굽 소리, 그리고 병사들의 식량인 완두콩 수프 냄새가 들어오고 있었다. 지금 이 순간 완두콩 수프 한 그릇이라면, 게롤트는 세상의 모든 철갑상어와 송로버섯을 주고서라도 바꾸고 싶은 심정이었다. 헛간 앞에 서 있는 경비병들은 게으르게 잡담을 하고 낄낄거리며, 가끔은 거칠게 침을 뱉었다. 대명사와 욕설만으로도 복잡한 의사소통이 가능한 이들의 놀라운 능력을 볼 때, 이들은 직업 군인들이 분명했다.

"게롤트?"

"왜?"

"밀바는 어떻게 됐을까…… 졸탄, 퍼시벌, 레지스…… 다들 어떻게 됐는지 자네도 못 봤지?"

"못 봤어. 어쩌면 싸움이 일어났을 때 칼에 맞았을지도 모르고, 말발굽에 차였을지도 모르지. 난민촌엔 시체가 산처럼 쌓였으니까."

"난 그 생각에 동의 못해. 졸탄이나 퍼시벌 같은 꾀돌이들이…… 밀바도…….”

단델라이온이 목소리에 희망을 담아 씩씩하게 말했다.

“행복한 상상은 그만하고. 만약 살아남았다 하더라도 우릴 도와줄 수는 없어.”

“어째서?”

“세 가지 이유지. 첫째, 자기들 문제만으로도 바쁠 테고. 둘째, 지금 우린 수천 명의 병사들이 있는 주둔지 한가운데 헛간 안에 묶인 채 누워 있어.”

“그럼 세 번째 이유는 뭔데? 이유가 세 가지라면서.”

“세 번째는, 이번 달의 기적은 케르노프의 여자들이 헤어졌던 자기 가족들과 조우하는 데 다 썼거든.”

게롤트가 지친 목소리로 대답했다.

“저기입니다! 저기가 아르메리아의 요새고, 지금은 마예나에 모인 테메리아 군대들이 있는 곳이지요.”

레지스는 모닥불들이 점처럼 빛나는 곳을 가리켰다.

“저곳에 게롤트랑 단델라이온이 잡혀 있다고요?”

밀바가 등자 위로 올라섰다.

“하, 좋지 않아…… 제대로 무장한 병사들이 득실거릴 테고, 사방으로 삼엄하게 경계를 하고 있을 텐데. 숨어드는 게 쉽지 않겠어요.”

“그럴 필요는 없어요.”

레지스가 페가수스에서 내리며 말했다. 페가수스는 계속 콧김을 내뿜으며 머리를 흔들었다. 레지스가 풍기는 코를 찌르는 듯한 약초 냄새가 싫은 것이 분명했다. 레지스가 다시 말했다.

“당신들이 숨어들 필요는 없어요. 내가 혼자서 해결하지요. 당신들은 저기, 강이 빛나는 곳에서 말들과 함께 기다려요. 저 아래, 일곱 염소자리의 가장 밝은 별 아래서요. 저기서 호틀라 강이 이나 강으로 합류하죠. 내가 게롤트를 데리고 나오면 저쪽으로 인도해주세요. 거기서 만나도록 하지요.”

“정말 대단한 자신감이군.”

카히르가 말에서 내려 밀바 옆에 서더니 말했다.

“다른 누구의 도움도 없이 혼자 적진 한가운데 뛰어들어 두 사람을 꺼내온다? 들었소? 저 사람은 대체 누구요?”

“글쎄요, 나도 잘 몰라요. 하지만 두 사람을 꺼내온다는 말, 나는 믿어요. 어제 내 눈앞에서 새빨갛게 달아오른 말발굽을 맨손으로 꺼냈으니까…….”

밀바가 중얼거렸다.

“마법사요?”

“아닙니다. 내가 누구인지, 그게 그리도 중요한가요? 나도 당신이 신상에 대해 묻지 않았는데.”

페가수스 뒤에서 레지스가 예사롭지 않은 청력을 증명하며 대답했다.

“난 카히르 모르 디플린 엡 셀락이요.”

“알려줘서 고맙습니다. 닐프가드 이름이 분명한데, 놀랍게도 닐프가드식 억양은 거의 없군요.”

레지스의 목소리에는 약간의 빈정거림이 섞여 있었다.

“난 닐프가드인이 아니…….”

“그만!”

밀바가 카히르의 말을 막았다.

“지금 말싸움이나 하면서 지체할 때가 아니에요! 레지스, 게롤트가 구조를 기다리고 있어요."

"자정 전까지는 안 됩니다. 그러니 지금은 대화를 나눌 시간이 조금 있지요. 이 사람은 도대체 누구인가요, 밀바?"

레지스가 달을 바라보며 냉정하게 물었다.

"이 사람이 날 위험에서 구해줬어요. 그리고 게롤트를 만나면, 지금 가고 있는 방향이 틀렸다고 말해줄 거예요. 시리는 닐프가드에 없대요."

밀바는 카히르의 편을 들며 조금 화난 목소리로 대답했다.

"그렇다면 정말 잘된 일이군요. 다만 그 정보가 어디서 난 건지 알 수 있을까요, 셀락의 아들, 카히르?"

레지스의 목소리는 누그러졌지만 의구심을 숨기지는 않았다.

"그건 긴 이야기요."

단델라이온이 꽤 오랫동안 침묵을 지키고 있는 가운데, 헛간을 지키던 병사 하나가 욕설을 내뱉다 말고 갑작스레 잠잠해졌다. 동시에 다른 한 명에게서 마치 비명과도 같은 켁켁거리는 신음 소리가 들려왔다. 게롤트는 경비병이 셋이라는 걸 알았기 때문에 귀를 쫑긋 세웠지만, 세 번째 병사는 아무런 소리도 내지 않았다.

게롤트는 숨을 참고 기다렸지만, 그의 귀에 들린 건 자신들을 구하러 온 이들이 헛간 문을 여는 소리가 아니었다. 그 대신 들리는 건 조용하고도 규칙적인, 여러 명이 코를 고는 소리였다. 보초를 서는 병사들이 근무 중에 졸고 있는 모양이었다.

게롤트가 한숨을 쉬고 속으로 욕을 한 뒤, 다시 예니퍼에 대한 생각을 하려던 찰나 갑자기 목에 건 위쳐 메달이 강하게 떨려왔다. 동시에 그의 콧구

멍으로 쑥과 바질, 고수와 샐비어, 정향과 함께 알 수 없는 각종 다양한 냄새들이 밀려들어 왔다.

"레지스?"

게롤트는 믿을 수 없다는 듯, 톱밥 속에서 어떻게든 머리를 들려고 노력하며 속삭였다.

"레지스? 저런 냄새가 나는 건 레지스밖에…… 레지스, 어디 있어요? 안 보여……."

단델라이온이 부스럭거리며 몸을 움직였다.

"조용히."

메달이 떨림을 멈추고, 게롤트는 단델라이온이 안도의 한숨을 내쉬는 소리를 들었다. 곧이어 칼로 줄을 끊는 소리가 들려왔다. 다시 피가 통하면서 느껴지는 통증에 단델라이온은 신음 소리가 새어나가지 않도록 입에 주먹을 쑤셔 넣고 있었다.

"게롤트, 주둔지의 초소는 당신들이 알아서 빠져나와야 합니다. 동쪽, 일곱 염소자리 중 가장 밝은 별을 따라 이나 강으로 곧장 가세요. 거기에서 밀바가 말과 함께 기다리고 있습니다."

레지스의 뚜렷하지 않은, 흔들리는 그림자가 게롤트의 옆에 나타나 그가 묶여 있는 줄을 잘랐다.

"일어나게 좀 도와주시오."

게롤트는 한 쪽 발을 디딘 후, 다시 다른 발로 일어서며 주먹을 꽉 쥐었다. 단델라이온은 몸 상태가 이미 정상으로 돌아온 모양이었다. 잠시 후 게롤트 역시 몸을 움직일 수 있게 되었다.

"어떻게 나갈 생각이야? 헛간 앞의 경비병들이 잠들어 있긴 하지만, 혹시라도…….”

단델라이온이 걱정스러운 듯 물었다.

“그들은 일어나지 않을 겁니다.”

레지스가 낮은 목소리로 말을 끊었다.

“하지만 나가면서는 조심하세요. 오늘은 보름달이 뜨기도 했고, 여기저기 모닥불로 환하게 밝혀져 있으니까요. 한밤중이지만 주둔지 전체가 분주하게 움직이고 있습니다. 어쩌면 오히려 더 좋은 상황인지도 모르지요. 병사들이 소리를 질러가며 교대를 하는 것도 그만둔 것 같고. 어서들 나가세요. 행운을 빕니다.”

“당신은요?”

“내 걱정은 하지 말아요. 날 기다리지도 말고, 뒤를 돌아보지도 말아요.”

“하지만…….”

“단델라이온, 걱정하지 말라잖아, 못 들었어?”

게롤트가 화가 난 듯 낮은 목소리로 말했다.

“어서 가세요, 행운을 빌겠습니다. 다음에 뵙지요, 게롤트.”

레지스의 인사에 게롤트가 돌아섰다.

“구해줘서 고맙소. 하지만, 우린 이제 다시는 만나지 않는 게 더 좋겠군. 무슨 말인지는 알겠지?”

“당연히 잘 알지요. 자, 서둘러요. 시간 낭비하지 말고.”

경비병들은 가관인 자세로 요란하게 코를 골고 입맛을 쩝쩝 다시며 자고 있었다. 게롤트와 단델라이온이 열린 문을 통해 당당히 걸어 나왔지만 경비병들은 꿈쩍도 하지 않았다. 게롤트가 두 명의 병사에게서 빼앗듯이 두툼한 망토를 벗겨냈지만 여전히 코만 골 뿐 깨지 않았다.

"그냥 잠든 게 아닌데." 단델라이온이 속삭였다.

"당연히 아니지."

게롤트가 헛간 그늘에 몸을 숨긴 채 주둔지를 둘러보았다.

"이제 알겠네, 알겠어. 레지스는 마법사야, 그렇지?"

"아니. 마법사는 아니야."

"하지만 불 속에서 말발굽도 꺼냈고, 경비병들도 잠들게……."

"그만 좀 떠들고 집중해. 아직 우린 빠져나온 게 아니야. 일단 병사용 망토를 걸치고 주둔지를 빠져나가자. 만약 누군가 우릴 불러 세우면 병사인 척 해야 해."

"좋아. 그러면 난 이렇게 말할 거야, 그러니까……."

"우린 그냥 멍청한 병사인 척할 거야. 자, 빨리 가자."

두 사람은 화로와 모닥불 근처에 모여 있는 병사들을 멀리 피해 주둔지를 가로질렀다. 주둔지 여기저기에서 병사들이 돌아다니고 있었기 때문에, 두 사람은 전혀 눈에 띄지 않았다. 그 누구의 의심도 받지 않았고, 아무도 그들에게 소리를 지르거나 멈춰 세우지 않았다. 그렇게 두 사람은 너무나 쉽게 통나무를 깎아 세워놓은 울타리 밖으로 빠져나왔다.

모든 것이 순조롭게, 지나치리만큼 너무 순조롭게 진행되었다. 게롤트는 알 수 없는 불안감에 휩싸였고 본능적으로 위험을 느끼기 시작했다. 그런 기분은 주둔지의 중심에서 멀어질수록, 줄어드는 것이 아니라 점점 더 커졌다. 게롤트는 스스로에게 문제될 만한 건 없다고 되풀이했다. 밤이 깊었지만 모두들 분주하게 움직이고 있었기 때문에 그 누구도 둘에게 주의를 기울이지 않았고, 누군가 헛간 앞에서 잠든 경비병들을 발견하지 않기만을 바라면 되는 상황이었다. 어느덧 보초병들이 철저하게 감시하고 있는 경계 지역에 접근하고 있었다. 부대의 주둔지가 있는 방향에서 왔다는 사실은 큰 도움이 되지 않았다. 게롤트는 비세게르드의 부대에서 탈영병들이 늘어나고 있다는 사실을 기억해냈고, 경비병들은 분명 탈영이 발생하지 않도록 잘 감시하라는 명령을 받았으리라 확신했다.

달빛이 꽤 밝아서 단델라이온조차 손을 더듬으며 갈 필요가 없었다. 이 정도의 밝기라면 위쳐는 거의 대낮처럼 볼 수 있었는데, 덕분에 경계 초소 두 곳을 조용히 지나치고, 기마 정찰부대도 덤불 속에 숨어 피할 수 있었다. 얼마 지나지 않아 어둠에 잠긴 오리나무 숲이 시야에 들어왔다. 어두컴컴한 숲은 초소와 어느 정도 거리를 두고 뻗어 있었다. 모든 것이 순조로웠다, 너무나.

다만 군대의 관습을 몰랐던 것이 문제였다.

낮게 뻗은 오리나무 가지들은 몸을 숨기기에 적합해 보였다. 하지만 세상 이치가 그렇듯, 보초병들도 근무 교대를 하러 와서는 바로 이 오리나무 가지 밑으로 모여들었던 것이다. 거기서 잠을 자진 않더라도 예상치 못한 적에게서 몸을 피하기도 좋고, 갑자기 순찰에 나선 귀찮은 장교들을 피하기에도 적합한 장소였기 때문이다.

게롤트와 단델라이온이 오리나무 그늘로 들어서자마자 검은 형체들이 나타나 그들에게 칼과 창을 겨눴다.

"암호는?"

"신트라!"

단델라이온이 일말의 망설임도 없이 외치자 병사들은 일제히 웃음을 터뜨렸다.

"맙소사, 이 인간들아. 제발 생각이라는 걸 좀 해봐. 어떻게 한 명도 독창적인 걸 말하는 놈이 없네. 죄다 '신트라'뿐이잖아. 그렇게 집에 가고 싶었나? 좋아, 가격은 어제와 똑같다."

단델라이온은 귀에 소리가 들릴 정도로 이를 악물었다. 게롤트는 이 상황과 자신들에게 주어진 가능성을 저울질했다. 좋지 않았다. 병사가 다시 말했다.

"자, 어서. 지나가고 싶다면 통행료를 내. 그럼 눈감아주지. 서둘러, 장교들이 곧 올 테니까."

"잠깐만, 내가 앉아서 신발 좀 벗을게. 왜냐하면 신발에……."

단델라이온이 억양과 말씨를 바꿔 말했다. 그러나 말을 계속하진 못했다. 곧바로 네 명의 병사들이 달려들어 단델라이온을 넘어뜨린 후, 그 중 둘이 다리 하나씩을 잡고 신발을 벗겼기 때문이었다. 암호를 물었던 병사가 신발 안쪽의 밑창을 뜯어내자 무언가 짤랑거리며 떨어졌다.

"금화잖아! 다른 놈도 잡아! 그리고 상등병님을 불러와!"

병사 중 우두머리로 보이는 자가 외쳤다.

하지만 상등병을 불러오려는 자는 없었다. 왜냐하면 보초병 중 일부는 무릎을 꿇고 나뭇잎 사이로 흩어진 금화를 찾고 있었고, 나머지는 단델라이온의 남은 신발 한쪽을 놓고 서로 싸우고 있었기 때문이었다. 지금이 아니면 기회가 없다고 판단한 게롤트는 병사들 중 우두머리의 턱을 거세게 후려치고는 쓰러지는 그의 머리 옆을 다시 한 번 걷어찼다. 병사들은 금화를 찾느라 우두머리가 얻어맞는 것도 모르고 있었다. 단델라이온은 일어나자마자 누가 시키기도 전에 발싸개를 휘날리며 숲을 향해 도망쳤다. 게롤트 역시 그 뒤를 따랐다.

"도와줘! 도와달라고!"

쓰러졌던 보초병 우두머리가 비명을 질렀다. 곧이어 함께 있던 다른 보초병들의 목소리도 합류했다.

"상등병님! 여기 좀 와보십시오!"

"나쁜 놈들, 저 도둑놈들이 내 돈을 가져갔어!"

"숨을 아껴, 이 바보야! 저기 숲 보이지? 거의 다 왔어!"

"저놈들을 쫓아가! 빨리 잡아!"

게롤트와 단델라이온은 사력을 다해 뛰었다. 게롤트는 병사들의 외침과 휘파람 소리, 말발굽 소리와 말 울음소리를 들으며 마구 욕설을 내뱉었다. 병사들은 뒤뿐만 아니라 앞에도 있었다. 게롤트의 놀람은 오래가지 않았다. 목숨을 구할 수 있으리라 여겼던 오리나무 숲 사이로 보이는 것은 파도처럼 몰려들고 있는 기마부대였다.

"단델라이온, 멈춰!"

게롤트는 자신들을 쫓아오는 보초병들을 향해 돌아서서 손가락을 입에 넣고 찢어질 듯 세차게 휘파람을 불었다. 그리고 목청껏 소리를 질렀다.

"닐프가드다! 닐프가드군이 오고 있다! 주둔지로 돌아가라! 주둔지로 돌아가라고, 이 머저리들아! 경보를 울려! 닐프가드가 오고 있다!"

그들을 뒤쫓던 순찰병들이 급하게 말을 세우고는 게롤트가 가리키는 방향을 보더니 겁에 질린 표정으로 소리치며 말을 돌리려 하고 있었다. 게롤트는 이 정도라면 신트라의 사자와 테메리아의 백합을 위해 충분히 할 만큼 했다고 생각했다. 그러고는 재빨리 순찰병에게 뛰어가 그를 말에서 끌어내렸다.

"단델라이온, 올라타! 꽉 잡아!"

단델라이온에게 두 번 말할 필요는 없었다. 말은 한 명이 더 타자 약간 주저앉는 듯싶었지만, 두 사람이 다급히 박차를 가하자 곧 속도를 내며 뛰기 시작했다. 지금은 개미 떼처럼 새까맣게 몰려드는 닐프가드군이 비세게르드와 그의 병사들보다 훨씬 위협적이었기 때문에, 두 사람은 양쪽의 군대가 부딪치기 전에 어떻게든 전선에서 멀리 떨어지려고 애를 썼다.

그러나 두 사람은 닐프가드 진영과 너무 가까이 있었고, 닐프가드인들 역시 그들을 발견했다. 단델라이온은 비명을 질렀고, 게롤트도 마치 검은 벽 같은 닐프가드 부대가 자신들을 향해 손을 뻗어오기 시작하는 것을 느꼈다. 게롤트는 주저 없이 말을 주둔지 쪽으로 돌려 도망치는 병사들을 앞질러 달렸다. 단델라이온이 다시 한 번 소리를 질렀는데, 이번에는 그럴 필요가 없었다. 게롤트 역시 주둔지에서 달려 나온 기병대가 자신들을 향해 돌격해오는 걸 봤기 때문이었다. 경고를 들은 비세게르드의 부대원들이 놀랍도록 빨리 말에 올라탄 것이다. 그리고 게롤트와 단델라이온은 정확히 충돌지점에 있었다.

피할 곳이 없었다. 게롤트는 또다시 도망치는 방향을 바꿨고, 가능한 한 말에게서 끌어낼 수 있는 모든 힘을 끌어내 내달렸다. 모루와 망치 사이의 점점 더 좁아지는 틈 속을 빠져나가고자 안간힘을 썼다. 어쩌면 성공할지도 모른다는 희망이 반짝하는 순간, 밤공기 사이로 화살이 날아드는 소리가 울려 퍼졌다. 단델라이온이 이번엔 정말 큰 소리로 비명을 질러대며 게롤트의 옆구리를 꽉 움켜잡았다. 게롤트는 무언가 따뜻한 것이 자신의 목 위로 흐르는 걸 느꼈다.

"꽉 잡아! 단델라이온, 버텨야 해!"

게롤트는 단델라이온의 팔꿈치를 부여잡은 채 자신의 등 쪽으로 최대한 끌어당겼다.

"날 죽였어! 피가 나! 날 죽이고야 말았어!"

단델라이온은 고함을 질렀다. 죽은 사람치고는 꽤나 우렁찬 목소리였다.

"무조건 버텨!"

양쪽 진영에서 우박처럼 쏟아지는 화살들은 단델라이온에겐 치명적이었지만 동시에 다행이기도 했다. 화살이 날아들자 양쪽 군대는 속도를 붙이지 못했고, 부딪치기 직전이었던 전선 사이의 틈이 점점 더 벌어졌던 것이다. 그 틈은 두 명이나 되는 장정을 태운 채 헐떡이던 말이 간신히 빠져나갈 정도는 되었다. 하지만 게롤트는 인정사정없이 계속해서 말을 몰아쳤다. 고맙게도 그들 앞에 숲이 나타나긴 했지만, 뒤에서는 여전히 말발굽 소리가 들려왔기 때문이었다. 말은 불평이라도 하듯 휘청거렸지만 멈추지 않은 채 달렸고, 이대로라면 이곳에서 벗어날 수도 있었다.

하지만 그 순간, 단델라이온이 갑자기 비명을 지르더니 말 엉덩이 쪽으로 늘어지면서 게롤트를 붙잡은 채 떨어져버렸다. 게롤트는 본의 아니게 고삐를 당겨 말은 그 자리에 멈춰 섰고, 게롤트와 단델라이온은 그대로 소나무들이 있는 숲속으로 굴러떨어지고 말았다. 단델라이온은 힘없이 낙마한 후 일어나지 못했고, 새된 목소리로 비명만 지르고 있었다. 그의 관자놀이와 왼쪽 어깨가 달빛 아래에서 검붉은 액체로 번들거렸다.

그들 뒤로 병장기가 부딪치는 소리와 병사들의 함성, 말들이 달려드는 소리와 함께 치열한 전투의 소음이 전해졌다. 그러나 전투가 벌어졌음에도 게롤트와 단델라이온 쫓아오던 닐프가드군들은 이들을 잊지 않고 있었다. 세 명의 닐프가드 기병들이 두 사람을 향해 달려오고 있었던 것이다.

게롤트는 자리에서 벌떡 일어났다. 마음속에서 차가운 분노와 증오를 느끼며, 쫓아오는 닐프가드 기병들을 향해 달려들었다. 단델라이온에게서 기병들의 주의를 분산시키려는 의도였지만, 그렇다고 친구를 위해 목숨을 바치려는 건 아니었다. 그들을 죽이고 싶었다.

선두에 선 기병이 도끼를 들고 게롤트에게 달려들었지만, 그는 자신이 위쳐에게 달려드는 줄은 몰랐다. 게롤트는 유려한 몸놀림으로 가볍게 도끼를 피한 후, 한쪽으로 몸이 쏠린 닐프가드 기병의 망토를 한 손으로 잡고, 다른 손으로는 넓은 허리띠를 잡았다. 그러고는 힘껏 잡아당겨 기병을 안장에서 떨어뜨린 다음, 그대로 달려들어 낙마한 기병을 짓밟았다. 그런 후에야 게롤트는 자신에게 무기가 없다는 사실을 깨달았다. 땅에 쓰러진 기병의 목을 움켜잡았지만, 무쇠로 만든 보호대 때문에 목을 조를 수 없었다. 닐프가드 기병은 몸부림을 치며 쇠로 된 장갑으로 게롤트의 얼굴을 때리고 할퀴었다. 게롤트는 몸으로 기병을 찍어 누르다가 기병의 넓은 허리띠에서 짧은 단검을 발견하고는 재빨리 칼집에서 단검을 끼냈다. 쓰러진 기병은 이를 알아채고 악을 썼다. 게롤트는 여전히 한 손으로 은색 전갈이 그려진 닐프가드 기병의 소매를 찍어 누른 채, 단검을 들어 일격을 가했다.

닐프가드 기병은 꺽꺽 소리를 내며 어떻게든 숨을 쉬고자 입을 벌렸고, 게롤트는 벌어진 기병의 입속에 단검을 꽂아 넣었다. 칼자루까지.

자리에서 일어났을 때, 게롤트의 눈에 보인 것은 기수가 없는 말들과 시체들, 그리고 먼 곳에서 벌어지고 있는 부대들의 전투 장면이었다. 주둔지에서 몰려 나온 신트라 병사들이 닐프가드 병사들을 정신없이 뒤쫓고 있었고, 낮은 소나무 그늘 속에서 두 남자가 싸우는 것은 눈치채지 못한 것 같았다.

"단델라이온! 화살에 맞았나? 어디에 맞은 거야?"

"머…… 머리…… 머리에 꽂혔어."

"바보 같은 소리 말고! 빌어먹을, 운이 좋았어…… 그냥 스쳤을 뿐이야."

"피가 난다고……."

게롤트는 짧은 재킷을 벗고 안에 입은 상의의 팔 부분을 찢었다. 화살촉은 단델라이온의 귀 위쪽에 맞아 관자놀이까지 이어지는 흉한 상처를 남겼다. 단델라이온은 벌벌 떠는 손으로 상처를 누르며 소매와 손으로 잔뜩 흐르는 피를 들여다보고 있었다. 그의 눈이 점점 흐려지고 있었다. 게롤트는 문득 깨달았다. 자신의 인생에서 처음으로 큰 고통과 깊은 상처를 입은 채 충격에 빠진 인간을 보고 있다는 사실을. 단델라이온은 이렇게 많은 양의 자기 피를 처음 봤을 것이다.

"일어나. 아무것도 아니야, 단델라이온. 그냥 긁힌 거라고…… 일어나, 여기서 빠져나가야 해……."

게롤트는 찢어낸 옷소매로 단델라이온의 머리를 급하게 감싸며 말했다.

암흑이 내려앉은 들판에서는 치열한 전투가 벌어지고 있었다. 금속이 부딪치는 소리, 말들의 울음소리, 사람들의 함성과 비명이 들려왔다. 게롤트는 닐프가드의 종마 둘을 붙잡았지만, 필요한 건 한 마리뿐이었다. 단델라이온이 자리에서 일어나긴 했지만, 도로 털썩 주저앉았고 비명을 지르며 훌쩍거리기 시작한 것이다. 게롤트는 단델라이온을 다시 일으켜 세우고 흔들어 간신히 정신을 차리게 한 후 안장에 실었다. 게롤트는 뒤에 앉아 말을 달리기 시작했다. 이미 창백한 푸른빛으로 밝아오는 동쪽 하늘에는 일곱 염소자리 중 가장 밝은 별이 높이 떠 있었다.

"곧 새벽이 올 텐데. 메기들이 작은 물고기들을 엄청 쫓아다니고 있네.

위쳐와 단델라이온은 보이지도 않고, 들리지도 않고. 레지스가 잘못된 건 아니겠죠?"

밀바는 하늘이 아닌 빛나는 강의 수면을 바라보며 말했다.

"그런 말은 하지 않는 게 좋소."

카히르가 되찾은 밤색 망아지의 뱃대끈을 고쳐 매며 말했다.

"퉤퉤…… 하지만 정말 그렇잖아요. 그 시리라는 아이와 만나게 된 사람은, 마치 도끼 아래 목을 내놓은 것과 똑같아. 그 아이는 불운을 가져오는 것 같다고요. 불운과 죽음."

"침을 뱉는 게 좋겠군, 밀바."

"퉤퉤, 액운 따위…… 떨어져라. 엄청 춥네, 온몸이 떨리잖아. 목도 마르긴 한데, 아까 강물을 따라 시체가 떠내려오는 걸 또 봤어요. 으…… 속도 좋지 않고. 토할 것 같아……."

"여기, 물. 그리고 내 옆에 가까이 앉으시오. 조금은 따뜻해질 테니."

카히르가 물통을 건네며 말했다.

또 다른 메기가 얕은 물속에서 잉어 떼를 공격했다. 잉어 떼는 수면 위로 우박 같은 은색의 물방울을 튀겼다. 달빛 아래로 박쥐인지 쏙독새인지가 휙 하고 지나갔다.

"누가 알겠어요, 내일 무슨 일이 일어날지? 누가 저 강을 건너고, 누가 흙을 껴안고 있을지?"

카히르의 어깨에 기댄 밀바는 생각에 빠진 채 중얼거렸다.

"일어나야 하는 일이 일어나겠지. 그런 생각은 하지 마시오."

"당신은 무섭지 않나요?"

"무섭지. 당신은?"

"난 토할 것 같아."

둘은 오랫동안 아무 말도 하지 않았다.

"말해봐요, 카히르. 당신은 언제 그 시리라는 아이와 만난 거죠?"

"첫 만남을 묻는 거요? 3년 전, 신트라에 전쟁이 일어났을 때. 내가 도시 밖으로 시리를 데리고 나왔소. 불 속에 있는 것을 내가 발견했지. 불을 뚫고, 연기를 뚫고, 품속에 시리를 안고 달렸소. 그러나 시리 역시 불과 같았지."

"그래서요?"

"품속에 불을 안고 있을 순 없지."

"만약 닐프가드에 있는 게 시리가 아니라면……."

밀바는 한동안 말이 없다가 카히르에게 물었다.

"그럼 그건 누구죠?"

"나도 모르오."

르다니아의 요새였다가 엘프와 다른 반역자들을 수감하는 막사로 바뀐 드라켄보그에는 이렇게 된 지 3년 만에 음울한 전통들이 생겼다. 그중 첫 번째는 죄수를 새벽녘에 목매다는 것이었다. 두 번째는 사형수들을 커다란 공동 감방에 가두는 것이었는데, 동이 트면 그곳에서 죄수를 끌고 나와 교수대로 향했다.

사형 선고를 받은 이들은 열댓 명씩 수감되었는데, 아침마다 두셋, 가끔은 네 명씩도 교수형에 처해졌고 남은 이들은 자기 차례를 기다려야 했다. 꽤 긴 기다림이었다. 때로는 그 기간이 일주일씩 될 때도 있었다. 드라켄보그에서는 이들을 가리켜 '즐거운 이들'이라고 불렀는데, 죽음을 기다리는 감방의 분위기가 언제나 즐거웠기 때문이었다. 그 이유는 첫째, 식사

때마다 죄수들에게 물을 잔뜩 섞은 신 포도주가 제공되었기 때문이다. 감방에서는 이 포도주를 '드라이 딕스트라'라는 애칭으로 불렀는데, 죽기 전에 주어지는 이 음료가 르다니아 정보국 국장의 명령으로 지급되고 있다는 걸 알 사람은 다 알기 때문이었다. 둘째로 사형수들은 더 이상 지하의 '세탁실'로 끌려가 심문을 당하지 않았고, 간수들이 괴롭히는 것도 금했기 때문이었다.

이날 밤도 늘 그렇듯 흥겨운 분위기였다. 여섯 명의 엘프와 하프엘프 한 명, 하플링 한 명과 인간 두 명, 그리고 닐프가드인 한 명이 수감되어 있었는데, 감방의 분위기는 더없이 좋았다. '드라이 딕스트라'는 한꺼번에 양철 접시에 쏟아부어 손을 쓰지 않고 핥아먹었는데, 이렇게 마셔야 이 연한 술에 조금이나마 취할 수 있었기 때문이었다.

바로 얼마 전까지 '세탁실'에서 심하게 당한 엘프 하나만이 평정심을 유지한 채 심각한 표정으로 '자유가 아니면 죽음을 달라'라는 구절을 손톱으로 새기는 데 열중하고 있었다. 얼마 전 참패한 이오르웨스 부대의 스코이아텔이었던 이 엘프를 제외한 나머지 사형수들은 전통적으로 내려오는 '즐거운 이들의 노래'를 끊임없이 부르고 있었다. 이 노래는 드라켄보그에서 만들어진 노래로, 누가 만든 곡인지는 모르지만 몰랐지만 이곳의 죄수들은 죽음의 감방에서 매일 밤 들려오는 노랫소리를 들으며 원하든 원치 않든 노래를 배우게 되었다. 언젠가 나도 저 합창단에 들어가겠지, 라고 생각하며.

*교수대에서 사형수들이 춤을 추네*
*박자에 맞춰 움직이며 꿈틀꿈틀*
*자기들만의 노래를 부르지*

*우울하고도 예쁜 노래를*

*사형수들의 하루하루는 즐거워*

*모든 시체들은 기억하겠지*

*다리 아래 걸상이 걷어차이던 순간을*

*깜짝 놀랐던 그 순간을*

빗장이 열리고 자물쇠 소리가 났다. 사형수들은 노래를 멈추었다. 새벽에 들어오는 간수가 의미하는 것은 단 하나, 합창단원이 줄어든다는 것이었다. 문제는 그게 누구인가였다.

간수들은 여럿이었다. 죄수를 교수대에 묶을 밧줄을 가지고 들어왔다. 겨드랑이에 곤봉을 끼고 있는 간수 하나가 질펀하게 코를 들이마시더니 양피지를 펼치고 헛기침을 했다.

"에헬 트로겔톤!"

"트레이레탄이야."

이오르웨스 부대의 엘프가 무심한 목소리로 말했다. 그러고는 손톱으로 새긴 구호를 잠시 응시한 후 힘겹게 자리에서 일어났다.

"코스모 발덴베그!"

하플링이 꿀꺽 소리가 날 만큼 침을 삼켰다. 발덴베그라는 이 하플링이 닐프가드 정보국의 명을 받고 행한 사보타주 때문에 잡혀왔다는 것을 나자리안은 알고 있었다. 그러나 발덴베그는 죄를 인정하지 않았고, 닐프가드와는 아무 관계도 없으며, 그저 돈 때문에 기병들의 말 두 마리를 훔쳤을 뿐이라고 고집스럽게 주장해왔다. 그러나 그 주장은 받아들여지지 않은 모양이었다.

"나자리안!"

나자리안은 고분고분 일어나 간수들이 손을 묶도록 팔을 내밀었다. 세 명을 끌고 나가자 사형수들은 다시 노래를 시작했다.

*교수대에서 사형수들이 춤을 추네*
*경련에 박자를 맞춰 즐겁게*
*바람은 그들의 노래를 실어가겠지*
*즐거운 후렴이 주위에 울려 퍼지네……*

새벽하늘은 보랏빛과 붉은빛으로 물들어갔다. 해가 쨍하고 날씨가 좋은 날이 될 징조였다.

사형수들의 노래는 말이 안 돼, 나자리안은 생각했다. 교수형을 당한 이들은 즐거운 춤을 출 수가 없다고. 왜냐하면 바닥에 구멍이 뚫린 높은 교수대에서 형이 집행되는 것이 아니라, 땅에 박힌 기둥에 묶인 채 매달리는 것이니까. 그리고 발밑에는 걸상이 아니라, 여러 사람이 거쳐간 흔적이 고스란히 남아 있는 자작나무 둥치만 놓여 있다고. 이미 오래전에 목숨을 잃은 이 노래의 원저자는 이 노래를 만들 때 그 사실을 몰랐겠지, 틀림없이. 다른 사형수들과 마찬가지로 자세한 사항은 죽기 직전에야 알게 되었을 테니까. 드라켄보그에서의 사형은 공개적으로 집행된 적이 없었다. 형이 집행되는 것은 죄에 대한 공정한 처벌일 뿐, 가학적인 복수가 아니기 때문이라고 했다. 이 말 역시 딕스트라가 한 것으로 알려져 있었다.

이오르웨스 부대의 엘프 발덴베그는 간수들의 손을 뿌리치고, 망설임 없이 자작나무 둥치로 올라가 자기 목에 밧줄을 걸게 했다.

"엘프 만……!"

자작나무 둥치가 걷어차였다.

하플링에게는 나무둥치 두 개가 필요했던 터라 간수들이 둥치 두 개를 나란히 쌓았다. 가상의 공작원은 항의의 비명을 지르지 않았다. 짧은 다리로 힘차게 자작나무 둥치를 걷어찼다. 이윽고 하플링의 머리가 힘없이 푹 떨궈졌다.

간수들이 세 번째 사형수 나자리안을 붙들었다. 그 순간 나자리안은 결심했다.

"말하겠습니다! 자백을 하겠다고요! 딕스트라를 위한 중요한 정보가 있어요!"

나자리안이 쉰 목소리로 외쳤다.

"너무 늦었는데. 교수대 앞에서는 두 명 중 한 명이 갑작스럽게 할 말이 생긴단 말이지."

드라켄보그 정치범 처형 담당 대리인 바스코이네가 의심스럽다는 듯 말했다.

"지어낸 게 아닙니다! 진짜 정보가 있어요!"

나자리안은 간수들의 팔 사이에서 몸부림을 쳤다.

한 시간도 지나지 않아 나자리안은 독방에 앉아 생의 아름다움에 취해 있었고, 파발꾼은 말 옆에 서서 준비를 마친 후 열심히 사타구니를 긁고 있었으며, 바스코이네는 딕스트라에게 쓴 보고서를 다시 한 번 읽고 있었다.

황송하게도 존귀하신 백작 전하께 말씀을 올리게 되었습니다.
국왕의 공무를 수행하는 인물을 습격한 죄를 지은 나자리안이라는 사형수가 다음과 같은 고백을 하였기 때문입니다. 이자는 리엔스라는 자의 명령으로 올해 7월 초승달의 날, 하프엘프인 시류와 야그와라는 이름의 공범 두 명과 함께 도리안에서 일어난 '코드링거와 펜의 살인 사건'에 가담했다고 합니다. 야그와는 현장에서 죽었지만, 시류가 두 법률가들을 모두 살해한 후 집을 불태웠다는 자백도 덧붙였습니다. 죄수 나자리안은 모든 잘못을 시류에게 미루고, 자신은 사람을 죽인 적이 없다고 주장하고 있습니다. 그것은 아마도 교수대 앞에서의 공포 때문인 것으로 보입니다.

백작 전하께서 흥미를 가지실 만한 사안은 이러합니다. 이 범죄를 저지르기 전에 나자리안은 하프엘프 시류와 야그와와 함께 리비아의 게롤트라는 위쳐를 쫓고 있었는데, 이 위쳐가 코드링거와 비밀리에 만난 바 있다고 합니다. 어떤 일로 만났는지 물었으나 죄수 나자리안은 모른다고 대답했는데, 앞서 언급한 리엔스와 하프엘프 시류가 자기 앞에서는 그 어떤 세부 사항도 발설하지 않았기 때문이라고 합니다. 그러나 이 자백에서 유추해볼 때, 두 법률가들을 죽이라는 명령을 내린 자는 리엔스로 추정됩니다.

또한 죄수 나자리안은 다음과 같은 자백도 하였습니다. 공범인 시류는 법률가들의 집에서 서류를 훔쳐 나왔는데, 이를 카레라스에 있는 '교활한 여우'라는 여관을 통해 리엔스에게 전달했다고 합니다. 리엔스와 시류가 그곳에서 무슨 얘기를 나누었는지 나자리안은 모르지만, 그 다음 날 셋이 함께 브뤼헤로 떠났고 초승달 이후 나흘째 되는 날, 문에 구리 가위가 박힌 붉은 벽돌집에 사는 젊은 처자를 납치했다고 합니다. 리엔스는 처자에게 마법의 음료를 권했고 정신을 잃게 만든 후, 시류와 나자리안은 서둘러 베르덴의 나스트록 성으로 이 처자를 데려갔다고 합니다.

다음 사항이 백작 전하께서 주의를 기울이셔야 할 부분입니다. 그들은 성채를 지키던 닐프가드 대장에게 이 처자를 넘겼는데, 이 처자의 이름을 '신트라의 시릴라'라고 했다고 합니다. 나자리안에 따르면, 성채를 지키던 대장이 그 이름을 듣고 매우 흥분했다고 합니다.

비밀 파발을 통해 이와 같은 정보를 백작 전하께 전달합니다. 심문과 관련된 정확한 보고서는 일단 서기가 깨끗하게 정리한 후 보내드리겠습니다. 황송하게도 존귀하신 백작 전하께 청하건대, 죄수 나자리안을 어떻게 처리해야 할지 명령을 내려주시기 바랍니다. 채찍질을 가해 세부 사항을 좀 더 밝혀내야 할지, 아니면 규칙에 따라 교수형에 처해야 할지 알려주십시오. 존경을 담아 인사를 올리며…….

당신의 충성스러운 신하가.

바스코이네는 보고서 밑에 화려하게 서명을 하고는 인장을 찍고 파발꾼을 불렀다. 딕스트라가 보고서의 내용을 알게 된 것은 그날 저녁이었다. 그리고 필리파 에일하트는 다음 날 정오에 이 사실을 알게 되었다.

게롤트와 단델라이온을 태운 말이 강가의 오리나무 숲에서 나타났을 때, 밀바와 카히르는 신경이 곤두설 대로 곤두서 있는 상황이었다. 전투가 벌어지는 소리는 이미 듣고 있었다. 이나 강의 물결이 멀리까지 소리를 전달해 주었기 때문이다.

안장에서 단델라이온을 내리는 것을 돕던 밀바는 카히르를 보고 게롤트의 몸이 굳는 것을 느꼈다. 하지만 어떤 말도 할 틈이 없었다. 게롤트 역시 아무 말을 못했는데, 왜냐하면 단델라이온이 손을 휘저으며 끙끙거리는 절망적인 신음 소리를 냈기 때문이었다. 다 함께 단델라이온을 모래사장에 눕힌 후, 머리 밑에 외투를 괴어주었다. 밀바가 이미 피투성이가 된 임시 붕대를 바꿔주려고 할 때, 누군가 그녀의 어깨를 부드럽게 잡았다. 동시에 이미 익숙해진 쑥향과 정향 등 진한 약초 냄새가 풍겨왔다. 언제나 그랬듯 어디에서 나타났는지, 언제부터 곁에 있었는지 알 수 없게 레지스가 등장한 것이다.

"내가 하도록 하지요."

레지스는 항상 가지고 다니는 가방에서 치료 도구들을 꺼내며 말했다. 이발사가 상처에서 붕대를 풀어내자 단델라이온은 고통스러운 듯 비명을 질렀다.

"괜찮습니다. 아무것도 아니에요. 피가 조금 났을 뿐입니다. 피만 조금…… 당신의 피는 냄새가 좋군요, 시인님."

레지스가 상처를 씻어내며 말했다.

바로 그 순간, 밀바가 좀처럼 예상치 못한 일이 벌어졌다. 게롤트가 성큼성큼 말에게 다가가 안장 옆에 꽂혀 있던 기다란 닐프가드의 칼을 뽑아 든 것이었다.

"단델라이온에게서 당장 떨어져!"

게롤트는 앉아 있는 레지스를 내려다보며 외쳤다.

"이 피는 냄새가 좋군요."

레지스는 게롤트가 뭐라고 하든 말든 조금도 개의치 않고 말을 이었다.

"이 피 속에서는 상처 때문에 나쁜 결과가 생길 만한 그 어떠한 질환의 냄새도 느껴지지 않는군요. 동맥도 정맥도 다치지 않았고…… 이제 조금 따끔할 겁니다."

단델라이온은 숨을 훅 들이마시더니 비명을 질렀다. 게롤트의 손에 들린 닐프가드의 칼이 반짝이는 강물에 반사되며 떨리고 있었다.

"몇 바늘만 꿰매면 됩니다."

레지스는 게롤트에게도, 게롤트의 손에 들린 칼에 대해서도 전혀 주의를 기울이지 않았다.

"용감하게 견뎌내야 해요, 단델라이온."

단델라이온은 과연 용감했다.

"거의 다 끝났습니다."

레지스는 차분히 붕대를 감으며 말했다.

"걱정 마세요, 단델라이온. 금방 괜찮아질 겁니다. 이 상처는 시인에게 걸맞는 상처군요. 당신은 전쟁 영웅처럼 멋진 붕대를 머리에 감고 다니게 될 테고, 당신을 쳐다보는 아가씨들의 심장은 밀랍처럼 녹아내릴 겁니다. 그래요, 이건 아주 시적인 상처지요. 배에 난 상처와는 전혀 다른 거예요. 간이 파열되거나 신장이나 대장이 찢어져 내용물이 밖으로 나오거나 복막염이 생기는 그런 치명적인 상처와는 이야기가 다르죠. 자, 게롤트, 난 이제 준비가 됐습니다."

레지스는 자리에서 일어났고, 게롤트는 레지스의 목에 칼을 겨눴다. 칼을 들이대는 동작이 너무 빨라 제대로 볼 수조차 없었다.

"물러서시오, 밀바."

게롤트가 단호한 목소리로 말했다.

레지스는 칼날이 목에 닿았는데도 미동조차 없이 게롤트를 바라봤다. 밀바는 어둠 속에서 레지스의 눈이 마치 고양이의 눈처럼 반짝이며 빛나는 것을 보고 숨을 삼켰다.

"왜 가만히 있나요, 하던 걸 계속하지 않고? 자, 찔러 넣으세요."

레지스는 여전히 차분한 목소리로 말했다.

"게롤트."

누워 있던 단델라이온이 입을 열었다. 목소리는 완전히 정상이었다.

"미친 거 아니야? 레지스는 우리를 교수대에서 구해줬다고…… 내 머리도 꿰매주고……."

"난민촌에서는 여자와 우리를 구해줬죠."

밀바 역시 작은 목소리로 말했다.

"조용히 해. 두 사람 다 이자에 대해 아무것도 모르니까."

레지스는 움직이지 않았다. 그리고 밀바는 이미 봤어야 했던 것을 지금에야 발견하고 두려움에 사로잡혔다.

레지스에게는 그림자가 없었다.

"바로 그겁니다. 당신들은 내 정체를 몰라요. 그리고 이제는 알 때도 되었죠. 내 이름은 에미엘 레지스 로헬렉 테르지에프-고드프로이. 이 세계에서 428년째 살고 있지요. 나는 당신들이 세계들의 결합이라고 부르는 대혼란 이후, 이곳에 갇힌 채 살아남은 자들의 후손입니다. 다른 말로 하면, 이 세계에서는 괴물로 불립니다. 그리고 지금, 나와 같은 자들을 해치우는 것이 직업인 위쳐를 만나게 되었군요. 이것이 이야기의 전부입니다."

"그거면 충분해. 넘칠 정도지. 여기서 사라져. 에미엘 레지스 어쩌고저쩌고. 당장 꺼지라고."

게롤트는 칼을 내려놓았다.

"희한한 일이군요. 날 그냥 놓아주겠다는 건가요? 인간에게 위협이 되는 나를? 위쳐라면 나 같은 위험 요소는 반드시 제거해야 할 텐데."

레지스가 조소하듯 말했다.

"꺼지라고. 멀리 가버려, 당장."

"얼마나 멀리 가야 하는 건가요? 당신은 위쳐입니다. 당신은 날 알고 있어요. 만약 당신이 당신 문제를 해결하고, 할 일을 다 끝내고 나면, 다시 당신의 자리로 돌아오겠지요. 당신은 내가 어디 사는지도 알고, 어디서 돌아다니는지도 알고, 뭘 하는지도 알잖습니까. 날 잡으러 올 건가요?"

"그럴 수도 있겠지. 만약 포상금이 걸려 있다면. 난 위쳐니까."

"행운을 빕니다. 잘 가시오. 아, 한 가지 더. 수고스럽게도 내 머리를 노려야 한다면, 포상금이 얼마쯤 돼야 할까요? 내 가치가 어느 정도라고 보나요?"

레지스는 가방을 추스르고 외투를 펼치며 물었다.

"엄청나게 높지."

"내 허영심을 자극하는군요. 정확하게는?"

"어서 가라고 했을 텐데, 레지스."

"알았어요. 하지만 가격이 궁금하군요."

"보통 뱀파이어라면 훈련된 종마 한 마리 가격은 받지. 하지만 당신은 '보통'이 아니잖아."

"그럼 얼마 정도가 적당할까요?"

"몰라. 이 세상에서 그런 가격을 지불할 수 있는 자가 있을지."

게롤트의 목소리는 얼음처럼 차가웠다.

"알았습니다. 고맙군요."

뱀파이어는 미소를 지었다. 미소 사이로 뱀파이어의 이빨이 드러났다. 그 모습에 밀바와 카히르는 흠칫 뒤로 물러섰고, 단델라이온은 가까스로 비명을 참았다.

"잘들 지내요. 행운을 빕니다."

"잘 가시오, 레지스. 우리도 당신의 행운을 빌 테니."

에미엘 레지스 로헬렉 테르지에프-고드프로이는 외투를 펄럭이더니 과시하듯 몸에 휘감고는 사라졌다. 말 그대로 사라졌다.

"그럼 이제, 네 차례다, 닐프가드인."

게롤트는 손에 칼을 든 채로 돌아섰다.

"그만 좀 해요."

밀바가 화를 내며 중단시켰다.

"이제 더는 못 참겠네요. 말부터 타요, 일단 여기서 빠져나가야 해요! 강물을 따라 소리가 여기까지 전해지고 있잖아요! 누군가 우리 목을 따러 이곳에 곧 도착할지도 모른다고요!"

"저놈과 함께 가는 일은 없소."

"그럼 혼자 가든지! 다른 방향으로! 이제 당신 기분 맞추는 것도 질렸어, 위쳐! 자기 목숨을 구해준 레지스도 쫓아버리고! 좋아, 그건 당신 일이니까. 하지만 카히르는 내 목숨을 구해줬어요, 그러니 내 동지라고! 당신에게 카히르가 적이라면, 아르메리아로 돌아가요! 길은 뻥 뚫려 있을 테니까! 그곳에 가면 당신 친구들이 교수대에서 기다리고 있겠지!"

밀바는 단단히 화가 나 있었다.

"소리 지르지 마시오."

"그럼 왕처럼 그렇게 가만히 서 있지 말고, 단델라이온을 페가수스에 태우는 것 좀 도와줘요."

"우리 말들을 찾아온 거요? 로취도?"

"저 사람이 구해냈어요."

밀바는 고갯짓으로 카히르를 가리켰다.

"어서 타요, 한시라도 빨리 여길 떠나야 한다니까!"

일행은 이나 강을 건넜다. 오른쪽 강둑으로, 강을 따라 얕은 곳으로, 강이 원래 흐르던 곳과 늪과 습지를 지났다. 개구리들의 울음소리와 꽥꽥거리는 오리들, 백조들의 날갯짓 소리로 가득한 젖은 수풀과 초지도 지났다. 대낮은 붉은 태양으로 이글이글 타는 듯했고, 각시연꽃들이 빽빽하게 자란 작은 호수들의 표면은 눈부시게 반짝거렸다. 일행은 이나 강의 지류가 야루가 강으로 합류하는 여러 지점 중 한 곳에서 방향을 바꿨다. 어느덧 진초록빛 늪지에서부터 곧장 뻗은 어둡고 음울한 숲길을 지나고 있었다.

밀바는 맨 앞, 게롤트 옆에서 나란히 달렸다. 밀바는 작은 목소리로 게롤트에게 카히르에 대한 이야기를 전하고 있었다. 게롤트는 마치 바위처럼 침묵한 채, 단 한 번도 카히르를 돌아보지 않았다. 카히르는 뒤쪽에서 단델라이온을 도와주며 달리고 있었다. 단델라이온은 간간히 비명을 지르고, 욕설을 내뱉고, 머리가 아프다고 불평했지만, 꿋꿋이 참으며 일행의 걸음에 걸림돌이 되지는 않았다. 페가수스와 안장에 매달린 류트를 되찾은 덕분에 음유시인의 기분이 상당히 좋아진 모양이었다.

정오가 다 되어서야 다시 햇볕이 가득한 초지에 다다랐는데, 초지 뒤편에는 거대한 야루가 강의 잔잔한 수면이 펼쳐져 있었다. 오래전 강이 흐르던 곳을 넘어, 질척질척한 습지를 지났다. 그렇게 이동하던 일행은 늪과 강 지류 사이에 위치한 작은 섬에 다다랐다. 섬에는 버드나무들이 우거져 있었고, 가마우지의 똥으로 하얗게 된 몇 그루의 마른 나무들이 듬성듬성 자리하고 있었다.

갈대숲에서 강물을 따라 떠내려온 듯한 배를 처음 발견한 것은 밀바였다. 또한 버드나무 숲 사이에서 쉬어갈 만한 자리를 발견한 것도 밀바였다.

일행은 걸음을 멈췄다. 게롤트와 닐프가드인이 이제는 대화를 나눌 때가 되었다고 생각했다. 둘만의 대화를.

"난 타네드에서 널 살려줬지. 네가 불쌍해 보였거든, 건방진 애송이. 결과적으로는 내가 인생에서 저지른 최악의 실수가 되어버렸지만. 오늘 아침에 나는 고위 뱀파이어를 살려줬다. 그가 빼앗은 목숨만도 한둘이 아닐 거야. 그를 죽였어야 했지만, 난 그 뱀파이어를 생각할 여유가 없었다. 내 생각은 하나에만 꽂혀 있었으니까. 시리를 해친 놈을 가만두지 않겠다는 생각. 시리를 해치는 놈이라면 그게 누구든 피로써 복수하기로 맹세했다."

카히르는 아무 말도 하지 않았다.

"밀바가 나에게 전한 너의 얘기로 변한 것은 아무것도 없다. 다만 한 가지는 확실해졌지. 타네드에서 넌 시리를 납치하려고 갖은 애를 썼지만, 결국 실패했다는 것. 그리고 이제는 내 뒤를 쫓고 있군. 내가 널 시리에게로 인도하기를 원하는 거겠지. 그러면 넌 시리에게 또다시 손을 내밀 수 있을 테고,

그럼 네 황제는 널 교수대로 보내지 않고 목숨만은 살려줄지도 모르니까."

카히르는 침묵했다. 게롤트는 기분이 좋지 않았다. 아주 좋지 않았다.

"시리는 너 때문에 밤마다 잠을 이루지 못하고 비명을 지르곤 했다."

게롤트는 낮은 목소리로 천천히 말했다.

"그 아이에게 네놈은 악몽이 된 거야. 하지만 너 역시 한낱 도구일 뿐이었다, 너희 황제의 미친한 도구. 난 네가 무슨 짓을 해서 시리의 악몽이 되었는지는 모른다. 하지만 이 모든 상황에서 최악인 것은, 왜 내가 널 죽이지 못하고 있는가 하는 것이다. 도대체 뭐가 날 가로막는 건지 모르겠군."

"어쩌면…… 보이는 상황도, 했어야 하는 일도 다르지만, 당신과 나는 무언가 공통점이 있는 게 아닌가?"

카히르가 작고 낮은 음성으로 말했다.

"그게 뭔지 궁금하군."

"당신처럼 나 또한 시리를 구하고자 하는 마음이 간절하다. 당신처럼 나 역시, 그 사실을 다른 이들이 의아해하거나 놀라워하는 것에 신경 쓰지 않아. 당신처럼 나 역시, 누구에게도 구구절절 설명 따위 하고 싶지 않고."

"그게 다인가?"

"아니."

"그럼 계속 말해봐라."

"시리는 말을 타고 먼지투성이 시골길을 달리고 있다. 여섯 명의 젊은이들과 함께. 그중에는 머리를 짧게 자른 여자애가 있어. 시리는 나무 헛간에서 춤을 추고 행복해했다."

"밀바가 너에게 내 꿈에 대한 이야기를 해줬겠지."

"아니, 밀바는 아무것도 얘기하지 않았다. 날 믿지 않나?"

"믿지 않는다."

게롤트의 대답에 카히르는 고개를 떨군 채 신발코로 모래를 팠다.

"잊고 있었다. 당신이 날 믿을 리 없다는 것과 날 신용할 리 없다는 것을. 이해한다. 하지만 당신 역시, 또 다른 꿈을 꾸었겠지. 그 꿈은 아무에게도 말하지 않았을 테고. 왜냐하면 그 꿈에 대해서는 그 누구에게도 말하고 싶지 않았을 테니까."

세르바디오는 한마디로 운수가 좋았다고 할 만했다. 로레도로 올 때는 누군가를 정탐할 생각이 전혀 없었다. 하지만 이 시골 마을이 괜히 산적 소굴이라고 불리는 것은 아니었다. 로레도는 산적들이 지나다니는 길에 자리하고 있었는데, 벨다 상부 근처의 산적과 도둑들 모두 이곳에 드나들면서 훔친 물건들을 서로 사고팔거나 교환하고 부족한 물품이 있으면 보충하기도 하며, 휴식을 취하고 무리들과 어울려 오락을 즐기기도 했다. 이 시골 마을은 몇 번이나 불에 탔지만 얼마 되지 않는 이곳의 원주민들과 타지에서 온 이주민들이 마을을 다시 일으켜 세웠다. 사람들의 주 수입원은 도둑들이었고, 덕분에 상당히 여유롭게 살 수 있었다. 그런 이유로 세르바디오 같은 첩자나 밀고자들 역시 항상 로레도에선 몇 플로렌의 가치가 있는 정보를 캐낼 수 있었다.

하지만 지금 세르바디오가 보기엔 고작 몇 플로렌이 문제가 아니었다. 왜냐하면 마을에 시궁쥐들이 도착했기 때문이었다.

일행을 이끄는 것은 기젤러였고 이스크라와 카일레이가 그 옆을 따르고 있었다. 그 뒤로는 미슬과 새로 들어온 회색 머리의 팔카라고 불리는 여자아이가 따르고 있었다. 행렬의 끝에는 아세와 리프가 훔친 것이 분명한 말들을 끌고 오고 있었다. 지쳐 보였고 먼지를 뒤집어썼지만 안장 위에서는 활기찬 모습으로 로레도의 지인들과 친구들의 인사에 열심히 답하고 있었다. 시궁쥐들은 말에서 뛰어내리자마자 건네받은 맥주를 마시며 곧장 장사치와 장물아비들과 시끌벅적한 흥정에 들어갔다. 미슬과 칼을 등에 멘 회색 머리의 여자애만 제외하고. 둘은 광장을 가득 메운 가판대 사이를 걷고 있었다. 로레도에는 장날이 따로 있었는데, 그날에는 지나가는 도둑들을 위해 특별히 더 다양하고 좋은 상품들이 나오곤 했다. 오늘이 바로 그런 날이었다.

세르바디오는 두 여자아이의 뒤를 조심스럽게 따라갔다. 돈을 벌려면 정보를 갖다줘야 했고, 정보를 얻으려면 들어야 했기 때문이었다.

두 여자아이는 색색의 스카프들과 목걸이, 수놓인 블라우스, 말 덮개와 말 머리 장식을 둘러보고 있었다. 물건들을 살펴보긴 했지만 사지는 않았다. 미슬은 회색 머리 여자애의 어깨에 손을 얹고 있었다.

세르바디오는 조심스럽게 가까이 다가가, 가죽장인의 채찍과 허리띠를 구경하는 척했다. 두 여자아이는 이야기를 하고 있었지만, 목소리가 작아 뭐라고 하는지는 들리지 않았다. 하지만 더 가까이 다가가기엔 겁이 났다. 자신을 알아채거나 의심할 수도 있을 것 같았다.

작은 가판대 중 하나에서는 솜사탕을 팔고 있었다. 가까이 다가가 설탕 솜이 가득 감긴 막대 두 개를 산 미슬은 그중 하나를 회색 머리 여자아이에게 건넸다. 회색 머리 여자애는 솜사탕을 조금 뜯어먹었고, 하얀 솜사탕 조각이 입술에 붙었다. 미슬이 조심스럽고 다정한 몸짓으로 조각을 입술에서 떼어주었다. 회색 머리 여자아이는 에메랄드빛 눈을 크게 뜨더니 천천히 입술을 핥고는 장난스럽게 고개를 까딱하며 웃어 보였다. 세르바디오는 소름이 끼쳤다. 목덜미에서부터 차가운 물줄기가 내려오는 느낌이었다. 시궁쥐의 두 여자아이에 대한 소문이 생각난 것이다.

세르바디오는 서둘러 물러나려고 했다. 아무래도 도움이 될 만한 정보는 듣지 못할 것 같았기 때문이었다. 두 여자아이는 중요한 얘기를 나누고 있지 않았고, 대신 좀 더 나이가 많은 기젤러와 카일레이 등이 모인 곳에서 시끄럽게 흥정하는 소리와 커다란 술통 위에 큰 잔을 내려놓는 소리에 주목했다. 차라리 저들에게서 쓸 만한 정보를 듣게 될 확률이 더 클 것 같았다. 시궁쥐들 중 누군가 한마디, 아니 반 마디라도 앞으로의 계획이나 다음 목적지, 할 일에 대해 이야기를 할지도 몰랐다. 만약 그것을 들을 수만 있다면, 그리고 그 정보를 적당한 시기에 지사의 군인들이나 시궁쥐들에게 엄청난 관심을 보이는 닐프가드 정보원들에게 전할 수만 있다면 상금은 이미 주머니 속에 들어온 것이나 다름없었다. 게다가 세르바디오가 전한 정보를 바탕으로 지사가 시궁쥐들을 치는 데 성공하기라도 한다면, 상당한 상금을 기대해도 좋았다. 마누라에겐 털 코트를 사줄 수 있겠군, 세르바디오는 가슴이 뛰었다. 아이들에게는 드디어 신발을 사줄 수 있겠지, 장난감도. 그럼 난 어떤 걸…….

두 여자아이는 막대 솜사탕을 뜯어먹으며 가판대를 따라 걷고 있었다. 세르바디오는 불현듯 두 여자아이를 지켜보는 시선들이 있다는 것을 깨달았다. 심지어 손가락질까지 당하고 있었다. 손가락질하는 자들은 아는 사람들이었다. 핀타의 패거리들로 수달파라고도 불리는 말 도둑들이었다.

수달파 패거리들이 큰 소리로 뭐라고 지껄이더니 낄낄거리기 시작했다. 미슬은 눈살을 찌푸리며 회색 머리 여자아이의 어깨에 손을 올렸다.

"비둘기처럼 다정하네! 저것 좀 봐, 곧 주둥이라도 쪽쪽거리겠구먼!"

수달파 도둑 중 하나가 코웃음을 치며 외쳤다. 덩치가 매우 크고 짚단 같은 콧수염이 나 있었다.

세르바디오는 회색 머리 여자아이가 몸을 떨고, 미슬이 그 아이의 어깨를 힘주어 끌어안는 것을 보았다. 미슬이 천천히 돌아서자 몇몇은 바로 웃음을 멈추었다. 하지만 짚단 같은 콧수염의 덩치는 너무 취했거나 영 눈치가 없는 것 같았다.

"어이, 너희들 중 남자 필요한 년 없어?"

덩치가 가까이 다가오며 불쾌한, 그러나 다른 해석의 여지가 없는 손짓을 해보였다.

"제대로 한 번만 경험해보면 변태 짓은 금방 고쳐질 텐데! 어이! 너 말이야, 너……."

덩치는 손을 뻗었지만 회색 머리 여자애를 만지지 못했다. 회색 머리 여자애는 마치 독사처럼 몸을 말더니, 손에서 놓친 솜사탕이 땅에 채 떨어지기도 전에 칼이 번쩍였다. 덩치는 비틀거리더니 칠면조처럼 꿀렁꿀렁하는 소리를 냈다. 잘린 목에서는 길게 핏줄기가 뿜어져 나왔다. 여자아이는 다시 한 번 몸을 말더니 춤추는 듯한 두 번의 발놀림으로 또다시 칼을 휘둘렀다. 핏물이 가판대 위로 흩뿌려지고, 덩치는 숨이 끊어진 채 그대로 쓰러졌다. 주변의 모래 바닥이 시뻘겋게 물들고, 누군가 비명을 질렀다. 일당 중 다른 한 명이 재빨리 부츠 안에서 단검을 꺼냈지만, 기젤러가 장식된 채찍 끝으로 세차게 내려치자 쓰러지고 말았다.

"시체는 하나면 충분해! 여기 이놈은 자기 잘못으로 죽은 거야. 누구랑 상대하는지 몰랐으니까! 뒤로 물러나, 팔카!"

시궁쥐의 우두머리 기젤러가 외쳤다.

회색 머리 여자아이, 팔카는 그제야 칼을 내렸고 기젤러는 돈주머니를 들어 흔들었다.

"우리 형제들의 법칙에 의해, 죽은 자에 대해서는 보상하겠다. 정직하게 몸무게에 따라서. 죽은 자의 몸무게 1파운드당 1탈러, 그것으로 끝이다! 그렇지, 친구들? 이봐, 핀타! 뭐 할 말 있나?"

이스크라와 카일레이, 리프와 아세 모두 우두머리인 기젤러 뒤에 정렬했다. 모두들 차가운 표정으로 칼자루를 쥐고 있었다.

"정직하게라…… 좋다, 기젤러. 그렇게 마무리 짓자."

수달파 중 키가 작고 다리가 휜, 가죽 재킷을 입은 남자가 말했다.

세르바디오는 침을 꿀꺽 삼키며 이미 몰려든 군중 사이에 섞여 있으려고 애썼다. 시궁쥐들과 타고 남은 재를 연상시키는 잿빛 머리의 팔카 옆으로 다가가고 싶은 마음이 싹 사라졌기 때문이다. 지사가 약속한 상금이 처음 생각과 달리 많은 금액이 아니라는 생각이 들었으니까.

팔카는 차분하게 칼을 칼집에 넣고는 주위를 둘러보았다. 칼날처럼 서늘하던 여자아이의 표정이 갑자기 변하더니 작은 얼굴을 찡그렸다. 그 모습을 본 세르바디오의 몸이 돌처럼 굳어버렸다.

"내 솜사탕…… 솜사탕이 떨어졌어."

팔카는 속상하다는 듯 더러운 모래 바닥 위에 나뒹굴고 있는 솜사탕을 바라보았다.

미슬이 팔카를 꼭 끌어안았다.

"내가 또 사줄게."

게롤트는 버드나무들이 자라난 모래 바닥 위에 우울한 듯, 화가 난 듯 생각에 잠긴 채 앉아 있었다. 그는 새똥으로 뒤덮인 나무 위에 줄지어 앉아 있는 가마우지들을 바라보고 있었다.

카히르는 대화 후 풀숲으로 들어가 나오지 않았다. 밀바와 단델라이온은 먹을 만한 것을 찾고 있었다. 다행이라면 물살에 떠내려온 조각배 안 그물 밑에서 구리로 된 솥과 야채가 든 바구니를 발견했다는 점이었다. 그들은 배 안에서 발견한 버드나무로 된 그물을 물가에 놓아두고는 얕은 물속으로 들어가 막대로 물풀을 찌르며 물고기를 유인했다. 단델라이온은 이미 상태가 많이 좋아졌고, 영웅적으로 붕대가 감겨 있는 머리를 마치 공작새처럼 뽐내며 자랑스러워했다.

게롤트는 여전히 생각에 빠져 있었고 기분이 좋지 않았다.

밀바와 단델라이온은 함께 그물을 잡아당기고는 욕을 내뱉었다. 메기와 잉어를 기대했지만 그물 안에는 조그마한 피라미들만 반짝반짝 팔딱거리고 있었다.

게롤트는 자리에서 일어났다.

"이리 와봐, 둘 다! 그 그물 좀 놔두고 와보라니까. 할 말이 있어."

물에 젖은 채 비린내를 풍기는 두 사람이 다가오자 게롤트는 서두 없이 바로 말했다.

"집으로 돌아가. 북쪽으로, 마하캄으로. 이제 나 혼자 가겠어."

"뭐라고?"

"단델라이온, 우리는 여기서 갈라지는 거야. 이제 그만할 때가 됐어. 자네는 집으로 돌아가서 시를 써. 숲을 지나는 건 밀바가 안내해줄 거야……. 왜 그래?"

"아무것도, 아무것도 아니에요. 말해요, 위쳐 양반. 무슨 말을 할지 궁금하네."

밀바는 어깨에 늘어진 머리카락을 옆으로 홱 치웠다.

"더 이상 할 말은 없소. 난 남쪽으로 갈 거요. 야루가의 강둑을 따라서, 닐프가드 영토로. 위험하고 먼 길이지. 그리고 더는 지체할 수 없소. 그래서 혼자 간다는 거요."

"불편한 짐을 치워버리겠다? 다리에 매달린 쇠뭉치처럼 속도를 지연시키고 문제를 일으키는 것들은 버리고 말이지. 그 쇠뭉치를 다른 말로 하자면, 바로 나겠지."

단델라이온이 고개를 끄덕였다.

"그리고 나도."

밀바도 게롤트를 외면한 채 옆을 보며 말했다.

"이봐, 이건 내 개인적인 문제야. 당신들과는 상관없는 일이라고. 당신들이 나 때문에 위험해지는 걸 원치 않아."

게롤트의 목소리는 아까보다 안정되어 있었다.

"물론 자네만의 문제겠지. 우린 자네에게 아무런 쓸모가 없고, 동반자가 있어봤자 방해만 되고 속도만 늦출 테니까. 누구에게도 도움받을 생각이 없고, 다른 사람을 돌아볼 생각도 없다는 말이겠지. 게다가 세상 그 누구보다 고독을 사랑하고. 또 뭐 내가 잊은 게 있나?"

단델라이온이 차분한 목소리로 물었다.

"당연하지. 뇌가 들어 있는지 없는지 알 수 없는 자네의 텅 빈 머리가 잊은 건 바로 이거야. 이 멍청아, 그 화살이 단 1인치만 오른쪽으로 비켜났더라도, 지금 이 순간 까마귀들이 자네 눈알을 파먹고 있었을 거라고. 자넨 시인이고 상상력도 있으니, 스스로의 모습을 한번 상상해보라고. 다시 말하겠는데 두 사람은 북쪽으로 돌아가. 난 혼자 반대 방향으로 갈 테니."

게롤트가 화를 내며 언성을 높이자 밀바가 용수철이 튀어 오르듯 자리를 박차고 일어났다.

"가요! 뭐, 당신한테 부탁이라도 할 줄 알았나? 지옥에나 가버리라지, 위쳐 씨. 이리 와요, 단델라이온. 먹을 걸 마련해야죠. 배고파 죽겠는데, 저 사람 말을 들으니 구역질이 나려고 하네."

게롤트는 고개를 돌렸다. 초록빛 눈의 가마우지들이 새똥이 잔뜩 묻은 나뭇가지 위에서 날개를 말리고 있었다. 갑자기 지독한 약초 냄새가 났다. 게롤트는 거칠게 욕설을 내뱉었다.

"내 인내심을 시험하는군, 레지스."

도대체 언제, 어디서 나타났는지 느닷없이 등장한 레지스가 게롤트의 말에 아랑곳하지 않고 옆에 다가와 앉았다. 그러고는 편안한 목소리로 말했다.

"시인의 머리 붕대를 갈아줘야 합니다."

"그럼 그쪽으로 가든지. 나와는 멀리 떨어져 있는 게 좋아."

레지스는 한숨을 쉬었다. 멀리 떨어져 앉을 생각은 없는 듯 보였다.

"좀 전에 당신과 단델라이온, 그리고 명사수 아가씨의 대화를 들었어요. 정말이지 주변 사람들을 자기편으로 끌어들이는 데 천부적인 재능을 가졌더군요. 그리고 온 세상이 당신을 도와주려고 하는데도, 당신은 그 도움의 손길과 동지들을 모조리 거절하고 있고요."

레지스의 목소리에 비아냥대는 기색이라곤 전혀 없었다.

"세상에 이런 일도 다 있군. 뱀파이어가 내게 사람들과 어떻게 지내야 하는지 충고를 하려고 하다니. 당신이 인간에 대해 뭘 알지, 레지스? 당신이 아는 건 오직 인간의 피 맛 아닌가. 젠장, 지금 내가 뱀파이어와 대화를 나누고 있는 건가?"

"세상에 이런 일이 다 있군요. 그래요, 당신이 먼저 대화를 시작했지요. 그럼 내 충고를 진지하게 들어볼 생각이 있나요?"

레지스 역시 심각하게 말했다.

"아니, 싫어. 필요 없다고."

"물론, 그렇겠죠. 내가 잊을 뻔했군요. 충고도 불필요하고, 동지도 불필요하고, 동반자도 불필요하다는 것을. 당신은 홀로 길을 떠나겠지요. 당신 여행의 목적은 아무래도 개인적인 것이고 게다가 당신 혼자, 개인적으로 그 목적을 이뤄야겠지요. 위험과 위협, 어려움, 후회와의 싸움 역시 당신 혼자 감내해야 하고. 왜냐하면 그것이 죄를 씻어내는 방법 중 하나이고, 당신이 원하는 속죄의 길이니까요. 뭐라고 해야 할까? 그래요, 불의 세례. 당신은 불 속을 지나가고, 그 불은 당신을 태우기도 하지만 동시에 정화시키겠죠. 혼자, 고독하게 말입니다. 누군가 그 불 속에서 함께해준다면, 도와준다면, 그 불의 세례로 인한 고통과 속죄 의식을 조금이라도 덜어간다면 바로 그 사실 자체가 당신에게서 무언가를 빼앗아가는 것 같겠지요. 당신만의 속죄 의식을 다른 누군가와 나눠야 할 테니까요. 오직 당신 혼자 그 빚을 감당해야 하는데, 다른 이들에게까지 그 빚의 무게를 짊어지게 해서는 안 되는데 말입니다. 내가 논리적으로 이해했나요?"

"정말 신기하군, 맨 정신으로 그런 말을 하다니. 당신이 이곳에 있다는 것 자체가 난 기분이 더러워, 뱀파이어 양반. 그냥 날 내버려둬, 그 속죄 의식인지 뭔지도 그냥 놔두라고. 내 빚도."

"그러지요. 앉아서 생각해봐요. 하지만 당신에게 충고는 해야겠군요. 속죄 의식, 정화시키는 불의 세례, 양심의 가책, 그런 것들에 대한 권리를 당신만 가지고 있는 것은 아니에요. 인생은 그런 점에서 회계장부와는 다르죠. 어떤 빚은 다른 이들에게 빚을 지며 갚게 되기도 한답니다."

레지스가 자리에서 일어났다.

"제발 좀 꺼져."

"그러지요."

레지스는 단델라이온과 밀바 곁으로 자리를 옮겼다. 단델라이온의 머리 붕대를 새것으로 가는 동안 세 명은 식사 메뉴에 대해 열띤 토론을 벌였다. 밀바는 그물에 걸린 피라미들을 털어내고는 못마땅한 표정으로 말했다.

"생각할 것도 없어요. 이 잔챙이들을 가지에 꿰어서 불에 구워 먹는 수밖에."

"아니오. 그건 좋은 생각이 아니라고. 물고기는 너무 적고, 그렇게 해서는 배부르게 먹을 수가 없어. 내 생각엔 저놈들로 수프를 끓이는 게 좋을 듯싶소."

단델라이온이 새 붕대로 동여맨 머리를 가로저으며 말했다.

"물고기로 수프를?"

"당연하지. 자잘한 물고기가 꽤 있고, 소금도 있고, 양파랑 당근도 있고, 파슬리도 있고, 줄기 샐러리도 있으니까. 그리고 솥도 있소. 이걸 다 합치면 수프가 만들어지겠지."

단델라이온은 손가락을 하나하나 펼치며 말했다.

"양념이 조금 있으면 좋을 텐데."

"오, 양념이라면 문제없지요. 바질, 고춧가루, 후추, 월계수잎, 샐비어……."

레지스가 가방에 손을 뻗으며 웃음을 짓자 단델라이온이 레지스의 말을 막았다.

"충분해요, 충분해. 뭐 수프에 만드라고라를 넣을 건 아니니까. 좋소, 그럼 다들 시작! 밀바, 물고기 손질 좀 해요."

"당신이 직접 하시죠! 이 사람들 좀 봐! 무리에 여자 한 명 있다고 부엌일을 당연히 해줄 거라고 생각하네. 난 물을 떠오고 불을 피울게요. 저 미꾸라지 손질은 직접 해요."

"저건 미꾸라지가 아닙니다. 저건 잉어 종류와 기벨리오붕어, 농어 종류에 속하지요."

레지스가 말했다.

"하! 물고기도 아주 잘 아시는구려!"

단델라이온이 참지 못하고 소리쳤다.

"아는 분야가 많은 편입니다. 이것저것 배웠으니까요."

뱀파이어 레지스의 목소리는 우쭐거림도, 열의도 없이 그저 무심했다.

"그렇게 이것저것 많이 배우셨다면, 저 벌레만 한 물고기 손질도 할 줄 아시겠네요. 난 물을 길어올게요."

밀바는 불을 후 불어 모닥불을 살린 후, 자리에서 일어났다.

"물을 한가득 가져오려면 무거울 텐데, 들고 올 수 있겠소? 게롤트, 밀바 좀 도와줘!"

"나 혼자 충분히 해요. 게롤트 도움은 필요 없어요. 저 사람은 자기 문제로 바쁘시니, 방해해선 안 되겠죠."

밀바가 씩씩대며 콧김을 뿜었다.

게롤트는 못 들은 척 고개를 돌렸다. 단델라이온과 레지스는 익숙한 솜씨로 자잘한 물고기들을 손질했다.

"먹을 게 너무 없겠는걸. 큰 물고기 한 마리만 있으면 딱 좋겠는데, 젠장."

단델라이온이 불 위에 솥을 걸며 말했다.

"이건 어떻소?"

버드나무 사이에서 갑자기 나타난 카히르가 3파운드는 될 법한, 아직도 꼬리와 지느러미를 움직이고 있는 강꼬치고기를 번쩍 치켜든 채 서 있었다.

"오호! 아름답군! 어디서 그런 놈을 잡았지, 닐프가드인?"

"난 닐프가드인이 아니오. 난 비코바르 출신이고 이름은 카히르……."

"알았어, 알았다고, 이미 얘기했어. 그 강꼬치고기는 어디서 잡았냐고?"

"낚싯대를 만들었소. 개구리를 미끼로 썼지. 강둑 앞의 웅덩이에 던져 넣었는데, 강꼬치고기가 덥석 물었소."

"완전 전문가시군."

단델라이온이 붕대 감은 머리를 절레절레 저었다.

"차라리 스테이크를 먹자고 할걸. 그럼 저 사람이 소를 구해왔을 텐데. 뭐, 있는 걸 먹도록 하지. 레지스, 작은 물고기는 통째로 솥에 집어넣어요. 하지만 강꼬치고기는 손질을 잘해야겠군. 할 줄 아나, 닐프…… 카히르?"

"할 수 있소."

"그럼 당장 시작하라고. 게롤트, 젠장, 얼마나 더 거기서 뿌루퉁한 얼굴로 앉아 있을 거야? 와서 야채 손질 좀 해!"

게롤트는 순순히 자리에서 일어나 무리에 합류했지만, 보란 듯이 카히르와는 멀리 떨어져 앉았다. 칼이 없다고 불평을 하기도 전에 닐프가드인, 아니 비코바르인 카히르가 자기 칼을 건네주고는 두 번째 칼을 꺼냈다. 게롤트는 고맙다고 웅얼거리며 칼을 받았다.

협동 작업은 순조롭게 진행되었다. 작은 물고기들과 야채로 가득한 솥은 곧 부글부글 거품을 내며 끓기 시작했다. 솜씨 좋게 밀바가 깎아 만든 숟가락으로 레지스가 거품을 걷어냈다. 카히르가 강꼬치고기 손질을 마치고 물고기를 부위별로 갈라놓자 단델라이온이 솥 안에 꼬리와 지느러미, 등뼈와 날카로운 이빨이 붙은 생선 대가리를 넣고 휘저었다.

"맛있겠다, 냄새가 좋아. 이게 다 끓으면 뼈를 발라서 건져내자고."

"발싸개라도 쓸 건가요? 체도 없는데 어떻게 건져내요?"

밀바가 또 다른 숟가락을 깎으며 얼굴을 찡그렸다.

"밀바 양, 그렇게 포기할 수는 없지요! 없는 건, 있는 걸로 대체하면 되지 않나요? 모든 건 긍정적인 생각과 성의에 달려 있는 법입니다."

레지스가 조용히 웃으며 말했다.

"교양 있는 얘기는 악마에게나 가서 해요, 뱀파이어 씨."

"내 사슬 갑옷을 체로 쓰면 될 것 같소. 나중에 깨끗이 씻으면 되니까."

카히르의 말에 밀바가 단호하게 주장했다.

"쓰기 전에도 꼭 씻어야 해요. 씻지도 않고 스프에 넣는다면, 난 안 먹을 거야."

사슬 갑옷 체에 뼈 발라내기는 성공적이었다.

"이제 이 국물에 강꼬치고기 살을 넣어, 카히르."

단델라이온이 진두지휘했다.

"아이고, 냄새가 아주 끝내주네. 이제 장작은 더 넣지 말고, 약한 불로. 게롤트! 어디에 숟가락을 집어넣는 거야! 이제 저으면 안 돼!"

"소리 지르지 마. 몰랐다고."

"무지가 생각 없는 행동을 정당화시키는 건 아니지요."

레지스가 웃으며 덧붙였다.

"만약 모른다면, 의심이 든다면, 그때는 다른 이들의 충고를……."

"닥쳐, 뱀파이어!"

게롤트가 벌떡 일어나 등을 돌리자 단델라이온은 코웃음을 쳤다.

"화가 났나봐, 저것 좀 보라지."

"저 사람은 원래 저래요. 어떻게 해야 하는지 모르면, 일단 말만 앞서고 화부터 낸다고요. 아직도 그걸 몰랐나요?"

밀바가 입술을 삐죽거리며 말했다.

"이미 파악한 지 오래요."

카히르가 작은 목소리로 말했다.

"후추를 넣어. 소금을 더 넣어야 해. 아, 지금 딱 좋아."

단델라이온이 숟가락을 빨며 쩝쩝 소리를 냈다.

"불에서 솥을 내리자고. 으악! 뜨겁잖아! 장갑이 없는데……."

"나에게 있소."

단델라이온의 비명에 카히르가 말했다.

"난 필요 없습니다."

레지스가 솥의 다른 쪽을 잡으며 말했다.

"좋아."

단델라이온은 숟가락을 바지에 닦고 큰 소리로 외쳤다.

"자, 여러분, 모두 모이세요. 맛있게 드십시오! 게롤트! 특별히 불러주기라도 해야 하나? 깃발도 올리고 팡파르도 울리면서?"

모두들 모래에 놓인 솥 주위에 바싹 붙어 앉았다. 오랫동안 쩝쩝 소리와 간간히 숟가락에 담긴 수프를 후후 부는 소리 외에 다른 소리는 들리지 않았다. 국물을 반쯤 먹은 후부터는 조심스럽게 강꼬치고기 살을 건져내는 작업이 진행되었고 마지막에는 숟가락들이 솥 바닥을 긁고 있었다.

"정말 잘 먹었네요. 수프를 끓이자는 아이디어는 진짜 좋았어요, 단델라이온."

밀바가 신음 소리를 냈다.

"정말 탁월한 선택이었습니다. 게롤트, 당신은 할 말 없나요?"

레지스도 인정하며 슬쩍 게롤트를 바라봤다.

"고맙다고 말하면 되는 건가? 아니면 팡파르라도 울릴까?"

게롤트는 다시 시작된 무릎 통증에 간신히 자리를 딛고 일어났다.

"저 친구는 항상 저런다니까. 신경 쓰지 말아요. 다행히도 난, 저 친구가 창백한 하얀 얼굴에 흑단 같은 머릿결을 가진 아름다운 예니퍼와 싸울 때도 옆에 있었으니까."

단델라이온이 손을 내저었다.

"조심, 게롤트는 문제가 있다는 걸 잊지 말자고요."

레지스가 단델라이온을 주의시켰다.

"문제는, 해결을 봐야 하는 법이오."

카히르는 트림을 간신히 참으며 말했다.

"무슨 소리, 하지만 어떻게?"

단델라이온의 물음에 밀바가 코웃음을 치며 따뜻한 모래 위에 편히 앉았다.

"뱀파이어 씨가 제일 유식하니까 분명히 아시겠죠."

"지식으로 해결하는 것이 아니라 상황을 현명하게 진단하는 것이 중요하지요. 상황을 현명하게 진단하면, 우리가 풀 수 없는 문제에 직면했다는 걸

론에 이르게 됩니다. 이 과업은 사실 성공 가능성이 전혀 없어요. 시리를 다시 찾을 가능성은 제로에 가까우니까."

레지스의 목소리는 차분했다.

"하지만 포기할 수는 없잖아요. 긍정적이고 참신하게 생각해야죠. 그러니까 아까 저 사슬 갑옷 체처럼 말이에요. 가능성이 없으면 다른 방법으로 대체해야지. 난 그렇게 생각해요."

밀바가 비꼬듯 받아치자 레지스가 말을 이었다.

"얼마 전까지만 해도 우리는 시리가 닐프가드에 있다고 생각했지요. 그곳에 다다르는 것과 시리를 빼내오는 것 모두 도저히 해낼 수 없는 과업으로 여겨졌어요. 지금 카히르가 밝힌 바에 따르면, 우리는 시리가 어디 있는지 전혀 모르고 있는 상황이지요. 어떤 방향으로 가야 하는지조차 모르는 마당에 계획을 논할 수는 없습니다."

"그럼 우린 어떻게 해야 하죠? 게롤트는 남쪽으로 계속 가겠다고 고집을 부리잖아요."

밀바가 화를 냈다.

"저 사람에게 방향은 별 의미가 없어요. 어디로 가건, 그 자리에 가만히 앉아 있지 않는다는 사실이 중요한 거랍니다. 그게 바로 위쳐들의 원칙이지요. 이 세상은 악으로 가득 차 있고, 발길 닿는 곳 어디로 가든 만나게 되는 악을 처치하고, 그런 방식으로 선에 봉사하면, 나머지는 다 알아서 되리라는 믿음. 다른 말로 하자면, 중요한 건 움직이는 것이고, 목적은 없는 셈이지요."

레지스는 언제나 그렇듯 소리 없이 웃었다.

"말도 안 돼요. 게롤트의 목적은 시리인데, 그럼 시리가 없다는 건가요?"

"그건 그냥 농담입니다."

레지스는 여전히 등을 돌리고 있는 게롤트를 바라보며 말을 이었다.

"말도 안 되는 농담을 했군요. 미안해요, 밀바 양, 당신 말이 맞아요. 우리의 목적은 시리에요. 시리가 어디 있는지 모르기 때문에, 먼저 어디 있는지 알아내고 그 후에 우리의 방향을 정해야 합니다. 이 운명의 아이 같은 경우는 마법과 운명, 그리고 다른 초자연적인 요소들로 가득 차 있지요. 하지만 난 이런 문제라면 아주 잘 알아서 틀림없이 우리를 도와줄 만한 이를 알고 있습니다."

"하, 그게 누구요? 어디 있소? 여기서 먼가?"

단델라이온은 크게 기뻐했다.

"닐프가드의 수도보다는 가까워요. 정확히 말하면, 상당히 가깝죠. 앙그렌이에요. 야루가의 저쪽 강둑이죠. 카에드 두의 숲속에 근거지를 둔 드루이드들을 말하는 겁니다."

"당장 거기로 갑시다!"

"아니, 당신들 중 그 누구도 내 의견 따위를 물어야 한다고 생각하는 사람이 없나?"

잠자코 있던 게롤트가 버럭 화를 냈다.

"자네 의견?"

단델라이온이 고개를 돌렸다.

"자넨 도대체 뭘 어떻게 해야 하는지 개념조차 없잖아. 좀 전에 먹은 수프도, 우리 덕택에 먹게 된 거라고. 우리가 없었더라면 굶고 있었겠지. 우리 역시 자네가 행동하기만을 기다렸다간 쫄쫄 굶었을 거야. 수프를 끓인 솥단지는 협력 작품이라고. 단체 행동의 결과, 공동의 목적을 가지고 뭉친 무리가 해낸 거야. 이해하나, 이 친구야?"

"저 사람이 뭘 이해하겠어요? 저 사람은 항상 나, 나, 나 혼자뿐인 외로운 늑대라고요! 하지만 사냥꾼은 될 수 없어요. 왜냐하면 숲에서 함께 버틸 수가 없잖아요. 놔둬요, 도시 사람들의 멍청한 생각이니까. 하지만 저 사람은 그걸 모르죠!"

밀바가 얼굴을 잔뜩 찡그렸다.

"알고 있어요, 알고 있습니다."

레지스가 입술을 깨물며 소리 죽여 웃었다.

"그냥 바보처럼 보이는 것뿐이오. 하지만 난 그래도 저러다 정신을 차리겠지, 하고 기다렸어. 제대로 된 결론을 내리지 않을까? 혼자서도 제대로 된 결과가 나오는 행동이란, 자위행위밖에 없다는 걸 알게 되지 않을까, 하고."

단델라이온의 말에 카히르는 요령 있게 아무 말도 하지 않았다.

"당신들 모두 지옥에나 떨어져!"

마침내 게롤트가 숟가락을 챙기며 입을 열었다.

"다들 지옥에나 떨어지라고! 대단한 동료애로 똘똘 뭉친 멍청이들 같으니라고. 제대로 알지도 못하면서 공동의 목적을 위해 협력한다는 당신들, 그리고 빌어먹을 나도 마찬가지고."

카히르 모르 디프린 엡 셀락의 모범을 따라 이번에는 모두가 요령 있게 아무 말도 하지 않았다. 단델라이온, 밀바라고 불리는 마리아 배링, 에미엘 레지스 로헬렉 테르지에프-고드프로이까지 모두.

"그것참 대단한 친구들을 얻었군. 위대한 전우들! 영웅 무리들! 내가 뭘 어떻게 대접해드려야 하나? 류트를 든 음유시인님과 거친 야성의 소유자이자 반은 드라이어드고 반은 인간인 여성분, 그리고 500년은 족히 묵은 고위 뱀파이어. 그걸로도 부족해서 자기가 닐프가드인이 아니라고 주장하는 빌어먹을 닐프가드인까지."

게롤트가 머리를 저으며 결론을 내렸다.

"그리고 그 무리의 우두머리는 양심의 가책과 무력감, 결정 장애에 시달리는 위쳐지요. 그러니 이 무리의 이름은 짓지 않는 걸로 합시다. 지나치게 화젯거리가 되는 건 피하는 게 좋을 테니."

레지스가 평온한 얼굴로 마무리를 지었다.

"비웃음거리가 되는 것도 피해야 하니까요."

밀바가 덧붙였다.

*여왕은 말했다. "나에게 자비를 구하지 말고, 네가 해친 자들에게 자비를 구하라. 너는 악한 행동을 할 용기가 있었으니 추격과 정의가 가까워진 지금도 용기를 가져라. 나의 권한으로는 너의 죄악을 용서해줄 수 없다." 그 말에 마녀는 마치 고양이처럼 칵 소리를 내며 사악한 눈을 번뜩였다. "나의 패배는 바로 앞에 있지만, 당신의 패배 역시 멀지 않은 곳에 있어요, 여왕님. 당신의 비참한 죽음의 순간 라라 도렌과 그 저주를 기억하게 될 거예요. 나의 저주는 당신의 후손들에게까지 미칠 거예요, 열 세대가 지날 때까지." 그러나 여왕의 가슴속에 용감한 심장이 뛰고 있다는 것을 알아챈 나쁜 엘프 마녀는 더 이상 못된 말로 위협을 하거나 저주를 퍼붓는 대신 갑자기 암캐처럼 도움과 자비를 구하기 시작했다.*

라라 도렌 동화, 인간 민담 버전

*……아무리 애원해도 목석같은 도'이네, 인정사정없이 잔인한 인간의 마음을 부드럽게 할 수는 없었다. 라라가 자신을 위해서가 아니라 자신의 자식을 위해 빌고자 여왕이 탄 마차의 문을 잡았을 때, 여왕의 명령으로 집행인이 칼로 내리쳐 손가락이 잘리고 말았다. 2월의 한파가 몰아치는 밤, 라라는 숲의 언덕에서 마지막 숨을 내쉬며 여자아이를 낳았고, 몸속에 남아 있는 마지막 온기로 감쌌다. 눈으로 뒤덮인 캄캄한 겨울밤인데도 언덕에는 갑자기 봄이 찾아와 페이넨베드 꽃으로 가득해졌다. 오늘날까지 이 꽃은 단 두 곳에서만 핀다. 돌 블라타나와 라라 도렌 엡 시아달이 죽은 언덕에서만.*

라라 도렌 동화, 엘프 버전

# 제 6 장

"내가 부탁했잖아. 나 좀 건드리지 말라고 했을 텐데."

누워 있던 시리가 화를 내며 소리쳤다.

미슬은 시리의 목을 간질이고 있던 풀을 든 손을 거두고 하늘을 바라보더니, 짧게 깎은 뒷머리에 양손을 받쳤다.

"요즘 이상해진 것 같아, 작은 매야."

"날 만지는 게 싫다고! 그것뿐이야!"

"그냥 장난친 건데."

"알아, 장난이겠지. 이 모든 것이 그냥 장난일 뿐이겠지. 하지만 난 재미없어, 알겠어? 조금도 재미있지 않다고!"

시리는 입술을 악물었다.

미슬은 다시 대자로 드러누운 채 오랫동안 아무 말 없이 흰 구름 조각이 떠 있는 푸른 하늘을 바라보았다. 숲 위로 참매가 빙빙 돌고 있었다.

"꿈 때문인 거야? 네 꿈 때문이지? 거의 매일 비명을 지르며 일어나잖아. 언젠가 겪었던 일이 꿈으로 다시 나타나는 거지. 나도 알아."

미슬이 입을 열었지만 시리는 대답하지 않았다.

"네 얘기를 나에게 털어놓은 적은 한 번도 없었지. 어떤 일을 겪었는지, 어디서 왔는지 말해준 적이 없어. 가까운 사람들이 있었는지도……."

미슬은 다시 침묵을 깼다.

시리는 목 주위를 손으로 홱 뿌리쳤지만, 그건 미슬의 장난이 아니라 무당벌레일 뿐이었다.

"나도 가까운 사람이 있었어. 내 말은, 그러니까 가깝다고 생각했지…… 날 찾으러 올 거라고, 여기라도, 세상 끝까지라도, 원하기만 한다면 말이야…… 최소한 살아 있다면 날 찾으러 오리라 생각했어. 도대체 왜, 뭣 때문에 너에게 내 얘기를 해야 해?"

시리는 미슬에게 눈길조차 주지 않은 채 먹먹한 목소리로 말했다.

"그럴 필요는 없어."

"다행이네. 장난일 뿐이잖아. 우리 둘 사이의 모든 것처럼."

"이해가 안 돼. 나랑 있는 것이 싫다면, 왜 날 떠나지 않는 거지?"

미슬은 고개를 돌렸다.

"난 혼자 있는 게 싫어."

"단지 그 이유 때문이야?"

"그건 큰 이유야."

미슬은 입술을 깨물었다. 하지만 무슨 말인가를 더 하기도 전에, 휘파람 소리가 들려왔다. 두 명 다 자리에서 벌떡 일어나 침엽수 잎사귀들을 털어내고 말 쪽으로 다가갔다.

"놀이가 시작됐네. 언제부턴가 네가 가장 좋아하는 놀이 말이야. 내가 그걸 모를 거라고는 생각하지 마."

미슬이 칼을 챙긴 후 안장으로 뛰어오르며 외쳤다.

시리는 굳은 표정으로 말을 찼다. 둘은 협곡의 옆길을 따라 무시무시한 속도로 내달렸다. 다른 시궁쥐들의 함성 소리가 반대편 길 끝에서 들려왔다. 매복 작전의 계획대로 양쪽 끝이 만나는 순간이었다.

개인 접견은 끝났다. 에이돈의 자작이자 에미르 황제의 정보국장인 바티에 드 리도는 도서관을 나오며 꽃의 계곡의 여왕에게 궁중 법도가 요구하는 것보다 더 공손하게 허리를 굽혀 인사했다. 바티에의 인사는 매우 조심스러운 것이었고, 그의 움직임은 잘 훈련되어 있었으며 절제되어 있었다. 황제의 정보국장 바티에는 엘프의 여왕 발치에 도사린 두 마리의 시라소니에게서 눈을 떼지 않았다. 황금빛 눈을 가진 두 시라소니들은 졸린 듯 게을러 보였지만, 바티에는 이 녀석들이 애완동물이 아니라 경계를 늦추지 않는 호위병이라는 것을 잘 알고 있었다. 궁중 법도에서 정해진 거리보다 더 가까이 여왕에게 접근하는 자라면 누구든 눈 깜짝할 사이에 고기 곤죽으로 만들게 분명했다.

흔히 에니드 안 그레나, 계곡에 핀 국화라고도 불리는 프란체스카 핀다베어는 바티에가 나간 후 문이 닫힐 때까지 기다렸다가 시라소니들을 쓰다듬었다. 그러고는 천천히 입을 열었다.

"이제 나와, 이다."

여자 엘프 마법사이자, 푸른 산맥의 자유로운 아엔 쉐이드 중 하나인 이다 에민 아엡 시브니는 바티에와의 접견 동안 마법을 써서 몸을 숨기고 있었다. 이다는 도서관 구석에서 몸을 드러내며 드레스 자락과 밝은 주홍빛 머리카락을 매만졌다. 시라소니들은 눈을 조금 크게 떴을 뿐이었다. 모든 고양이들처럼, 보이지 않는 것을 볼 수 있는 이 시라소니들을 단순한 마법으로는 속일 수 없었다.

"첩자들의 대잔치가 슬슬 짜증나기 시작했어."

프란체스카는 조소를 담아 말하며 흑단으로 만든 의자에 편안한 자세로 앉았다.

"케드웬의 헨젤트 왕이 얼마 전에 '영사'를 보내고, 딕스트라는 돌 블라타나로 '무역 사절단'을 보내더니, 이번엔 제국의 정보국장 바티에 드 리도가 직접 왔네! 맙소사, 그리고 전에는 정확히 뭘 하는 자인지 아무도 모르는 황제 직속의 스테판 스켈렌까지 왔었지. 하지만 스켈렌은 만나지 않았어. 난 여왕이고 스켈렌은 직책이 없잖아. 공직자라지만, 우리에겐 아무것도 아니니까."

"스켈렌은 우리한테도 왔어요. 우린 만나줬죠. 필라반드렐이랑 바나다인과 애기를 했어요."

이다가 천천히 말했다.

"그리고 바티에가 내게 물은 것처럼 빌게포츠와 예니퍼, 리엔스와 카히르 엡 셀락에 대해 물었겠지?"

"다른 얘기도 나왔지만, 맞아요. 이상하게 여겨질 텐데 스켈렌은 이틀린 아에글리 엡 에베니엔의 예언 중 고대 혈통에 대한 예언의 원래 내용, 그러니까 원전에 더 관심이 많았어요. 또한 갈매기의 탑인 토르 라라에 대해서나, 오래전 토르 지라엘이라고 불렀던 제비의 탑과 갈매기의 탑을 이어주는 전설의 포탈에 대해서도 관심이 있더군요. 인간들의 행동과 생각이란 뻔해요, 에니드. 고갯짓 한 번으로 우리가 수백 년 동안 밝혀내려고 애썼던 수수께끼와 비밀을 그들에게 알려주리라 생각하죠."

프란체스카는 손을 들어 반지를 살펴보고는 말했다.

"흥미롭군. 필리파가 스켈렌과 바티에의 수상한 관심사에 대해 알고 있을까? 그리고 그 둘이 섬기는 에미르의 관심사도?"

"모를 거라고는 생각되지 않아요. 그리고 우리가 알고 있는 것을 몬테칼보에서 필리파와 다른 모든 이들 앞에서 감추는 것 역시 위험할 수 있어요. 우리를 나쁘게 볼 소지가 있죠. 우린 무슨 일이 있어도 회합이 지속되길 바라고요. 우리 엘프 마법사들이 신용을 얻고, 이 일로 의심받지 않았으면 좋겠어요."

이다는 프란체스카 여왕을 날카롭게 바라보았다.

"문제는 우리가 양쪽을 저울질 하고 있다는 거야, 이다. 이건 불장난이지. 닐프가드의 백색 불꽃을 가지고……."

"불은 모든 것을 태워버리죠."

이다 에민은 진한 화장으로 길게 뺀 눈꼬리를 들어 여왕을 응시했다.

"하지만 정화시키기도 해요. 불을 통해서 갈 수밖에 없어요. 위험을 무릅쓸 수밖에 없다고요, 에니드. 그 회합은 지속되어야만 하고, 이제 활동을 시작해야만 해요. 정원을 갖춰서 말이죠. 열두 명의 여자 마법사, 그중에는 예언이 명시한 그 한 명이 있어야만 해요. 이것이 설령 도박이라고 해도, 믿음을 가지고 임해야죠."

"만약 함정이라면?"

"회합의 구성원 개개인에 대해서는 나보다 더 잘 알고 계시잖아요."

프란체스카는 잠시 생각에 잠겼다가 천천히 입을 열었다.

"쉴라 드 탄자빌은 은둔형 외톨이야. 누구와도 얽히지 않았지. 트리스 메리골드와 키이라 메츠는 권력과 관계하고 있었지만, 지금은 둘 다 망명자신세고, 폴테스트 왕은 테메리아에서 마법사들은 모두 쫓아냈어. 마르가리타 록스 안틸레의 관심사라고는 자기 학교밖에 없지. 물론 지금 상황으로는 이 세 명 모두 필리파의 강력한 영향 아래 있고, 필리파는 수수께끼의 인물이야. 사브리나 글레비식은 케드웬에서의 정치적 영향력을 포기할 수 없겠지만, 회합을 배신할 인물은 아니야. 회합이 주는 권력도 사브리나에겐 너무 매력적이니까."

"아시르 바 아나히드는? 그리고 몬테칼보에서 알게 된 그 두 번째 닐프가드 여자는요?"

"그들에 대해선 나도 잘 몰라. 하지만 보기만 한다면 좀 더 알 수 있겠지. 뭘 어떻게 입었는지 볼 수만 있다면 말이야."

프란체스카가 살짝 웃음을 지었다.

이다 에민은 화장이 진한 눈꺼풀을 깜빡거렸지만, 질문 대신 말을 이었다.

"그럼 옥으로 만든 조각상만 남네요. 여전히 잘 알지 못하는, 옥으로 만든 수수께끼의 조각상. 이틀린네스피스에서 그 기록을 찾아볼 수 있는 게 전부죠. 그럼 이제 조각상에게 말을 해주고, 무엇이 기다리고 있는지 알려줘야 할 때 아닌가요? 압축을 해제하는 거라도 도와드려요?"

"아니, 나 혼자 할게. 감압에 어떤 반응이 따라오는지 알잖아. 보는 사람이 적을수록 자존심에 상처를 입는 것도 덜할 테니까."

프란체스카 핀다베어는 다시 한 번 궁정 안뜰이 보호막으로 다른 곳과 완전히 분리되어 있는지, 소리와 시야 모두 차단되어 있는지 확인했다. 그러고는 오목거울 반사경이 붙어 있는 촛대에 세 개의 검은 초를 밝혔다. 프란체스카는 여덟 가지의 엘프 별자리 중 각각 벨레테인, 라마스, 율레를 상징

하는 바닥의 동그란 모자이크 자리에 촛대를 놓았다. 둥근 별자리 모자이크 안쪽으로는 마법의 상징들로 만든 작은 오각형이 위치해 있었다. 프란체스카는 세 번째의 작은 원 안에 삼각대를 놓고, 그 위에 조심스럽게 세 개의 수정을 올려놓았다. 수정의 각도가 삼각대의 끝과 일치해 힘의 분배가 정확해야만 했다. 프란체스카는 몇 번이나 반복해서 확인했다. 실수를 감당할 자신이 없었다.

멀지 않은 곳에서 분수의 물소리가 났다. 대리석으로 만든 '물의 정령' 석상이 들고 있는 대리석 주전자에서 네 방향으로 떨어지는 물줄기가 연꽃잎들을 움직였다. 연꽃 사이로 금붕어가 유유히 헤엄치고 있었다.

프란체스카는 작은 상자를 열어 그 안에서 옥으로 만든, 반들반들한 작은 조각상을 꺼내 정확히 오각형의 중심에 놓았다. 그런 후에 뒤로 물러나 다시 한 번 책상에 놓인 마법서를 확인하고는 깊이 숨을 들이켰다. 프란체스카는 팔을 뻗어 주문을 외우기 시작했다.

세 개의 검은 초는 활활 타오르기 시작했고, 수정의 표면이 빛나면서 빛줄기를 뿜어냈다. 빛줄기가 조각상에 닿자 색깔이 변하기 시작했는데, 초록빛에서 황금빛으로, 그러더니 잠시 후에는 투명해졌다. 마법의 에너지로 공기가 흔들리면서 보호막까지 흔들렸다. 초 하나가 불꽃을 내뿜었고 모자이크들의 형태가 변하면서 바닥에는 그림자가 일렁였다. 프란체스카는 팔을 고정한 채 계속해서 주문을 외웠다.

조각상은 순식간에 커지기 시작했다. 곧이어 조각상의 이곳저곳이 울퉁불퉁 튀어나오고 구조와 모양이 완전히 바뀌면서 바닥에는 연기가 자욱하게 깔렸다. 수정에서 발산된 빛이 연기를 관통하자, 환한 빛줄기 아래 점점 더 구체적으로 형태를 갖추는 무언가가 나타났다. 그리고 잠시 후, 마법의 원 중앙에 완전한 사람의 형상이 모습을 드러냈다. 검은 머리의 여자가 축 늘어진 채 힘없이 바닥에 누워 있었다.

촛불은 연기를 피워 올리고, 수정들의 빛은 사라졌다. 프란체스카는 팔을 내리고 손가락의 힘을 빼고는 이마에 맺힌 땀을 닦았다.

몸을 동그랗게 말고서 바닥에 누워 있던 검은 머리의 여자가 비명을 지르기 시작했다.

"네 이름이 뭐지?"

프란체스카가 또렷한 목소리로 이름을 묻자, 여자는 비명을 지르더니 양팔로 아랫배를 감쌌다.

"네 이름이 뭐지?"

"예…… 예니…… 예니퍼! 아악……!"

프란체스카는 안도의 한숨을 내쉬었다. 여자는 여전히 몸을 말고서 비명을 지르고 신음하며 주먹으로 바닥을 내려치고 구토를 하려는 듯 괴로워했다. 프란체스카는 참을성 있게, 차분히 기다렸다. 조금 전만 해도 옥으로 된 조각상이었던 여자는 고통스러워하고 있는 것이 분명했다. 정상적인 반응이었다. 그러나 뇌에 손상을 입지는 않았다.

"그래, 예니퍼. 이 정도면 됐지, 안 그래?"

시간이 좀 더 흐른 후에야 프란체스카는 신음 소리를 무시하고 물었다.

예니퍼는 필사적으로 애를 쓰며 사지로 몸을 지탱하고는 팔로 코를 닦고 주위를 멍한 시선으로 바라보았다. 그녀의 시선은 프란체스카가 마치 뜰 안에 없는 것처럼 비켜나더니, 분수의 물줄기를 보고 눈빛을 반짝였다. 예니퍼는 힘겹게 분수대로 기어가 첨벙 소리를 내며 그 안으로 몸을 던졌다. 그녀는 컥컥거리며 물을 뱉어냈고 연꽃에 의지해 물의 정령 석상까지 가까스로 기어가 석상에 등을 기댄 채 앉았다. 물은 가슴까지 차올라 있었다.

"프란체스카…… 당신이……."

예니퍼는 흑요석으로 만든 별 모양의 펜던트 목걸이를 붙든 채 아까보다는 또렷한 시선으로 프란체스카를 바라보며 중얼거렸다.

"그래. 기억이 나?"

"날 조각상 안에 가뒀어…… 빌어먹을, 나를 가둔 거야?"

"가뒀다가 다시 풀어줬지. 뭐가 기억나지?"

"가르스탕…… 엘프들. 시리. 당신. 그리고 엄청난 무게가 내 머리 위로…… 이제야 알겠어, 그게 뭐였는지. 압축 마법……."

"기억력은 제대로군. 잘됐어."

예니퍼는 고개를 떨구더니 자신의 허벅지 사이를 바라보았다. 금붕어들이 헤엄치고 있었다.

"분수대 물을 갈라고 해, 에니드. 내가 오줌을 쌌으니까."

예니퍼가 중얼거렸다.

"괜찮아. 어쨌든 물에 피는 비치지 않네. 압축 때문에 신장이 망가지는 일도 있거든."

프란체스카가 미소를 지었다.

"신장만? 멀쩡한 기관이 하나도 남아 있지 않은 것 같은데…… 기분상으로는 그래. 젠장, 에니드, 도대체 나에게 왜 이런 짓을……."

예니퍼는 훅 하고 날카롭게 숨을 들이쉬었다.

"분수대에서 나와."

"싫어. 여기가 좋아."

"나도 알아. 탈수 증상이 심할 테니까."

"치욕적이야! 이건 모욕이라고! 도대체 왜 이런 짓을 한 거야?"

"나와, 예니퍼."

예니퍼는 양손으로 물의 정령 석상을 붙들고 힘겹게 일어났다. 그러고는 몸에서 물풀을 털어내고 물이 뚝뚝 떨어지는 드레스를 거칠게 찢어내더니 물줄기 아래 나체로 섰다. 몸을 씻고 물을 마신 다음 분수대에서 나와 가장자리에 걸터앉고는 머리를 넘기며 주위를 둘러보았다.

"여긴 어디야?"

"돌 블라타나."

예니퍼는 코를 훔쳤다.

"타네드의 난리법석은 아직도 진행 중이야?"

"아니, 끝났어. 한 달 하고도 보름 전에."

"내가 당신에게 엄청난 잘못이라도 했나 보네. 내가 그렇게 거슬렸던 거야, 에니드? 이제 우린 서로에게 진 빚을 청산한 셈 쳐도 되겠군. 나에게 제대로 복수한 거야, 조금은 가학적으로 말이지. 그냥 내 목을 따는 걸로 만족할 수는 없었던 거야?"

"바보 같은 소리 하지 마."

엘프의 여왕 프란체스카는 입술을 찡그렸다.

"네 목숨을 구하려고 널 조각상에 가둔 다음 가르스탕에서 들고 나왔어. 이 이야기는 나중에 다시 하자. 자, 수건. 여기 시트도 있어. 새 드레스는 목욕 후에 줄게. 제대로 된 목욕 말이야, 욕조와 따뜻한 물이 있는. 내 금붕어들에게 민폐 그만 끼쳐."

이다와 프란체스카는 포도주를 마셨다. 예니퍼는 포도당과 당근주스를 마셨다. 그것도 엄청난 양을.

프란체스카의 말이 끝나자마자 예니퍼가 입을 열었다.

"결론부터 말하자면, 닐프가드가 리리아를 치고, 케드웬과 협력해서 에이단을 함락하고, 벤거버그를 불태우고, 베르덴을 복속시키고, 지금은 브뤼헤랑 소든을 치고 있다는 거지. 빌게포츠는 감쪽같이 사라지고, 티사이아 드 브리스는 자살하고. 그리고 프란체스카 당신은 에미르 황제가 그토록 찾아 헤매던 나의 시리를 손에 넣은 보답으로 꽃의 계곡의 여왕이 되어 이곳을 차지하고 왕관을 받았다는 거지. 지금은 자기 마음대로 나의 시리를 좌지우지하면서, 날 한 달 반 동안 옥 조각상에 가둬놓고선 지금 와서 나에게 그걸 감사하라고?"

"인사 정도는 받아도 될 것 같은데. 타네드에서는 리엔스인가 뭔가 하는 작자가 자신의 명예를 걸고 너에게 천천히, 잔혹한 죽음을 선사하겠다며 벼르고 있었고, 빌게포츠는 그렇게 해주겠노라 약속한 상대였어. 리엔스는 가르스탕 곳곳을 뒤지며 널 찾아 헤맸다고. 하지만 결국 널 찾진 못했지. 넌 이미 내 목에 건 조각상 목걸이였으니까."

프란체스카 핀다베어가 차갑게 말했다.

"그렇게 조각상으로 47일을 보냈어."

"맞아. 하지만 누군가 벤거버그의 예니퍼가 돌 블라타나에 있냐고 물어보면 편하게 대답할 수 있었어. 예니퍼에 대해 물어본 거지, 조각상에 대해 물어본 건 아니었으니까."

"날 다시 풀어주게 된 계기는 뭐야?"

"이유는 여러 가지지. 곧 얘기해줄게."

"그 전에 다른 얘기부터 해줘. 타네드에는 게롤트도 있었어, 위쳐 말이야. 내가 아레투자에서 소개한 적이 있는데, 기억하지? 게롤트는 어떻게 됐지?"

"진정해. 살아 있으니까."

"진정하고 있어. 빨리 말해, 에니드."

"너의 위쳐는 보통 사람들이 평생에 걸쳐 해낼까 말까 한 일을 단 한 시간 만에 해냈지. 조금도 실망시키지 않았어. 딕스트라의 다리를 부러뜨리고, 아토드 테라노바의 목을 베고, 열 명의 스코이아텔을 살해했어. 흠, 잊을 뻔했군. 심지어 키이라 메츠를 아주 건강하지 못하게 흥분시켰지."

"대단하네. 하지만 키이라는 이제 제정신으로 돌아왔겠지? 게롤트에게 화가 난 건 아니겠지? 흥분만 시키고 끝난 건 키이라에 대한 존경심이 부족해서가 아니라 시간이 없어서 그런 게 분명해. 다음에 만나면 키이라에게 내 이름을 걸고 말 좀 전해줘."

예니퍼는 과장되게 얼굴을 찡그렸다.

"그 문제라면 네가 직접 말할 기회가 있을 거야, 그것도 곧. 지금은 네가 의도적으로 무관심한 척하는 주제에 대해 대화를 나눠야겠어. 너의 위쳐는 시리를 보호하는 일에 너무 열중한 나머지 비이성적인 행동을 했지. 빌게포츠에게 덤벼든 거야. 그리고 빌게포츠는 그를 처참하게 끝장냈지. 죽이지 않은 건 단순히 시간이 없었을 뿐이지, 불가능해서 그런 게 아니었어. 이젠 어때? 아직도 무관심한 척할 거야?"

계곡에 핀 국화, 프란체스카가 차갑게 말했다.

"아니. 아니야, 에니드. 관심 있어. 이 소식에 내가 충격받았다는 걸 몇몇은 곧 알게 될 거야, 맹세코."

예니퍼의 얼굴에서 비웃음이 가셨다.

예니퍼의 빈정대는 말에도 반응하지 않았던 프란체스카는 이 협박에도 꿈쩍하지 않았다.

“트리스 메리골드가 엉망이 된 위쳐를 브로킬론으로 텔레포트시켰어. 전해 듣기로는 드라이어드들이 그곳에서 위쳐를 치료하고 있대. 아마 지금쯤은 나아졌을 거야. 하지만 그곳에 꼭꼭 숨어 있는 편이 더 낫겠지. 딕스트라의 부하들과 모든 왕들의 정보원들이 찾고 있으니까. 너 역시 마찬가지고.”

“내가 어쩌다가 그런 영광을? 난 딕스트라의 어느 부위도 부러뜨리지 않았는데…… 아하, 말해줄 필요 없어, 내가 짐작해볼게. 내가 타네드에서 흔적도 없이 사라진 것 때문이겠지. 내가 조그맣게 줄어든 채로 당신 주머니 속에 들어가 있었다는 건 아무도 몰랐을 테니까. 그러니 모두들 내가 공모자들과 함께 닐프가드로 도망쳤다고 생각하겠지. 진짜 공모자들은 진실을 알고 있겠지만, 이들이 그 사실을 정정하진 않았을 테니까. 아직도 전쟁이 계속되고 있고, 거짓 정보야말로 언제나 날카롭게 갖춰야 할 무기 중 하나잖아. 그리고 이제, 47일이 지난 후 그 무기를 쓸 시간이 온 거야. 벤거버그의 내 집은 불타고, 난 수배 중이고. 이제 난 스코이아텔 부대에라도 들어가거나 엘프의 자유를 위해 투쟁이라도 해야겠군.”

예니퍼는 당근주스를 꿀꺽꿀꺽 마시며 평정을 유지한 채, 아무 말도 없는 이다 에민 아엡 시브니의 눈을 응시했다.

“왜 그러시죠, 이다 씨? 당신은 푸른 산맥의 자유로운 아엔 쉐이드 아닌가요? 저에게 주어진 운명이 어떤가요? 왜 돌처럼 침묵하시죠?”

“예니퍼, 나는 딱히 할 말이 없을 때는 침묵해요. 무의미한 짐작을 늘어놓거나 불안함을 수다로 감추는 것보다는 언제나 그 편이 낫죠. 이제 본론으로 들어가요, 에니드. 예니퍼에게 어떻게 된 일인지 설명해주시죠.”

주홍빛 머리의 엘프, 이다 에민이 대답했다.

"기꺼이 듣겠어요. 말해, 프란체스카."

예니퍼는 벨벳 위에 놓인 흑요석 별을 손가락으로 만졌다.

프란체스카는 양손으로 턱을 괴고 이야기를 시작했다.

"오늘은 보름달 이후 두 번째 날이야. 잠시 후 우리는 몬테칼보의 성으로 텔레포트를 할 거야, 필리파 에일하트의 본부지. 그곳에서 분명 관심을 가질 만한 모임에 너도 참석하는 거야. 너 역시 언제나 마법이 최고의 가치라고 주장해왔어. 마법이야말로 모든 종류의 분류와 다툼, 정치적 선택, 개인적인 이익과 감정, 적대감보다 우선한다고 생각하잖아. 그러니 마법만을 위한, 마법이 모든 일의 최우선을 차지하는 것을 도모하는 비밀 회합이 시작되었다는 소식에 너도 기뻐하리라 생각해. 그 회합의 새로운 회원을 추천할 수 있는 자격을 이용해 난 두 명을 입회시키겠다고 했어. 이다 에민 아엡 시브니와 예니퍼 너야."

"예상치도 않았던 대단한 영광이네. 마법으로 사라졌다가 느닷없이 엘리트 마법사 비밀 회합의 일원이 되다니. 모든 개인적인 감정과 적대감 위에 존재하는 회합 말이지. 내가 입회할 자격이 될까? 나에게서 시리를 빼앗아 간 자들에 대한 적대감과 나와 무관하지 않은 남자를 참혹하게 처리한 자들에 대한 분노, 그리고 날 이렇게 만든 상황을 아무렇지 않게 극복할 수 있을 거라 생각해?"

예니퍼가 자신의 감정을 숨기지 않고 비아냥대자 프란체스카가 끼어들었다.

"난 확신해. 네 안엔 분명 그럴 만한 힘이 있어, 예니퍼. 난 너를 알아, 네게는 그럴 만한 힘이 충분히 있다는 것을. 또한 너는 야심도 있지. 네가 마주한 영광과 승격에 대한 의심을 날려버릴 만한 야심. 하지만 내 입에서 이런 얘기를 듣고 싶다면, 확실히 말해줄게. 난 너를 회합에 추천했어. 왜냐하면 넌 자격이 있고, 이 일에 분명 도움이 되리라 생각했으니까."

"고마워."

하지만 예니퍼의 얼굴에서 조소가 사라질 기미는 보이지 않았다.

"고맙네, 정말, 에니드. 젠장, 야심과 자부심과 자기애가 나를 얼마나 떠받치고 있는지 느껴지는군. 곧 터질 지경이라고. 왜 나 대신 그 회합이라는 곳에 돌 블라타나나 푸른 산맥의 다른 엘프를 추천하지 않았는지 궁금하긴 하지만."

"몬테칼보에 가면 알게 될 거야." 프란체스카가 차갑게 대꾸했다.

"지금 당장 알고 싶은데."

"말해줘요." 이다가 속삭였다.

"시리 때문이야."

잠시 생각에 잠겨 있던 프란체스카는 깊이를 가늠할 수 없는 시선으로 예니퍼를 응시했다.

"회합의 구성원들은 시리에게 관심이 있어. 그리고 시리를 너보다 잘 아는 사람은 없고. 나머지는 직접 가보면 알게 될 거야."

"알았어."

예니퍼는 어깻죽지를 북북 긁었다. 압축 마법 탓에 피부가 건조해져 참을 수 없이 가려웠다.

"그럼 그 회합의 구성원들이 누구인지는 말해줘. 당신들과 필리파 말고 또 누가 있지?"

"마르가리타 록스 안틸레, 트리스 메리골드, 키이라 메츠. 코비어의 쉴라

드 탄자빌. 사브리나 글레비식. 그리고 닐프가드의 두 여자 마법사들이야."

"국제적 여성 회합이군."

"그렇게 부를 수도 있겠지."

"모두 나를 빌게포츠의 공모자로 생각할 텐데. 날 받아들이겠어?"

"날 받아들였잖아. 나머지는 너의 노력에 달렸어. 너와 시리의 관계에 대한 보고를 요청받을 거야. 너의 위쳐가 15년 전 신트라에서 벌였던 일부터 한 달 전 일까지 모두. 정직하게 모든 것을 사실대로 말하는 것이 중요해. 그럼 회합에 대한 충성심을 인정받겠지."

"누가 충성한다고 했어? 충성심을 운운하기에는 너무 이른 것 아닌가? 난 이 국제 여성 단체의 성격도, 하는 일도 모른다고."

"예니퍼, 난 너를 회합에 추대했어. 하지만 어떤 것도 강요할 마음은 없어. 특히 충성 문제에 대해서는. 그건 네 선택이야."

프란체스카는 고르게 난 눈썹을 찡그렸다.

"어떤 선택인지 짐작이 가는군."

"제대로 짐작했어. 그럼에도 선택은 자유야. 하지만 개인적으로 말하자면, 난 네가 회합을 선택하길 바라고 있어. 정신없이 벌어지는 사건 속에서 눈 뜬 장님처럼 휘말리는 것보다는 너의 시리를 훨씬 더 효과적으로 도울 수 있어. 물론 넌 그렇게 휘말리는 걸 더 선호하는 모양이지만. 시리는 죽음의 위협을 받고 있어. 우리가 힘을 합쳐야만 시리를 구할 수 있을 거야. 몬테칼보에서 오가는 말들을 들어보면, 내가 지금 사실을 말하고 있다는 걸 알게 될 텐데…… 예니퍼, 네 눈이 수상하게 번쩍이는데 그건 좋지 않아. 가서 도망치지 않겠다고 약속해."

"싫어. 그런 약속은 못해, 프란체스카."

예니퍼는 고개를 저으며 벨벳 위의 흑요석 별을 손으로 덮었다.

"예니퍼, 미리 경고해두지만 몬테칼보의 모든 포탈에는 차단 기능이 있어. 필리파의 허락 없이 누구라도 들어오거나 나가려고 했다가는 디메리티움 벽으로 만든 감옥에 떨어지도록 되어 있다고. 적절한 요소가 없이는 너의 개인용 텔레포트 포탈을 열 수도 없겠지만. 예니퍼, 난 너의 그 별을 빼앗고 싶지 않아. 가급적이면 네가 모든 능력을 갖추고 있길 바라거든. 하지만 회합은 너 혼자 미친 사람처럼 시리를 구하러 달려가거나, 복수하려는 걸 용인하지 않을 거야. 난 네 정보를 모두 가지고 있고, 주문 알고리즘도 아직 있어. 만약 그래야 한다면 널 또다시 옥으로 된 조각상으로 만들어서 가둬버릴 거야. 몇 달이 아니라 몇 년이라도."

"경고해줘서 고마워. 하지만 약속은 못해."

프린질라 비고는 얼굴 표정에 상당히 공을 들였지만, 신경이 바짝 곤두섰고 긴장해 있었다. 그녀는 늘 젊은 마법사들에게 아무 생각 없이 고정관념이나 편견을 가지지 말라고 가르쳐왔고, 북쪽 지역 여자 마법사들의 전형에 대한 각종 소문을 비웃곤 했다. 인공적인 아름다움, 도도함, 변태에 가까울 정도로 도를 넘는 허영심과 안하무인적인 태도 등. 하지만 몬테칼보에서의 다음 회합이 가까워질수록, 이 비밀 회합에서 무슨 일이 일어날지 가늠할 수 없었고, 그에 따른 불안감은 점점 더 커졌다.

그 회합에서 자신을 기다리고 있는 것은 무엇일까. 걷잡을 수 없는 상상은 꽤나 구체적이었다. 이를테면 깊게 파인 가슴 위로 다이아몬드 목걸이와 진홍빛의 젖꼭지를 드러낸 여자들, 촉촉한 입술, 술과 마약으로 번들거리는 눈동자, 무시무시할 정도로 아름다운 여자들의 모습이 자꾸 눈앞에 어른

거렸다. 프린질라의 상상 속에서 비밀 회합이란, 열광적인 음악과 함께 미약과 마약, 남성과 여성 노예, 각종 기괴한 도구로 가득한 야만적인 난교의 장소로 변한 지 오래였다.

텔레포트가 끝나자 프린질라의 입술은 바싹 말라 있었고, 마법의 바람 때문에 눈물이 맺힌 상태로 두 개의 검은 대리석 기둥 사이에 서 있었다. 프린질라는 사각형의 에메랄드 목걸이를 꼭 잡았다. 그 옆에는 아시르 바 아나히드가 긴장한 모습으로 나타났다. 프린질라는 그 와중에 친구가 평소엔 입지 않는 생소한 옷차림이라는 것을 알아챘다. 히아신스 색상의 꽤 우아한 드레스에는 진초록의 수수한 캐츠아이 목걸이가 더해져 있었다.

하지만 긴장감은 곧 가셨다. 마법의 등불로 환한 홀은 쾌적하고 조용했다. 북을 치고 있는 발가벗은 흑인도, 음부에 피어싱을 한 채 식탁에서 춤추는 여자도 없었고, 하시시와 곤충 가루로 만든 최음제 냄새도 나지 않았다. 곧이어 성주인 필리파 에일하트가 닐프가드의 두 여자 마법사들을 맞이했는데, 옷을 잘 갖춰 입은 필리파는 예의 바르고 진지했으며 일을 처리하는 능력이 탁월해 보였다.

참석한 다른 여자 마법사들이 가까이 다가와 자신을 소개하자 프린질라는 안도의 한숨을 내쉬었다. 북쪽의 여자 마법사들은 아름답고, 화려하고, 보석으로 빛나고 있었지만, 부드러운 화장으로 강조된 눈에 마약이나 미약의 흔적 같은 것은 보이지 않았다. 또한 누구도 가슴을 드러낸 채 돌아다니지 않았다. 목까지 감싸고 있는 정숙한 옷차림을 한 여자 마법사도 둘이나 있었다. 검은 옷을 입은 쉴라 드 탄자빌과 푸른 눈에 아름다운 갈색 머리 트리스 메리골드. 검은 머리의 사브리나 글레비식과 금발의 마르가리타 록스안틸레, 키이라 메츠는 가슴이 파인 드레스를 입고 있었지만 프린질라의 옷보다 더 많이 파이지도 않았다.

회합의 다른 참석자들을 기다리면서 정중한 대화가 이어졌는데, 각자 자기소개를 하면 필리파가 요령 있게 코멘트를 곁들이며 주체자로서의 역할을 충실히 이행했고, 얼음처럼 굳어 있던 어색한 분위기는 금방 사라졌다. 이제 얼음이라고는 식탁 위에 가득 쌓인 석화 밑의 얼음이 전부였다.

연구자인 쉴라 드 탄자빌은 또 한 명의 연구자인 아시르 바 아나히드와 금방 공통의 화제를 찾아냈고, 프린질라는 명랑한 트리스 메리골드에게 금세 호감이 생겼다. 대화는 싱싱한 굴을 삼키며 진행되었다. 굴을 먹지 않는 건 사브리나 글레비식뿐이었는데, 케드웬의 평원지대에서 온 사브리나는 '미끈거리는 징그러운 것'에는 손대지 않겠다고 선언하며, 자신은 자두와 찬 사슴고기를 먹었으면 좋겠다고 말했다. 필리파는 손님의 이런 예의 없는 태도를 차갑게 무시하는 대신, 끈을 당겨 종을 울렸고 곧 하인이 소리 없이 나타나 고기를 대령했다. 프린질라는 깜짝 놀랐다. 하지만 뭐, 나라마다 관습이 다른 거니까.

그때 대리석 기둥 사이의 텔레포트 포털이 번쩍거리며 진동했다. 사브리나의 얼굴에는 놀라움이 스쳤고, 키이라 메츠는 굴과 칼을 떨어뜨렸으며 트리스는 헉하는 소리와 함께 간신히 숨을 삼켰다.

포털에서 세 명의 여자 마법사가 모습을 드러냈다. 엘프 세 명이었다. 한 명은 짙은 금발이었고, 다른 한 명은 주홍빛 머리, 그리고 마지막 한 명의 머리는 까마귀 같은 흑발이었다.

"프란체스카, 안녕하세요."

필리파의 목소리에는 잠시 스쳤던 감정이 실려 있지 않았고, 눈을 깜빡이며 차분히 인사를 이었다.

"안녕, 예니퍼."

"회합의 두 자리를 채울 수 있는 영광을 제가 부여받았죠."

금발의 엘프 프란체스카는 필리파가 놀랐다는 걸 눈치챈 게 분명했다.

"제가 추천하는 후보들이에요. 모두들 알고 있는 벤거버그의 예니퍼. 그리고 푸른 산맥의 아엔 쉐이드인 이다 에민 아엡 시브니입니다."

이다 에민은 주홍빛 머리를 조금 숙여 인사한 후 수선화 색깔의 가벼운 드레스를 사각거리며 옷매무새를 매만졌다.

"그러면 이제 구성원 전원이 갖춰진 건가요?"

프란체스카가 주위를 돌아보았다.

"빌게포츠가 아직 안 왔는데."

작은 목소리였지만 악감정을 표출하는 데 충분했고 사브리나는 예니퍼를 쏘아보았다.

"지하에 숨어 있는 스코이아텔도."

키이라 메츠도 조그맣게 중얼거리자 트리스는 키이라를 노려보았다.

필리파는 모두를 소개했다. 프린질라는 '계곡에 핀 국화'라는 뜻의 에니드 안 그레나라고도 불리며, 얼마 전부터 자신의 나라인 돌 블라타나를 다스리게 된 엘프의 여왕, 프란체스카 핀다베어를 흥미롭게 바라보았다. 프란체스카의 아름다움에 대한 소문은 과장이 아니었다.

주홍빛 머리에 눈이 큰 이다 에민은 모두의 관심을 불러일으켰다. 닐프가드의 두 여자 마법사들도 예외는 아니었다. 푸른 산맥의 자유로운 엘프들은 인간들과의 접촉이 전혀 없었을 뿐 아니라, 인간과 가까이 지내는 다른 종족들과도 접촉하지 않았다. 자유로운 엘프들 중에서도 아엔 쉐이드는 이미 전설 같은 존재였고 수수께끼였다. 엘프들 중에서도 아엔 쉐이드와 가까이 접촉한 이는 드물었다. 이다가 눈에 띄는 이유는 단지 주홍빛 머리 때문만이 아니었다. 몸에 지닌 보석 중 금속 종류는 단 하나도 없었고 오로지 진주와 산호, 호박만을 착용하고 있었기 때문이었다.

그러나 뭐니 뭐니 해도 가장 큰 동요를 일으킨 것은 세 번째 여자 마법사였다. 까마귀처럼 새까만 머리에 화이트와 블랙이 어우러진 드레스를 입고, 첫인상과는 달리 엘프가 아니었던 예니퍼였다. 예니퍼의 등장이 참석자들 모두에게 반가움과 놀라움만을 준 것은 아니었다. 프린질라는 몇몇 여자 마법사들에게서 반감과 적대감의 아우라가 끓어오르는 것을 느꼈다.

예니퍼를 닐프가드의 두 여자 마법사들에게 소개했을 때, 프린질라는 예니퍼의 보랏빛 눈동자를 보았다. 화장으로도 감출 수는 없을 만큼 움푹 들어간 피곤한 눈이었다.

"우린 만난 적이 있군요."

예니퍼는 벨벳에 고정된 흑요석 별을 만지며 말했다.

갑자기 홀에는 호기심과 궁금증으로 가득 찬 무거운 침묵이 흘렀다.

"우린 본 적이 있어요."

예니퍼가 다시 말했다.

"저는 기억이 나지 않는군요."

프린질라는 눈길을 피하지 않고 답했다.

"그럴 수도 있겠죠. 하지만 전 얼굴과 몸매에 대한 기억력이 좋은 편이에요. 소든 언덕에서 당신을 보았어요."

"그렇다면 착각의 여지가 없겠군요."

프린질라는 자랑스럽게 고개를 치켜들고 모두를 둘러보며 말했다.

"전 소든 언덕의 전투에 있었으니까요."

"저도 있었어요."

필리파가 대답을 가로채고는 말을 이었다.

"기억나는 게 한두 가지가 아니죠. 하지만 지금, 그때의 기억을 끄집어내는 것이 이곳에서 무슨 의미가 있는지 의문이군요. 우리의 과업을 이루기 위해서는 망각과 용서, 그리고 협동이 필요해요. 내 말에 동의하지, 예니퍼?"

검은 머리의 예니퍼는 이마에서 곱슬거리는 머리카락을 쓸어냈다.

"도대체 무엇을 하기 위해 이곳에 모인 것인지 알게 되면 그때 답하겠어요. 내가 뭘 동의하고 안 하는지는 그때 가서 이야기하죠."

예니퍼가 말했다.

"그렇다면 지체 없이 회합을 시작하는 것이 가장 좋겠군. 모두 자리에 앉아주시기 바랍니다."

원탁의 좌석은 한 자리만 제외하고 모든 자리에 각각 표시가 되어 있었다. 프린질라는 아시르 옆에 앉았는데, 아시르 바로 옆이 그 빈자리였다. 빈자리를 지나 그 옆으로 쉴라가 앉았고, 그 옆에는 사브리나와 키이라가 앉았다. 아시르의 왼쪽으로는 이다와 프란체스카, 예니퍼가 나란히 앉았다. 아시르의 맞은편에는 필리파가 앉았고, 필리파의 오른편에는 마르가리타가, 왼편에는 트리스가 자리에 앉았다.

의자에는 모두 스핑크스 모양으로 조각된 팔걸이가 달려 있었다.

필리파가 회합을 시작했다. 인사말을 되풀이하고 곧장 본론으로 들어갔다. 프린질라는 이미 아시르가 이전 회합에서 어떤 말이 오갔는지 설명해줬기 때문에 새로운 것은 없었다. 다른 여자 마법사들이 회합에 참여하겠다고 선언하는 것도, 논쟁에 참여해 이야기하는 것도 놀랍지 않았다. 그러나 제국과 북부인들이 벌이고 있는 전쟁, 소든과 브뤼헤에서 테메리아 군대와 대치한 작전 등이 논쟁거리가 되자 불편한 마음이 들었다. 회합이 비정치적 성향을 띠고 있노라 선언한 것과는 달리, 여자 마법사들은 자신의 정치적 견해를 숨기지 않았다. 몇몇 여자 마법사들은 목전까지 다가온 닐프가드의 존재에 대해 불안해하고 있었다.

프린질라는 복잡한 감정이 들었다. 이렇게 잘 교육받은 이들이라면 당연히 제국이 북쪽 나라들에게 수준 높은 문화와 번영, 정치적 질서와 안정을 가져다주리라는 것을 이해하고 있으리라 생각한 것이었다. 그러나 한편으로는 자신 역시 타국의 군대가 바로 집 앞까지 다가왔을 때, 과연 어떻게 반응할지 잘 모르겠다는 생각이 들었다.

필리파는 전쟁과 관련된 토론은 이미 충분하다는 입장이었다.

"전쟁의 결과는 누구도 예측할 수 없어요. 더구나 예측 자체도 의미가 없어요. 이 문제에 대해 냉정한 눈으로 바라봅시다. 첫째, 전쟁이 그렇게 엄청난 악은 아니에요. 현재의 농업과 산업의 발전 상태로 봤을 때, 인구 증가로 말미암은 기아 문제가 오히려 더 두렵습니다. 둘째, 전쟁은 지배자들의 정치 연장의 수단일 뿐이에요. 현 지배자들 중 누가 100년 후에 살아 있을까요? 당연하지만 아무도 없습니다. 몇 개나 되는 왕조가 살아남을까요? 그건 알 수가 없어요. 오늘날의 영토와 왕가들의 분쟁, 오늘날의 야심과 희망은 100년 후엔 그저 역사서 위의 먼지일 뿐이에요. 그러나 우리가 우리 자신을 지키지 않으면, 우리가 전쟁에 휘말려 들어간다면, 우리들 역시 남는 건 먼지뿐이죠. 하지만 우리가 전장에서 펄럭이는 깃발 너머를 볼 수 있다면, 애국심을 호소하는 전장에서의 함성에 귀를 막는다면, 우린 살아남을 수 있어요. 우리는 계속 살아남아야만 해요. 왜냐하면 우리에겐 담당해야 할 몫과 책임이 있기 때문이죠. 그 책임은 왕들과 그들의 신하들에 대한 책임, 한 나라의 이익에 국한된 책임이 아니에요. 우리는 이 세계를 책임지고 있어요. 세계의 발전, 그 발전이 가지고 올 변화. 우리는 미래를 책임져야 하는 거예요."

"티사이아 드 브리스라면 다르게 말했을 거예요. 티사이아는 언제나 보통 사람들, 평범한 사람들에 대한 책임감이 우선이었죠. 미래가 아니라, 현실이 중요했고요."

프란체스카가 단호한 목소리로 말했다.

"티사이아 드 브리스는 죽었어요. 만약 살아 있었다면, 우리들과 함께 있었겠죠."

"분명히 그랬겠죠."

프란체스카는 미소를 지으며 말을 이었다.

"하지만 티사이아가 전쟁을 기아와 인구 증가에 대한 해결책이라고 말하는 것에 동의했으리라고는 생각하지 않아요. 존경하는 여러분들도 이 점에 주의를 기울이셨으면 좋겠어요. 우리는 공용어를 사용해 회의를 하죠, 그래야 서로 소통하기 쉬우니까요. 하지만 저에게 이 언어는 낯선 언어예요. 점점 더 낯설게 느껴지는군요. 저의 언어에는 '인구 증가'라는 단어가 없어요. '엘프 증가'라고 표현해도 마찬가지죠. 잊을 수 없는 우리의 티사이아 드 브리스는 평범한 사람들의 운명에 대해 걱정했어요. 만약 저의 의견을 묻는다면, 저 역시 평범한 엘프들의 운명이 걱정되는군요. 저 역시 미래를 지향하고 오늘을 스쳐 가는 순간으로 받아들이자는 생각에 박수를 보내고 싶긴 해요. 그러나 저는 아픈 마음으로, 바로 오늘이 내일을 만들고, 내일이 없이는 미래도 없음을 주장하고 싶어요. 당신 인간들은 전쟁의 혼란 속에서 불타버린 라일락 덤불 따위를 보며 슬퍼하진 않지요. 라일락이 부족한 것도 아니고, 이 라일락이 아니면 다른 라일락이 있을 테고, 만약 라일락이 없으면 아까시나무라도 있을 테니까요. 식물의 예를 이렇게까지 상징적으로 들어서 미안해요. 하지만 당신 인간들에게는 정치적인 문제가 우리 엘프들에게는 생존의 문제라는 것을 이해해주세요."

"난 정치에는 관심 없어요."

마법학교의 교장 마르가리타 록스 안틸레가 큰 목소리로 말했다.

"난 단지, 내가 평생을 바쳐 가르치고 있는 우리 아이들이 애국심 같은 슬로건에 눈이 멀어 이용당하지 않기를 바랄 뿐이에요. 그 아이들에게 조국은 마법이지요, 나는 그걸 가르쳐요. 만약 누군가 우리 아이들을 전쟁에 휘말리게 해서 또다시 소든의 언덕 같은 곳에 용병으로 서게 된다면, 그 아이들은 전쟁의 결과와는 상관없이 모두 패배자가 될 거예요. 당신의 경고를 이해해요, 에니드. 하지만 우리는 마법의 미래에 대해 고민해야지, 특정 종족의 문제로 고민할 때가 아니에요."

"우리는 마법의 미래를 책임져야 해요."

사브리나 글레비식이 책임에 대해 강조하고는 말을 이었다.

"하지만 마법의 미래를 결정짓는 것은 마법사들의 위치죠. 우리들의 위치 말이에요. 우리의 의미, 우리가 사회에서 하는 역할, 신뢰, 존경심, 믿음, 우리가 하는 일에 대한 대중의 믿음, 마법이 꼭 필요하다는 확신. 우리 앞에 놓인 선택지는 간단해요. 이런 위치를 잃고 상아탑에 고립될 것인가, 아니면 봉사할 것인가. 그곳이 소든의 언덕이 되더라도, 용병의 처지가 되더라도……."

"아니면 하녀나 심부름꾼이 되더라도?"

트리스 메리골드가 아름다운 머리카락을 어깨에서 툭 털어내며 말했다.

"고개를 숙이고, 황제가 손가락만 까딱해도 모든 것을 해드리겠다는 자세를 갖춘 채 말인가요? 닐프가드가 이 세계를 지배하게 된다면, 아마 우린 그런 역할을 수행하게 될 거예요."

트리스의 말이 끝나기가 무섭게 필리파가 말을 받았다.

"만약 그렇게 된다면, 우리에겐 다른 선택이 없어요. 그저 봉사할 뿐이죠. 하지만 우리는 마법을 위해 일해요. 왕들과 황제들, 현실 정치를 위해서가 아니에요. 종족의 통합 역시 우리의 관심사는 아니죠. 그 역시 정치적 목적에 속해 있으니까요. 우리는 오늘날의 정치와 매일매일 변화하는 전선을 위해 모인 것이 아닙니다. 카멜레온처럼 색깔을 바꾸며 현 상황에 가장 적합한 해결책을 찾기 위해서도 아니고요. 우리의 회합은 행동하는 회합이어야 하지만, 우리 각자에게 주어진 역할은 오로지 마법만을 위해서야만 할 것입니다. 우리는 가능한 한 모든 방식으로 행동해야만 하죠."

그러자 쉴라 드 탄자빌이 꼿꼿이 고개를 들었다.

"제가 제대로 이해한 것이 맞다면, 현재 일어나는 일들 앞에서 적극적으로 영향을 끼치라는 건가요? 모든 수단을 동원해서? 불법적인 수단이라도?"

"불법이라니 무슨 말이죠? 인간들의 법? 우리 손으로 만들어서 국왕의 관료들에게 받아쓰게 했던 법 말인가요? 우리를 규정하는 것은 단 하나의 법밖에 없어요! 우리의 법이죠!"

필리파가 언성을 높이자 코비어의 마법사 쉴라가 웃음을 지으며 말했다.

"알았습니다. 일어나는 일에 적극적으로 관여한다, 만약 왕들의 정책이 우리의 생각과 다르다면 그 정책을 바꾸도록 한다, 이 말이죠, 필리파? 그럼 이건 어때요? 그 왕관 쓴 바보들을 모조리 몰아내고 쫓아내는 거예요.

우리가 아예 권력을 장악하는 게 낫지 않겠어요?"

"우린 이미 우리에게 편리한 왕들을 왕위에 앉혔어요. 우리의 잘못은 마법을 왕위에 앉히지 않은 거죠. 우리는 완벽한 전제적 권력을 마법에 부여한 적이 없었어요. 그 잘못을 바로잡을 때가 왔습니다."

필리파의 말에 사브리나가 원탁 위로 바싹 몸을 숙이며 날카로운 어조로 물었다.

"왕위에 앉아야 할 마법사, 그게 혹시 필리파 당신이라고 생각하는 건가요? 아하, 혹시 르다니아의 왕위 말인가요, 필리파 1세 폐하? 그렇다면 부군은 딕스트라 공이겠군요?"

"나 자신을 뜻한 게 아니에요. 르다니아 왕국은 내 관심사도 아니고요. 난 최북단에 있는 왕국 중 하나인 코비어 왕국을 염두에 두고 있어요. 최북단에 위치한 코비어는 세력을 확장하며 커나가고 있습니다. 그 제국은 닐프가드와 맞설 수 있을 정도고, 현재 흔들리고 있는 세상의 질서가 다시금 균형을 잡게 될 거예요. 그 제국은, 우리가 왕위에 앉힐 마법에 의해 다스려지게 될 겁니다. 그러기 위해서는 코비어의 다음번 후계자가 여자 마법사와 결혼해야 하지요. 네, 맞아요. 친애하는 동지들, 제대로 듣고 있어요. 여기, 이 원탁 앞에, 바로 이 빈자리에 열두 번째 여자 마법사가 앉게 될 겁니다. 그리고 그 열두 번째 여자 마법사를 왕위에 올리는 거죠."

침묵을 깬 것은 쉴라 드 탄자빌이었다.

"굉장히 야심찬 계획이군요. 여기 모인 우리 모두에게 아주 걸맞는 계획이고요. 그 정도 계획이라면, 이런 비밀 회합을 만든 것도 납득이 되네요. 결국 현실성과 실현 가능성이 희박한 영광스러운 과업으로 우리에게 모욕을 주려던 건가요? 꼭 무거운 천문관측 장비로 못을 박는다는 거 같군요.

아예 처음부터 아주 불가능한 일을 제시하는 게 어때요?"

실라의 목소리에는 조소가 섞여 있었다.

"왜 불가능하다고 여기는 거죠?"

필리파의 물음에 사브리나 글레비식이 입을 열었다.

"제발, 필리파. 왕들은 절대 여자 마법사와 결혼하지 않아요. 어떤 백성도 여자 마법사가 왕위에 앉는 상황을 받아들이지 못하고요. 수 세기 동안 이어져온 관습이고, 그 관습이 걸림돌 역할을 하는 거죠. 그 관습이 아무리 한심하다 해도, 엄연히 존재하고 있어요."

사브리나에 이어 마르가리타가 덧붙였다.

"또한 기술적인 문제점도 있어요. 코비어 가문과 관계를 맺게 될 사람은, 우리 관점뿐 아니라 코비어 측 관점에서도 여러 가지 조건이 충족되어야 하지 않겠어요? 우리 측의 조건과 코비어의 조건은 당연히 서로 상충되겠죠. 그걸 몰랐나요, 필리파? 우리에게 필요한 인물은 마법 교육을 받고, 마법에 온전히 충성해야 해요. 또한 자신의 역할을 이해해서 남들이 눈치채지 못하도록 신중해야 하고, 의심받지 않고 실행할 수 있는 사람이어야 하죠. 배후자도, 하인도, 뒤에서 드러나지 않게 받쳐줄 그 어떤 인물의 도움도 없이 말이에요. 왜냐하면 폭동이 일어날 경우 언제나 그 분노는 그런 인물에게 집중되거든요. 그럼에도 이 인물은 코비어 측에서, 우리의 압력 없이도 그들의 왕위에 앉힐 만한 인물이어야 해요."

"그건 당연하죠."

"그럼, 도대체 어떤 압력도 없이 코비어에서 누굴 선택하리라 생각한 건가요? 몇 세대에 걸쳐 왕가의 피가 흐르는 여자여야 해요. 젊은 왕자에게 어울릴 만한 젊은 여자로. 그리고 왕위를 잇기 위해 출산이 가능해야 하고요. 이 조건만 따져봐도 필리파 당신도, 나도, 우리 중 가장 어린 키이라와 트리스도 제외되는군요. 또한 우리 학교의 모든 수련생들 역시 제외됩니다. 물론 이 아이들은 무슨 색으로 꽃이 필지 모르는 꽃봉오리와 같지만, 그 아이들 중 누군가가 이 열두 번째 빈자리에 앉는다는 건 상상조차 할 수 없어요. 바꿔 말하자면, 코비어 전체가 정신이 이상해져서 결혼을 받아들인다 하더라도, 결혼할 여자 마법사를 찾아낼 수가 없다는 거예요. 도대체 누가 그 북쪽 왕국의 여왕이 될 수 있겠어요?"

"왕가의 피가 흐르는 여자아이죠."

마르가리타의 조리 있는 논박에도 필리파는 흔들림 없이 차분하게 말을 이었다.

"몸 안에 몇몇 위대한 왕조의 피가 흐르고 있는 아이죠. 젊고 출산이 가능한 건 물론이고요. 흔치 않은 마법 능력과 함께 예언 능력을 가졌고, 고대 혈통을 잇고 있는 그 예언의 아이죠. 어떤 배후자도, 뒤에서 드러나지 않게 받쳐줄 인물도 없이 자연스럽게 자기 역할을 수행할 아이. 왜냐하면 그 아이의 운명이 그러하니까요. 그 아이의 능력은 우리에게만 알려져 있고, 앞으로도 그럴 거예요. 신트라의 파베타 공주의 딸이자 암사자 칼란테 여왕의 손녀, 고대의 혈통, 북쪽의 얼음 불꽃, 파괴자이며 재건자, 이미 몇 백 년 전부터 예언된 아이. 신트라의 시릴라가 바로 북쪽 왕국의 여왕이 될 거예요. 그리고 그 아이의 핏줄에서 이 세상의 여왕이 탄생할 겁니다."

매복했다 뛰어나오는 시궁쥐들의 모습을 보고 마차를 호위하던 기마병 중 둘은 바로 방향을 틀어 도망치기 시작했다. 그러나 성공하지 못했다. 기젤러와 리프, 이스크라가 퇴로를 막고 잠시 대치하더니 인정사정없이 해치웠다. 네 마리의 점박이 말로 이어져 있는 마차를 끝까지 지키려는 나머지 두 호위병을 향해 카일레이와 아세, 미슬이 달려들었다. 시리는 실망한 나머지 화가 치밀어 올랐다. 자신에게 남겨진 몫이 하나도 없었다. 아무도 죽일 수 없게 된 것이다.

하지만 마차 앞에 호위병들의 우두머리로 보이는 기마병이 한 명 있었는데, 달아날 틈이 있었는데도 도망치지 않고 자리를 지켰다. 그는 재빨리 돌아서더니 칼을 꺼내 휘두르며 시리를 향해 달려들었다.

시리는 그가 자기 앞까지 다가오도록, 말고삐를 살짝 잡은 채 기다렸다. 기마병이 등자에 올라서서 칼을 내리치자 시리는 유연한 몸놀림으로 몸을 숙여 요령 있게 칼날을 피했다. 기마병은 빠르고 능숙하게 다시 한 번 칼을 내리쳤다. 시리는 측면에서 칼을 쳐내며 기마병을 아래쪽에서 짧게, 마치 얼굴을 칠 듯한 자세를 취하자 그는 왼손으로 얼굴을 가리며 방어했다. 그러자 시리는 케어 모헨에서 수없이 연습한 대로 손바닥에서 칼을 홱 돌려 겨드랑이를 향해 내리꽂았다. 닐프가드인은 땅바닥으로 고꾸라졌고 무릎을 꿇은 채 끔찍한 비명을 지르며 동맥에서 뿜어져 나오는 피를 막으려고 안간힘을 썼다. 시리는 언제나처럼 필사적으로 죽음과 싸우는 자의 모습에 매혹된 채 닐프가드 기마병이 피투성이가 될 때까지 기다렸다. 그러고는 뒤도 돌아보지 않고 말을 달려 자리를 떴다.

매복 작전은 끝났다. 호위병들은 전멸했다. 아세와 리프는 마차를 멈추고 말과의 연결 부분을 떼어냈다. 귀족의 마차에서 종자로 보이는, 알록달록한 옷차림의 소년이 뛰어나와 땅바닥에 무릎을 꿇고 울면서 살려달라며 애원했다. 마부 역시 고삐를 내려놓고 손을 기도하듯 모으고는 살려달라고 빌고 있었다. 기젤러, 이스크라, 미슬은 마차로 다가갔고 카일레이는 이미 말에서 내려 마차의 문을 흔들고 있었다. 시리도 마차로 다가가 곧장 안장에서 내렸다. 시리의 손에는 아직도 피에 물든 칼이 들려 있었다.

마차에는 유행이 지난 옷차림에 구식 보닛을 쓴, 뚱뚱한 중년 여성과 섬세한 레이스 칼라로 장식된, 목까지 꼭 잠기는 검은 드레스 차림의 창백한 소녀가 타고 있었다. 시리는 소녀의 드레스에 달려 있는 브로치를 보았다. 아주 예쁜 브로치였다.

"점박이 말이다! 그림처럼 이쁜 점박이 말들이네! 네 마리면 돈 좀 되겠어!"

이스크라가 마차 앞을 바라보며 외쳤다.

"마차도. 마을까지는 이 종자 녀석과 마부가 끌고 갈 수 있겠지, 고삐를 붙들고 말이야. 오르막길이 나오면 여기 여자분들도 내려서 도와야지!"

카일레이가 여자들 앞에서 이를 드러내 보이며 소리 내 웃었다.

"산적분들!"

가정교사로 보이는 중년 여성이 절박한 목소리로 신음했다. 시리의 손에 들린 피투성이 칼보다 카일레이의 끔찍한 웃음에 더 질린 것 같았다.

"여러분도 명예란 것이 있지 않습니까? 이 아가씨를 능욕하지 말아주세요!"

"이봐, 미슬. 지금 네 명예를 운운하시는데."

카일레이가 조소 가득한 웃음을 흘리며 미슬을 불렀다.

"입 닥쳐. 그런 농담, 웃기지도 않아. 그리고 이봐요, 우린 시궁쥐라고. 우린 여자들은 안 건드려요, 해치지도 않고. 리프, 이스크라, 말들을 풀어! 미슬, 넌 우리 말들 잡고 있고. 가자!"

안장에 앉아 있던 기젤러가 얼굴을 찡그린 채 지시했다.

"우리 시궁쥐들은 여자들을 해치지 않지."

카일레이가 다시 한 번 이를 드러내며 검은 드레스를 입은 소녀의 창백한 얼굴을 훑어보았다.

"그냥 가끔, 원하는 아가씨들과 놀아줄 뿐이야. 어때, 아가씨? 혹시 다리 사이가 간지럽진 않나? 뭐, 부끄러워할 필요는 없어. 그냥 고개만 한 번 끄덕이면 돼."

"예의를 갖추세요! 우리 고귀한 남작 영애께 어떻게 그런 식으로 말하는 건가요!"

고지식한 옷차림의 가정교사가 갈라지는 목소리로 외쳤다.

카일레이는 낄낄거리더니 과장된 몸짓으로 절을 했다.

"삼가 용서를 빕니다. 모욕의 의도는 아니었습니다. 하지만 물어보는 것도 안 됩니까?"

"카일레이! 이리 와! 도대체 거기서 뭐하는 거야! 말 푸는 것 좀 도와줘! 팔카! 움직여!"

이스크라가 소리를 질렀다.

시리는 마차 문에 그려진 검은 바탕의 은색 유니콘 문장에서 눈을 떼지 못하고 있었다. 저런 유니콘을 본 적이 있어…… 언제였을까? 다른 생에서 본 걸까? 아니면 꿈이었을까?

"팔카! 뭐하는 거야?"

난 팔카야. 하지만 언제나 팔카였던 것은 아니었어. 원래는 아니었어.

시리는 입술을 악물고 고개를 흔들었다. 미슬한테 너무했어. 상처를 줬어. 사과해야 해.

시리는 마차 계단에 다리를 걸친 채 창백한 여자아이의 브로치를 바라보며 말했다.

"그거 내놔."

"감히 어떻게? 지금 누구에게 말하고 있는지 알기나 해요? 이분은 카사데이 남작님의 귀하신 영애라고요!"

가정교사는 숨이 넘어갈 듯 소리를 질렀다.

시리는 주위를 살펴보고는 아무도 듣고 있지 않다는 걸 확인한 후 씩씩대며 사납게 외쳤다.

"남작의 영애? 급이 낮군. 얘가 백작부인이라도 내 앞에서는 무릎 꿇고 엉덩이가 땅에 닿도록 고개 숙여 절해야 해! 브로치 내놔! 뭘 꾸물대는 거야! 내가 드레스까지 찢어가야겠어?"

필리파가 말을 끝낸 후 무겁게 내려앉은 침묵은 금세 와글와글 떠드는 소리로 깨졌다. 여자 마법사들은 경쟁적으로 놀라움을 표하고 믿을 수 없다며 더 자세한 해명을 원했다. 어떤 이들은 지금 거론된 북부의 지배자가 될 시릴라, 또는 시리에 대해 훨씬 더 잘 알고 있는 것 같았고, 또 어떤 이들에게는 그 이름이 낯설진 않지만, 아는 바가 별로 없는 듯했다. 프린질라 비고는 아무것도 모르고 있었지만 머릿속은 어떤 머리카락 다발을 연상하며 계속 헤매고 있었다. 아시르에게 슬쩍 물어봤지만 작은 목소리로 그저 조용히 있으라는 답변만 돌아왔다. 다시 이야기를 시작한 것은 필리파였다.

"우리 중 대부분이 타네드에서 시리를 봤어요. 트랜스에 빠진 채 우리에게 한 예언으로 큰 소동이 일어났죠. 우리들 중에는 시리와 꽤 가깝게, 개인적으로 접촉한 이들도 있어요. 지금 네 얘기를 하고 있는 거야, 예니퍼. 이제 네가 입을 열 차례야."

예니퍼가 시리에 대해 이야기하기 시작했을 때, 트리스 메리골드는 친구의 얼굴을 주의 깊게 살펴보았다. 예니퍼는 편안하게 아무런 감정 없이 말했지만, 트리스는 예니퍼를 오랫동안 봐왔다. 극심한 스트레스로 아파하는 경우도 봤었고, 실제로 통증에 시달리는 모습도 봤었다. 의심할 여지없이 예니퍼는 지금이 바로 그런 상황이었다. 굴복하고, 지치고, 아파 보였다.

예니퍼는 이야기를 계속했고, 이 이야기의 내용과 등장인물에 대해 이미 잘 알고 있는 트리스는 이야기를 듣고 있는 청자들을 조심스럽게 살폈다. 특히 닐프가드에서 온 두 명의 여자 마법사들에게 주의를 기울였다. 놀랍게 변신한 아시르 바 아나히드는 제대로 차려입고 있었지만, 유행하는 드레스와 짙은 화장에 어색해하는 것 같았다. 좀 더 어리고 선해 보이는 프린질라 비고는 소박하지만 타고난 우아함이 있고, 초록빛 눈에 예니퍼처럼 새카만 흑발이었다. 차이가 있다면 프린질라의 흑발은 예니퍼처럼 숱이 많고 풍성한 대신 단정한 길이에 반질반질하게 빗질이 되어 있었다.

두 명의 닐프가드 여자 마법사들은 시리에 대한 예니퍼의 이야기가 꽤나 길고 복잡했는데도 전혀 혼란스러워하지 않는 것 같았다. 이야기는 신트라의 파베타 공주와 고슴도치 마법에 걸렸던 젊은이와의 사랑에서 시작해, 위쳐 게롤트의 역할과 시리에 대한 권리, 게롤트와 시리를 잇는 운명에 대한 이야기로 이어졌다. 예니퍼는 시리와 게롤트가 브로킬론에서 처음 만난 이야기와 전쟁, 행방불명된 시리와 다시 나타난 시리, 케어 모헨에 대해서도 이야기했다. 닐프가드의 첩자들과 리엔스가 시리를 쫓고 있다는 이야기, 멜리텔레 신전에서의 교육, 수수께끼와 같은 시리의 능력에 대한 이야기 역시 풀어놨다.

석고상 같은 얼굴로 듣고 있군, 트리스는 아시르와 프린질라를 바라보며 생각했다. 마치 스핑크스를 보고 있는 것 같네. 하지만 분명 뭔가를 감추고 있어. 그게 뭘까, 흥미롭네. 놀란 건 확실해. 그럼 에미르가 닐프가드로 누구를 납치해왔는지 몰랐다는 건가? 아니면 이미 오래전부터 모든 것을, 우리들보다 더 자세히 알고 있었던 걸까? 예니퍼는 이제 곧 시리가 타네드에 오게 된 이야기와 트랜스 상태에서 예언한 사건에 대해서도 말할 텐데. 가르스탕에서의 피비린내 나는 혈투, 그리고 납치된 시리. 거기까지 이야기가 나오면 모르는 척하는 것도 끝나겠지, 트리스는 생각했다. 가면도 떨어질 거야. 모두들 타네드의 소요 뒤에는 닐프가드가 있었다는 것을 아니까. 그리고 모두의 눈길이 당신들 둘에게 쏠리면, 이제 더 이상 출구는 없어, 당신들도 얘기해야 할 거야. 그러면 몇 가지는 확실해지겠지, 어쩌면 나도 뭔가 새로운 것을 알아낼 수 있을지도 몰라. 예니퍼가 어떻게 타네드에서 사라졌는지, 왜 갑자기 이곳 몬테칼보에 프란체스카와 함께 나타나게 되었는지. 푸른 산맥의 아엔 쉐이드, 자유로운 엘프 이디 에민의 정체는 무엇이고 그 역할은 무엇인지. 필리파는 분명 끊임없이 서신을 주고받는 딕스트라가 아닌 마법에 충성과 헌신을 맹세했는데, 어째서 자신이 아는 걸 모두 말하지 않는 듯한 느낌이 드는지도 알게 되겠지.

어쩌면 시리의 정체가 무엇인지 드디어 알게 될지도 몰라. 이들에게는 북부 왕국의 여왕이 될 시리, 나에게는 케어 모헨의 잿빛 머리 여자 위쳐이자 그저 어린 동생처럼 느껴지는 시리에 대해서.

프린질라 비고는 위쳐에 대해서 들은 적이 있었다. 보수를 받고 전문적으로 괴물들을 처리하는 사람. 주의 깊게 예니퍼의 이야기를 들으며 목소리의 울림과 표정을 주시했다. 속일 수는 없었다. 모든 이들의 관심의 대상인 시리와 예니퍼가 강렬한 감정으로 이어져 있다는 것은 확실했다. 흥미로운 점은, 예니퍼가 언급한 그 위쳐와의 관계 역시 확실해보였고 강렬하다는 점이었다. 프린질라는 생각에 빠졌지만, 높아진 목소리에 방해받았다.

프린질라는 여기 모인 여자 마법사들 중 몇몇은 타네드의 사건 때 반대편에 속해 있었다는 것을 짐작한 터라, 예니퍼의 이야기에 대해 냉소적이고 적대적인 반응에도 놀라지 않았다. 그러나 필리파 에일하트가 앞서 경고했던 것과 달리 결국 소요가 일어났고, 여자 마법사들이 원탁을 내리치고, 원탁 위의 그릇과 컵들이 부딪치며 분위기는 점점 더 거칠어졌다.

필리파 에일하트가 외쳤다.

"모두들 그만! 조용히 좀 해, 사브리나! 휘말리지 말고, 프란체스카! 타네드와 가르스탕 얘기는 이제 그만! 이미 지나간 얘기라고!"

지나갔다라…… 프린질라는 쓰라린 마음으로 생각했다. 하지만 지나갔다고 해도, 이 마법사들은 여전히 영향을 미치고 있지. 이들은 중요한 인물들이야. 자신들이 무엇을 하는지 알고, 왜 그렇게 하는지도 명확히 알고 있어. 하지만 우리, 황제의 마법사들은 아무것도 몰라. 우리야말로 식당에서 시중드는 하인과 똑같아, 무엇이 나왔는지는 알지만, 왜 나왔는지는 모르지. 이런 회합이 생긴 건 잘된 일이야. 어떻게 끝날지는 아무도 모르지만, 어쨌든 시작되었다는 것만으로도 좋은 일이야.

"예니퍼, 이야기를 계속해." 필리파가 말했다.

"더 이상은 할 말이 없어요. 다시 한 번 말하지만, 가르스탕으로 시리를 데려오라고 한 것은 티사이아 드 브리스였어요."

흑발의 예니퍼는 입술을 깨물었다.

"죽은 이에게 잘못을 떠넘기는 게 제일 쉽지."

사브리나가 비아냥거리자 필리파가 단호하게 손을 저어 입을 막았다.

"그날 밤, 아레투자에서 일어난 사건에 나는 관여하고 싶지 않았어요."

창백한 낯빛에 신경이 곤두서 보이는 예니퍼가 말을 이었다.

"시리를 데리고 타네드에서 나가고 싶었죠. 하지만 티사이아의 생각은 달랐어요. 시리가 가르스탕에 등장하면 여러 사람에게 충격이 될 것이고, 시리가 트랜스 상태에서 예언을 하게 되면 갈등을 종식시킬 수 있을 거라고 했어요. 티사이아에게 잘못을 떠넘기는 게 아니에요, 왜냐하면 나도 같은 생각을 했으니까요. 우리 둘 다 잘못 생각한 거예요. 하지만 내 잘못이 더 크죠. 시리를 마르가리타의 보호 아래 맡겨놓았더라면……."

예니퍼의 말이 채 끝나기도 전에 필리파가 고개를 저으며 말했다.

"이미 일어난 일은 되돌릴 수 없어…… 그리고 누구나 실수할 수 있지. 티사이아 드 브리스도 말이야. 티사이아가 언제 시리를 처음 봤지?"

"대회의가 열리기 사흘 전, 고르스 발렌에서. 나도 그때 시리를 처음 봤어요. 하지만 보자마자 알았죠, 평범한 아이가 아니라는 것을."

마르가리타의 대답에 지금까지 침묵하고 있던 이다 에민이 입을 열었다.

"평범하지 않죠. 그 아이에게는 평범하지 않은 피가 몇 개나 응축되어 있어요. 헨 이하에르, 고대의 혈통. 유전적으로 엄청난 재능을 물려주는 피죠. 무엇보다도 가장 중요한 것은 예언하는 핏줄이라는 것이고요."

그러자 사브리나가 여전히 냉소적인 목소리로 말했다.

"그리고 엘프의 전설과 예언에 등장하고요. 모든 얘기는 처음부터 환상과 동화가 섞여 있어요! 이제는 확실해졌군. 여러분, 이런 허황된 이야기는 그만두고 이성적이고 현실적인 일에 대해 의논하는 게 어떻겠어요?"

사브리나의 냉소적인 반응에 이다 에민이 살짝 웃으며 말했다.

“당신들 종족의 그 우세한 힘의 원천인 냉철한 이성에 고개 숙여 존경심을 표해요. 하지만 이 자리는 이성적인 분석만으로는 설명할 수 없는 힘을 다루는 이들이 모인 자리죠. 그러니 엘프의 예언을 무시하는 건 적절치 못하다고 생각해요. 우리 종족은 그다지 이성적인 종족도 아니고, 이성으로부터 힘을 가져오지도 않죠. 그럼에도 몇 만 년 동안 존재했어요.”

엘프 이다 에민의 말에 쉴라 드 탄자빌이 입을 열었다.

“유전적으로도, 그러니까 우리가 말하는 고대 혈통은 저항성이 약하다고 드러난 바 있죠. 무시할 마음은 전혀 없지만, 엘프의 전설과 예언에서도 고대의 혈통은 이제 멸종되었다고 말하고 있어요. 그렇지 않나요, 이다? 이 세상에 고대 혈통은 이제 없어요. 고대 혈통의 마지막 계승자는 라라 도렌이었죠. 모두들 라라 도렌과 로드의 크레게난 전설은 알고 있을 거예요.”

“모두는 아닙니다. 당신들의 전설은 대략적으로만 살펴본 터라 그 이야기는 모릅니다.”

아시르가 처음으로 입을 열어 대꾸하자 필리파가 말했다.

“그건 전설이 아니에요. 실제로 일어났던 일이죠. 그리고 우리 중에는 라라 도렌의 이야기뿐 아니라, 그 후손의 이야기를 알고 있는 이들도 있어요. 분명 모두들 흥미로워할 거예요. 프란체스카, 이야기를 부탁해요.”

“그렇게 말하는 걸로 보아, 당신 역시 이 이야기를 나만큼 알고 있는 것 같군요.”

엘프의 여왕 프란체스카가 웃으며 말했다.

“그럴 수도 있겠죠. 하지만 당신이 이야기해줬으면 해요.”

필리파의 말에 프란체스카가 고개를 끄덕였다.

“회합에 대한 나의 솔직한 심정과 충성심을 시험하기 위해서인가요? 좋아요. 모두들 편히 앉아서 들어주세요. 이야기가 짧지 않아요."

"라라와 크레게난의 이야기는 실제로 있었던 일이에요. 하지만 오늘날에는 동화 같은 장식이 너무 많이 덧붙여져서 실제로 무슨 일이 있었는지 알기 힘들죠. 또한 인간들과 엘프들에게 알려진 것 사이에 엄청난 차이가 존재하고, 그 양쪽 모두 우월주의와 다른 종족에 대한 증오로 가득 차 있어요. 그러니 꾸며진 부분은 모두 버리고, 실제로 있었던 일만 건조하게 얘기해드리죠. 네, 로드의 크레게난은 마법사였어요. 라라 도렌은 엘프 마법사였죠. 우리 엘프들에게도 그 존재가 수수께끼인 아엔 쉐이드, 고대 혈통인 헨 이하에르의 계승자였어요. 둘은 처음에 친구였지만, 사랑하는 사이로 발전했죠. 두 종족은 그 관계를 기뻐하며 환영했지만, 곧 반대자들이 나타났어요. 인간과 엘프의 마법이 합쳐지는 것을 결사반대하는 자들이었죠. 인간들 사이에도, 엘프들 중에도, 이를 종족에 대한 배신이라고 생각하는 이들이 있었어요. 오늘날에는 이미 잊힌 개인적인 감정과 질투, 미움 같은 것도 있었어요. 간단히 말하면, 결국 크레게난은 음모로 죽었어요. 쫓기며 허약해진 라라 도렌은 허허벌판에서 딸을 낳고 죽었죠. 아이는 기적적으로 목숨을 구했고, 그 아이를 데려온 것은 르다니아의 여왕 세로였어요."

"라라가 도움을 요청했을 때 거절하고 추위로 내몰았던 세로 여왕은, 라라가 자신에게 건 저주를 두려워하고 있었죠. 만약 아이를 구해오지 않았더라면, 세로 여왕과 가문 전체에 무서운 일이 일어났을 거예요."

키이라가 덧붙였다.

"그게 바로 동화적 장식이에요. 프란체스카가 이야기하지 않겠다고 말한 부분이죠. 우린 사실에만 집중하기로 합시다."

필리파가 키이라의 말을 끊었다.

"고대 혈통의 계승자들이 가지고 있는 예언의 능력은 사실이에요. 그리고 예언 모티브는 모든 버전의 전설에서 계속 등장해요. 이 부분이 생각할 거리 아닌가요?"

이다 에민이 필리파에게 시선을 던지며 말하자 프란체스카가 거들었다.

"생각할 거리죠. 옛날에도, 지금도. 라라의 저주에 대한 소문은 사그라들지 않았어요. 소문은 17년이 지난 후, 세로 여왕이 데려온 리아논이라는 이름의 여자아이가 굉장한 미모로 유명했던 엄마보다 더 아름다운 아가씨가 될 때까지 무성했어요. 양녀가 된 리아논은 공식적으로 르다니아의 공주가 되었고, 여러 나라의 왕가에서 리아논에게 관심을 보였죠. 여러 경쟁자 중 리아논이 테메리아의 젊은 국왕 고이데마르를 택했을 때, 저주에 대한 소문 때문에 결혼이 성사되지 못할 뻔했어요. 그러나 소문의 진가가 드러난 것은 고이데마르와 리아논이 결혼한 지 3년이 지난 후였죠. 팔카의 반란 때였어요."

프린질라는 팔카도, 팔카의 반란도 처음 들었기 때문에 눈썹을 치켜세웠다. 프란체스카가 이를 눈치채고 지체 없이 말을 이었다.

"북부 왕국들에게 있어 팔카의 반란은 오늘날까지도 기억에 생생한, 피투성이의 비극적 사건이었어요, 100년도 더 지났지만. 닐프가드는 그때 북부 왕국들과 거의 접촉이 없어서 아마 이 사건은 전혀 알려져 있지 않을 거예요. 그러니 간단히 사실 위주로 설명하겠어요. 팔카는 르다니아의 왕 브리다넥의 딸이었어요. 브리다넥은 아름다운 세로 때문에 자신의 가정을 포기했죠. 네, 바로 라라 도렌의 딸을 데려온 그 세로 여왕이요. 복잡하고도 길게 브리다넥의 이혼 사유를 설명하는 서류들이 아직도 남아 있지만, 브리다넥의 첫 번째 부인인 코비어 출신 하프엘프의 초상화가 더 많은 것을 말해줘요. 그녀는 하프엘프였지만 인간의 특성이 더 강했죠. 정신 나간 은둔자의 눈에, 물에 빠져 죽은 시체 같은 머리카락, 입술은 마치 도마뱀 같았죠. 간단히 말하면, 못생긴 본부인은 한 살 된 딸 팔카와 함께 코비어로 보내졌어요. 그리고 본부인도 딸도 곧 잊히고 말았죠."

프란체스카는 잠시 말을 멈추고 숨을 고른 후 이야기를 이어갔다.

"팔카는 25년이 지난 후, 반란을 일으켜 자신의 손으로 아버지와 세로, 두 명의 의붓오빠들을 살해하면서 세상에 그 존재감을 드러냈어요. 처음에 그 무장봉기는 테메리아와 코비어의 귀족 일부에게 지지를 받았어요. 팔카에게 법적으로 권리가 있는 자신의 왕위를 되찾는 투쟁이라고 봤기 때문이죠. 하지만 곧 엄청난 규모의 농민 반란으로 그 범위가 확산되었어요. 양쪽 모두 잔인함이 극에 달했죠. 팔카는 전설 속에서 피투성이 악마로 각인되었지만, 아마도 계속해서 번져가는 반란의 상황과 명분, 주장들을 제어할 수 있는 힘을 잃었던 것으로 보여요. 왕들에게 죽음을, 마법사들에게 죽음을, 사제들에게도, 귀족들에게도, 부자들에게도, 지주들에게도 죽음을, 결국은 살아 있는 모든 것들에게 죽음을. 이미 피의 맛을 본 군중들을 제어할 수 없었던 거예요. 반란은 다른 나라들로 번져가기 시작했고요."

"닐프가드의 역사가들도 기록한 바 있어요. 분명 아시르 씨도 읽으셨을 텐데요. 간단히 말해요, 프란체스카. 리아논과 하우트보르그의 세 아이들 얘기로 넘어가자고요."

사브리나가 냉소를 숨기지 않고 끼어들었다.

"그렇게 하죠. 라라 도렌의 딸, 세로 여왕이 데려온 리아논은 이미 테메리아의 왕 고이데마르의 아내였어요. 그러다 우연찮게 팔카의 반란군에게 잡혀 하우트보르그의 성에 갇히게 되었죠. 잡혔을 시점에는 이미 임신을 하고 있었어요. 하우트보르그 성은 팔카가 죽고 반란이 어느 정도 진압되었을 때도 버티고 있었지만, 고이데마르는 마침내 성을 함락시키고 자신의 부인 리아논을 구해냈어요. 세 명의 아이들과 함께. 이미 걸음마를 뗀 여자아이 두 명과 남자아이 한 명. 리아논은 엉망이 된 채로 실성한 상태였어요. 화가 치밀어 오른 고이데마르는 포로들을 모조리 고문했고, 비명 사이에서 얻어진 자백들을 통해 어느 정도의 정보를 조합할 수 있었어요.

팔카의 외모는 엄마보다 엘프였던 할머니를 닮았었는데, 자신의 '기사들' 그러니까 귀족에서부터 각 부대의 대장들과 부랑배들까지 모두에게 그 매력을 후하게 드러냈어요. 팔카는 자신의 매력으로 그들의 충성심을 얻어냈죠. 그러다 마침내 임신을 하게 되어 아이를 낳았는데, 그때가 바로 하우트보르그 성에 감금된 리아논이 쌍둥이를 낳았을 때였어요. 팔카는 자신의 아이를 리아논의 아이들과 함께 두었죠. 그리고 이렇게 말했다고 해요, 왕비들만이 자신의 아이를 돌볼 자격이 있고, 자신이 승리한 후 세워질 새 세상에서는 왕비와 공주들 모두 비슷한 운명에 놓일 거라고.

문제는 리아논을 포함해 그 누구도 세 명의 아이 중 누가 팔카의 아이인지 몰랐다는 거예요. 짐작으로는 아무래도 여자아이들 중 하나가 아닐까 싶었죠. 왜냐하면 리아논은 남녀 쌍둥이를 낳은 것 같았으니까요. 그래요, 짐작만 할 뿐이죠. 팔카가 저런 말을 하긴 했지만, 정작 아이들에게 젖을 준 것은 농가의 아이 돌보는 아낙이었어요. 리아논이 제정신으로 돌아왔을 때에도, 기억하는 게 거의 없었어요. 가끔 침대로 데려와 세 아이들을 보여준 적은 있었다고 해요. 그게 기억의 전부였어요.

이때 마법사들이 소환되어, 세 명의 아이들을 조사하기 시작했어요. 누가 누구인지. 분노로 들끓고 있는 고이데마르는 팔카의 사생아가 누구인지 밝혀지면, 아이를 공개 처형할 생각이었어요. 우리는 그런 일이 일어나게 놔둘 수는 없었죠. 반란이 진압된 후, 반란군들에 대해서는 말할 수 없이 잔인한 일들이 자행되었고, 이제는 멈출 때가 되었다고 생각했어요. 두 살도 안 된 아이를 처형하다니, 그게 말이나 되나요? 그거야말로 전설이 될 일이죠. 게다가 라라 도렌의 저주 때문에 팔카가 괴물로 태어났다는 소문이 돌고 있었어요, 물론 그건 말도 안 되는 소리였지만. 팔카는 라라가 크레게난을 알기도 전에 태어났으니까요. 하지만 꼼꼼히 나이를 계산해보는 사람이 없었어요. 엉터리 책자와 서류들이 만들어지고, 옥센푸르트의 아카데미에서조차 그런 문서들이 출간되었죠. 다시 세 아이를 조사한 얘기로 돌아가죠. 고이데마르가 우리에게 부탁했던……."

"우리? 누구를 말하는 건가요?"

잠자코 이야기를 듣고 있던 예니퍼가 고개를 들고 묻자 프란체스카가 차분히 답했다.

"티사이아 드 브리스, 아우구스트 바그너, 레이티치아 샤보노, 헨 게딤데이트. 그리고 저도 나중에 합류했죠. 전 당시 젊은 마법사였지만, 완전한 순혈 엘프이기도 했으니까요. 그리고 제 아버지는…… 저를 쫓아냈지만…… 예언자였죠. 전 고대의 혈통이 무엇인지 알고 있었어요."

"그리고 그 인자를 리아논에게서 발견한 거죠? 아이들을 조사하기 전, 왕과 리아논을 먼저 조사했을 때. 그 후에는 두 명의 아이들에게서도 발견했을 테고요. 결론적으로 그 인자가 없는 아이가 곧 팔카의 사생아였겠죠. 하지만 왕의 분노 앞에서 어떻게 아이를 살릴 수 있었죠?"

쉴라의 물음에 프란체스카는 미소를 지었다.

"그건 간단했어요. 왕에게 모르겠다고 한 거죠. 이건 간단한 문제가 아니다, 조사는 계속하겠지만 상당히 많은 시간이 걸린다고 했죠. 고이데마르 왕은 원래 나쁜 사람이 아니었어요. 명예를 소중히 여기는 사람이었죠. 그의 분노는 곧 잦아들었고, 우리를 재촉하지 않았어요. 그동안 아이들은 잘 자랐고, 궁정을 뛰어다니며 국왕 부부와 궁 전체에 행복을 주었어요. 아들 아마벳과 두 딸 피오나, 아델라였죠. 세 아이는 마치 참새 세 마리처럼 비슷했어요. 당연히 사람들은 이 아이들을 유심히 관찰했죠. 특히 누군가 무슨 말썽을 피우면 말이에요. 피오나는 창문에서 요강의 내용물을 청장에게 쏟은 적이 있었는데, 청장이 큰 소리로 피오나를 악마의 사생아라고 소리치는 바람에 바로 해직당했어요. 또 어느 날은 아마벳이 계단에 기름을 발라놓은 적이 있었는데, 한 귀족 부인의 팔이 부러져 부목을 하게 되었죠. 그 부인은 저주받은 피에 대해 중얼거리다가 궁정에서 쫓겨났어요. 신분이 낮은 경우에는 쫓겨나는 정도가 아니라 곧장 채찍질을 당했고, 모두들 말을 조심하게 됐어요. 또 어느 날은 아델라가 어떤 남작에게 활을 쏴서 엉덩이에 화살이……."

"아이들 장난 얘기에 시간을 낭비할 수는 없어요. 결국 언제 고이데마르에게 사실을 말하게 되었죠?"

필리파가 이야기를 끊고 물었다.

"아무도 사실을 말하지 않았어요. 고이데마르도 더는 묻지 않았고, 우린 그 편이 좋았죠."

"하지만 당신은 알고 있겠죠. 아이들 중 누가 팔카의 사생아였나요? 알고 있잖아요?"

"물론이죠, 아델라였어요."

"피오나가 아니라?"

"아니에요, 아델라죠. 아델라는 역병에 걸려 죽었어요. 악마의 사생아,

저주받은 피, 사악한 팔카의 딸인 아델라는 역병이 돌자 왕의 반대를 무릅쓰고 사제들을 도와 아픈 아이들을 구하고, 자신도 결국 역병에 감염되어 죽고 말았어요. 열일곱 살 때였죠. 1년 후, 아마벳이 안나 카메나 백작부인과 사랑에 빠졌다가 백작이 고용한 암살자에게 죽었어요. 사랑하던 아이들의 죽음에 충격을 받은 리아논도 그 해 죽고 말았죠. 그때 고이데마르는 우리를 다시 소환했어요. 세 아이들 중 마지막 남은 피오나 공주에게 신트라의 왕인 코람이 관심이 있다고 했어요. 코람은 자신의 이름과 똑같은 아들 코람의 신붓감으로 피오나를 원했지만, 팔카의 사생아일 가능성은 피하고 싶어 했죠. 우리는 고이데마르에게 우리의 모든 권위를 다해 피오나가 왕의 아이라는 것을 확신시켰어요. 고이데마르가 우리의 말을 믿었는지는 모르겠어요. 하지만 두 젊은이는 사랑에 빠졌고 결국 리아논의 딸, 시리의 고조할머니 피오나는 신트라의 여왕이 되었어요."

"당신들이 계속해서 좇고 있는 그 인자를 고림 가문에 계승시키면서 말이죠."

"피오나는 고대 혈통의 인자를 가지고 있지 않았어요. 우리는 그 인자를 라라 인자라고 불렀죠."

"그게 무슨 말이죠?"

"라라 인자를 가지고 있던 건 아마벳이었어요. 우리의 조사는 계속되었죠. 왜냐하면 애인과 남편의 목숨을 모두 잃게 했던 안나 카메나 백작부인은 상중에 있으면서 쌍둥이를 낳았으니까요. 남자아이와 여자아이였어요. 아버지는 의심할 것도 없이 아마벳이었죠. 왜냐하면 여자아이에게 인자가 있었으니까요. 여자아이는 뮤리엘이라는 이름이 지어졌어요."

"꽃뱀 뮤리엘 말인가요?"

쉴라가 크게 놀라자 프란체스카는 웃으며 말했다.

"그건 훨씬 더 나중 이야기에요. 처음에는 '다정한 뮤리엘'이었어요. 정말 다정하고 귀여운 아이였죠. 열네 살이 되자 '벨벳 눈의 뮤리엘'이라고 불렸어요. 그 눈 속에 빠진 사람이 한둘이 아니었죠. 그러다 가라몬의 백작 로버트와 혼인하게 되었어요."

"남자아이는?"

"남자아이는 크리스핀. 인자가 없어서 우리의 관심사는 아니었어요. 전쟁에서 목숨을 잃었죠. 머릿속에는 온통 전쟁 생각밖에 없던 사람이었어요."

사브리나가 손을 홱 저으며 거칠게 머리카락을 쓸어 넘겼다.

"잠깐만…… 뮤리엘은 '점쟁이'라는 별명을 가진 아달리아의 모친이 아닌지……?"

"그래요, 아달리아는 상당히 흥미로운 인물이었어요. 강력한 힘의 원천, 마법사가 되기에 딱 알맞은 조건이었죠. 하지만 본인이 원치 않았어요. 여왕이 되는 길을 택했죠."

"그럼 인자는? 인자는 있었나요?" 아시르가 물었다.

"그게 또 희한한 일인데, 인자는 없었어요."

"나도 그렇게 생각했어요. 라라 인자는 그러니까 줄곧 여자 쪽으로만 이어지는 것이군요. 만약 남자가 그 인자를 갖게 되면 다음, 아니면 그 다음 세대로 이어지는 것이고요."

아시르가 고개를 끄덕이자 필리파가 덧붙였다.

"세대를 건너뛰어도 발현은 해요. 아달리아에게는 인자가 없었지만, 칼란테를 낳았고, 시리의 할머니인 칼란테 여왕은 라라 인자를 가지고 있었어요."

"리아논 이후 처음으로 인자를 가진 여자였군."

갑자기 쉴라가 입을 열더니 냉정한 목소리로 말을 이었다.

"프란체스카, 당신들은 실수를 했어요. 인자는 두 개였어요. 제대로 된, 하지만 숨겨진 채 나중에야 발현하는 인자가 있었어요. 피오나에게도 존재했지만 더 강력하고 확실한 아마벳의 인자 때문에 당신들이 눈치채지 못했던 거예요. 하지만 아마벳의 인자는 진짜 라라 인자가 아니라 활성체였을 뿐이에요. 아시르의 말이 맞아요. 남자 쪽 혈통을 따라 계승되는 활성체가 아달리아에게서는 너무 약하게 나타나는 바람에 발견되지 못한 거예요. 아달리아는 꽃뱀 뮤리엘의 첫째 아이였으니, 아마 다른 아이들은 활성체도 없었겠죠. 뒤늦게 발현되는 피오나의 인자 역시 남자 후손들에게서는 약 3세대 후 없어지는 게 맞지만, 완전히 사라지지는 않았어요. 왜 그런지 난 알 것 같아요."

"젠장."

예니퍼는 이를 악문 채 씩씩거렸고, 사브리나는 투덜거리며 말했다.

"무슨 말인지 잘 모르겠어요. 유전학과 가계도가 너무 복잡하네."

프란체스카는 자기 앞으로 과일 바구니를 끌어당기더니 손을 뻗어 주문을 외웠다.

"시장 바닥에서나 하는 염력 따위를 보여드리게 되어 미안해요."

프란체스카는 미소 지은 채 사과를 원탁 위로 떠오르게 했다.

"하지만 이렇게 공중에 떠 있는 과일을 통해 설명하면, 모든 상황과 우리가 어떤 잘못을 저질렀는지 금방 알 수 있을 거예요. 이 빨간 사과를 라라 인자라고 하죠, 고대 혈통. 초록색 사과는 뒤늦게 발현되는 인자예요. 석류는 가짜 인자 즉 활성체라고 하죠. 자, 시작할게요. 이게 리아논, 빨간 사과예요. 리아논의 아들 아마벳은 석류. 아마벳의 딸, 아름다운 꽃뱀 뮤리엘, 그리고 그 손녀인 아달리아는 모두 석류 곧 가짜 인자예요. 그리고 여기서 가짜 인자는 사라져요. 그리고 두 번째 가계를 보면, 리아논의 딸 피오나는 초록색 사과예요. 그 아들인 신트라의 왕 코르벳 역시 초록색 사과. 코르벳과 케드웬 엘렌의 아들인 다고라드 역시 초록색 사과. 보시는 바와 같이 남자 후손들만 있는 두 세대에서 인자는 없어지고, 이제 아주 흐릿하게만 남아 있어요. 가장 아래에 남은 것은 석류와 초록 사과예요. 마리보르르의 공주인 아달리아와 신트라의 왕인 다고라드죠. 그리고 그 둘의 딸인 칼란테가 빨간 사과인 것이죠. 라라 인자가 또다시 강력하게 부활한 거예요."

"피오나의 인자가 근친을 통해 아마벳의 활성체를 만난 것이군요. 그런데 누구도 이 혈족 관계에 주의를 기울이지 않았나요? 각 나라의 사학자들과 기록관들이 이걸 놓쳤단 말인가요?"

마르가리타는 고개를 끄덕이면서도 의구심이 드는 부분을 물었다.

"명확하게 드러난 사실이 아니었어요. 안나 카메나가 자기가 낳은 쌍둥이가 사생아라고 대놓고 말하지는 않았거든요. 그랬다간 남편의 가문에서 아이들과 함께 빈털터리로 쫓겨날 테니까요. 물론 소문은 끈질기게 쫓아다녔고, 평민들 사이에만 퍼져 있었던 것도 아니에요. 덕분에 근친으로 태어난 칼란테는 남편을 멀리 떨어진 에빙에서나 찾을 수 있었던 거죠. 거기까지는 소문이 닿지 못했으니까요."

"그 피라미드에 빨간 사과 두 개를 더 넣어요, 에니드. 이제 아시르 씨가 말씀하신대로 라라 인자는 계속 여자 쪽 혈통으로 전달되는 거죠."

마르가리타가 말했다.

"그렇죠. 이건 칼란테의 딸 파베타예요. 그리고 저건 파베타의 딸 시릴라. 현재로서는 고대 혈통을 이어받은, 라라 인자를 가진 단 한 명이죠."

"단 한 명이라고? 굉장히 자신하시네요, 에니드."

쉴라가 날카롭게 물었다.

"무슨 얘기죠?"

프란체스카가 되묻자 쉴라는 자리에서 일어나 반지 낀 손가락으로 프란체스카가 만들어놓은 색색의 과일 표를 이리저리 바꾸기 시작했다. 무질서해진 과일 표를 가리키며 쉴라는 차갑게 말했다.

"내 생각은 이래요. 왜냐하면 이건 가능한 유전적 조합일 뿐이에요. 그리고 우리는 보이는 만큼, 딱 그 정도밖에 알지 못하죠. 그 말은 즉 아무것도 모른다는 거예요. 당신들의 실수가 지금 되돌아온 거라고요, 프란체스카. 더 많은 실수들을 만들어낸 거죠. 라라 인자는 100년이 지나고 나서야 우연히 다시 나타났고, 그 기간 동안 우리는 무슨 일이 일어났는지 몰라요. 비밀스러운 사건들, 숨겨진 사건들, 덮어진 사건들. 혼전 관계로 태어난 아이들, 혼외로 태어난 아이들, 입양, 바뀌는 아이들도 있어요. 근친도 있고요. 종족 간의 교배나, 잊혀버린 조상들의 피가 후대에 나타날 수도 있죠. 결론짓자면 100년 전, 당신들은 라라 인자를 손에 쥐고 있었어요. 그런데 그 인자가 당신들 손에서 벗어난 거예요. 에니드. 그건 잘못이었어요, 실수, 실수였다고요! 너무 많은 사례들, 너무 많은 우연들. 그 우연들에 대한 간섭과 제어가 부족했던 거예요!"

프란체스카 핀다베어 곧 에니드 안 그레나가 입술을 깨물었다.

"우리는 철창 속에서 짝짓기하는 토끼들을 관찰한 게 아니었어요."

프린질라는 트리스 메리골드의 시선을 따라가다가 예니퍼의 손이 조각된 팔걸이를 꽉 움켜쥐는 모습을 보았다.

이게 바로 예니퍼와 프란체스카를 잇고 있는 부분이야, 트리스는 예니퍼의 시선을 피하며 열에 달뜬 듯 생각에 잠겼다. 토끼장과 짝짓기에 대한 연상을 피할 수는 없었으니까. 시리와 코비어의 왕자에 대한 이들의 계획이 지금으로서는 터무니없어 보여도, 사실은 실현 가능한 계획인지도 몰랐다. 이들은 이미 오래전부터 이런 일들을 해왔어. 자신들이 원하는 이들을 왕위에 앉히고, 남녀 관계도 왕조들도 자신들이 바라는 대로, 자기들에게 유리한 대로 조종해왔지. 마법, 미약, 영약 등이 동원되었을 테고. 왕과 왕녀들이 갑작스럽게 모든 계획과 의도와 계약에 반하는 귀천상혼*을 하거나, 아이를 낳아서는 안 되는 여인들에게는 비밀스러운 불임약을 건네주었지. 아이를 낳고 싶지 않지만 낳아야만 하는 여자들에게는 불임약을 약속해놓고 물에 감초를 타서 주곤 했어. 그래서 불가능할 것 같은 저런 관계들이 성립된 거야. 칼란테, 파베타…… 그리고 시리. 예니퍼도 그 일부였지. 그리고 지금은 후회하고 있어. 그래야만 해. 젠장, 만약 게롤트가 이 사실을 알게 된다면…….

스핑크스, 프린질라 비고는 생각했다. 의자 팔걸이에 조각된 것은 스핑크스야. 그렇지, 이 회합의 상징이자 문장은 스핑크스가 되어야겠지. 지식, 비밀, 침묵. 이 여자들은 스핑크스야. 아무런 어려움 없이 자신들이 원하는 것을 얻어내. 코비어의 왕위 계승자를 시리와 결혼시키는 일 따위는 아무것도 아니야. 이들은 힘이 있어. 지식도 있고, 수단도 갖추고 있어. 사브리나 글레비식이 목에 건 저 다이아몬드 목걸이는 아마 숲과 바위만 가득한 케드

* 귀천상혼(貴賤相婚): 신분이 높은 사람과 신분이 낮은 사람이 혼인하는 것.

웬의 1년 예산과 맞먹겠지. 이들은 자신들이 원하는 것이라면 그게 무엇이든 큰 어려움 없이 얻어낼 거야. 하지만 단 하나…….

아하, 트리스 메리골드는 여전히 생각에 잠겨 있었다. 처음부터 말했어야 했던 것을 드디어 말하고 있군. 지금의 열광적인 계획에 찬물을 끼얹을, 정신이 번쩍 나는 사실 말이야. 시리가 여기서 세운 계획과는 아주 먼 닐프가드의 황제, 에미르의 손아귀에 있다는 것…….

필리파가 입을 열었다.

"의심의 여지가 없습니다. 에미르는 시리를 아주 오래전부터 노려왔죠. 모두들 이것이 정략결혼과 시리의 왕위 계승권을 이용한 신트라 정복 계획이라 생각했고요. 하지만 사실은 정복이나 정치적 이유 때문이 아니라, 에미르가 자신의 가문에 고대 혈통을 포함시키고자 하는 야심 때문이 아닐까 의심이 드는군요. 만약 에미르가 이 모든 사실을 알고 있다면, 그 예언이 자기 가문에서 실현되고 세상의 여왕이 닐프가드에서 태어나는 걸 바랄 수도 있겠죠."

그러자 사브리나가 말했다.

"정정해야 할 부분이 있어요. 에미르가 바라는 게 아니라, 닐프가드의 마법사들이 바라는 거겠죠. 마법사들만이 인자를 추적하고 에미르에게 그 의미를 알려줄 수 있으니까요. 여기 닐프가드에서 오신 분들이 있으니 그 사실을 확인하고 자신들이 음모에서 어떤 역할을 담당했는지 말해주실 수 있을 거예요."

"당신의 의도는 상당히 이상하군요. 그 음모에 굳이 닐프가드까지 엮으려들다니. 모든 증거가 말하고 있어요, 음모와 배신자들을 좀 더 가까운 곳에서 찾으라고 말이에요."

프린질라는 참지 않고 목소리를 높였다.

"굉장히 직접적인 지적이군요. 하지만 맞는 말이기도 하고."

매서운 눈초리로 반박하려는 사브리나의 입을 막고자 쉴라가 나서며 말을 이었다.

"고대 혈통에 대한 정보는 우리 쪽에서 닐프가드로 새 나간 게 분명해요. 모든 증거가 그렇게 말하고 있죠. 빌게포츠를 잊었나요?"

순간 사브리나의 눈에 증오의 불꽃이 번쩍였다.

"아니! 난 잊지 않았어!"

"빌게포츠를 다룰 기회는 곧 올 거예요. 지금은 빌게포츠가 쟁점이 아니라, 우리에게 너무나 중요한 고대의 혈통, 시리가 닐프가드 황제 에미르의 손아귀에 있다는 게 문제죠."

키이라가 이를 드러내자 아시르는 차분한 음성으로 말했다.

"황제의 손아귀에 시리는 없어요. 단 로완에 갇혀 있는 여자아이는 그 어떤 특이한 인자도 소유하고 있지 않아요. 평범한 여자아이죠. 절대로 신트라의 시리는 아니에요. 황제가 찾으려던 여자아이가 아니었던 거죠. 황제는 인자가 있는 여자아이를 찾고 있었어요. 그 아이의 머리카락 다발까지 가지고 있었죠. 내가 그 머리카락을 연구했고, 나 자신도 이해할 수 없는 무엇인가를 발견했어요. 하지만 이제는 그게 뭔지 알겠군요."

"그럼 시리는 닐프가드에 없단 말이군요. 시리는 그곳에 없다……."

예니퍼가 작은 목소리로 중얼거렸다.

"그래요, 시리는 닐프가드에 없다고 합니다. 에미르는 속은 거죠, 가짜를 넘겨받은 거예요. 나도 어제 알게 되었어요. 하지만 아시르 님의 솔직한 말씀에 기쁩니다. 우리의 회합이 작동하고 있다는 증거예요."

필리파 에일하트가 정중하지만 엄숙한 목소리로 결론지었다.

딕스트라와 함께 온 정보원 중 한 명이 지하 감옥을 살피다 말고 갑자기 뒷걸음질 치더니 백지장처럼 창백한 얼굴로 벽에 기대섰다. 당장이라도 기절할 것만 같았다. 딕스트라는 이 심약한 놈을 서류 작업으로 빼야겠다고 생각했다. 하지만 곧 생각을 바꿨다. 딕스트라 또한 구역질이 치밀어 올랐던 것이다. 하지만 아랫사람들 앞에서 약한 모습을 보일 수는 없었다. 딕스트라는 서두르지 않고 주머니에서 향수가 뿌려진 손수건을 꺼내 입과 코를 막고, 돌바닥 위에 널브러져 있는 발가벗은 시체들 위로 몸을 숙였다.

"배와 자궁이 갈라져 있군. 아주 능숙해, 외과의사의 솜씨야. 여자아이에게서 태아를 꺼냈군. 꺼낼 당시에는 살아 있었어. 하지만 여기서 작업한 건 아니군. 다들 이런 상태인가, 렌넵? 지금 자네에게 물은 거야."

딕스트라는 차분하게 냉정함을 유지하려 애쓰며 말했다.

"아닙니다…… 다른 이들은 교살당해 목이 부러졌습니다. 임신 상태도 아니었고요. 하지만 곧 해부를 할 거니까……."

정보원 렌넵은 시체에서 눈을 돌리며 몸을 떨었다.

"다 합쳐서 몇 명 발견되었지?"

"여기 있는 한 명을 제외하면 네 명입니다. 신원 확인은 아직 못했습니다."

"그렇지 않아. 여기 이 여자는 누군지 알고 있네. 라니에 백작의 막내딸 졸리지. 1년 전, 흔적도 없이 사라졌어. 나머지도 살펴보겠네."

딕스트라가 손수건으로 입과 코를 막은 채 말했다.

"불에 손상된 시체도 있습니다. 알아보기가 힘들 것 같은데…… 아, 그것 말고도 저희가 발견한 것이……."

"말해봐, 더듬지 말고."

"여기 웅덩이에 뼈들이 있어요. 굉장히 많습니다. 아직 꺼내서 확인하지는 않았지만, 젊은 여자들의 뼈인 것은 확실합니다. 만약 마법사들에게 물어본다면 신원 확인을 해줄 수도 있을 겁니다. 그리고 실종된 딸들을 찾고 있는 집들에 연락해서……."

웅덩이와 뼈를 가리키던 렌넵의 말이 채 끝나기도 전에 딕스트라가 홱 돌아섰다.

"절대 안 돼. 여기서 발견된 것들에 대해서는 입도 뻥긋하면 안 돼, 그 누구에게도. 특히 마법사들은 더더욱. 더 이상 그들을 신뢰할 수 없겠어. 렌넵, 위층은 다 살펴보았나? 조사에 도움이 될 만한 다른 건 없었나?"

"아무것도 없었습니다. 소식을 받자마자 저희가 번개같이 달려왔지만 너무 늦었습니다. 모든 것이 타버렸지요. 엄청난 화력이었습니다. 분명히 마법으로 일으킨 불이었습니다. 여기, 지하 감옥에만 마법이 작동하지 않았죠. 이유는 모르겠지만……."

렌넵이 고개를 떨궜다.

"그건 내가 알아. 불을 낸 것이 빌게포츠가 아니라 리엔스나 고용된 다른 마법사였겠지. 빌게포츠는 실수 같은 건 하지 않아. 빌게포츠였다면 벽에 묻은 그을음 말고는 아무것도 남기지 않았겠지. 빌게포츠는 알고 있어, 불이 정화한다는 것을…… 그리고 흔적을 지운다는 것도."

"흔적을 지웠죠. 하지만 빌게포츠가 여기에 왔었다는 증거도 없습니다……."

렌넵이 중얼거렸다.

"그럼 증거를 만들어내. 방법까지 내가 가르쳐줘야 하나? 빌게포츠가 이곳에 왔다는 걸 내가 아는데. 시체들 외에 지하에 남은 건 아무것도 없나? 저기 철문 뒤에는 뭐가 있지?"

딕스트라가 입에서 손수건을 떼며 물었다.

"잠시만, 제가 보여드리겠습니다."

렌넵은 조수로부터 횃불을 받아들었다.

지하 감옥에 있는 모든 것을 태워야 했던 마법의 불은 바로 철문 뒤, 넓은 공간에서 시작된 게 확실했다. 주문의 실수로 완벽하진 않았지만, 그럼에도 불은 강하고 급작스러운 것이었다. 한쪽 벽에 서 있던 책꽂이는 숯 더미가 되었고, 유리로 만든 용기와 내용물은 녹아서 지독한 냄새를 풍기는 덩어리가 되어 있었다. 이 장소에서 남아 있는 것은 상판이 철로 된 책상과 바닥에 고정되어 있는 이상한 모양의 철로 된 의자뿐이었다. 기괴한 모양이었지만, 어디에 사용되는지는 의심의 여지가 없었다.

렌넵이 침을 삼키고는 의자와 의자에 고정된 손잡이를 가리키며 말했다.

"의자는…… 다리를…… 벌려서 고정시키기 위한 용도로 제작된 것입니다. 아주 넓게 벌리도록 말이죠."

"개자식, 미친놈 같으니."

딕스트라는 악문 이빨 사이로 욕설을 내뱉었고, 렌넵은 작은 목소리로 말을 이었다.

"나무 의자 아래 배수로에서 혈흔과 배설물 자국을 발견했습니다. 철제 의자는 새로 제작된 것으로 한 번도 사용하지 않은 듯합니다. 어떻게 생각해야 할지 모르겠습니다……."

"난 알고 있어. 철제 의자는 누군가 특별한 이를 위해 제작된 거야. 빌게포츠 생각에 특별한 능력이 있다고 짐작되는 사람이지."

"딕스트라와 그의 정보원들의 실력을 과소평가하는 건 아니에요. 빌게포츠를 찾아내는 건 시간문제라는 것도 알아요. 그러나 우리 중 몇몇이 열중하고 있는, 개인적인 복수심을 일단 치워놓고 봤을 때 빌게포츠가 시리를 데리고 있는지는 잘 모르겠군요."

쉴라 드 탄자빌이 말했다.

"빌게포츠가 아니라면, 누가 시리를 데리고 있다는 건가요? 시리는 타네드에 있었어요. 내가 알기로는 우리 중 누구도 시리를 텔레포트시키지 않았죠. 딕스트라도 아니고, 왕들 중에서도 데려간 사람이 없다는 걸 알아요. 그러나 갈매기의 탑이 무너진 폐허에서 시리의 시체는 발견되지 않았어요."

"토르 라라 안에는 옛부터 아주 강력한 포털이 존재했죠. 그 아이가 그 포털을 통해서 타네드 밖으로 탈출했을 가능성은 배제하는 건가요?"

이다 에민이 '토르 라라'라는 단어를 천천히 발음하며 물었다.

예니퍼는 시선을 밑으로 향한 채 의자 팔걸이에 조각된 스핑크스에 손톱을 박아 넣었다. 침착해야 해, 예니퍼는 생각했다. 자신을 바라보는 마르가리타의 시선을 느꼈지만, 예니퍼는 고개를 들지 않았다. 아레투자의 교장 마르가리타가 약간 변한 목소리로 말했다.

"시리가 토르 라라의 텔레포트로 들어갔다면, 우리의 계획은 포기해야 하는 것이 아닌가 생각됩니다. 다시는 시리를 못 보게 되지 않을까 싶어요. 이미 무너진 갈매기 탑에 있었던 포털은 손상되었고 오작동 상태였어요. 사람을 죽이는 포털이었죠."

"지금 그게 무슨 소리죠?"

결국 사브리나는 참지 못하고 폭발해버렸다.

"탑에 있는 포털을 발견하기 위해서는 4단계 마법을 써야 해요! 그리고 포털을 작동시키려면 대마법사의 능력이 필요해요! 빌게포츠도 할 수 있을지 의문인데, 열다섯 살 애송이가 무슨 수로 포털을 발견하고 작동까지 시킨다는 거죠? 어떻게 그런 가정을 할 수 있어요? 당신들 생각에 그 여자애는 대체 정체가 뭐죠? 도대체 그 애한테 뭐가 있는 거죠?"

"그게 중요한 거요?"

올빼미라고 불리는 에미르 황제의 검시관, 스테판 스켈렌이 말했다.

"그 아이에게 뭐가 있는지 그게 중요한 거요, 본하트 씨? 그리고 그 아이에게 뭐가 있긴 한 거요? 난 그저 그 아이를 없애는 데 관심이 있을 뿐이오. 100플로렌을 드리겠소. 만약 당신들이 그 아이에게 뭔가 있는지 조사하고 싶다면, 죽인 후든 죽이기 전이든 마음대로 하시오. 하지만 뭔가 발견한다고 해서 액수가 더 올라가는 건 아니오, 그건 미리 말해두지."

"만약 산 채로 드린다면요?"

"그래도 가격은 똑같소."

엄청나게 키가 크지만 비쩍 말라 뼈만 앙상한, 본하트라는 남자는 한 손으로 백발의 수염을 꼬았다. 다른 손으로는 칼자루에 무엇이 조각되어 있는지 스켈렌에게서 가리려는 듯 칼자루를 움켜잡고 있었다.

"머리를 가져다 드려야 합니까?"

"아니오. 머리로 뭘 하겠소? 꿀에라도 담그게?"

올빼미 스켈렌이 고개를 저었다.

"증거로 말입니다."

"당신들의 말을 믿겠소. 본하트, 당신들은 유명하니까. 일을 제대로 한다고 정평이 나 있으니."

"인정해주셔서 감사합니다."

현상금 사냥꾼 본하트는 웃음을 지었다. 스켈렌은 여인숙 앞에 무장한 부하 스무 명이 대기 중이었는데도 불구하고 그 웃음을 보니 등에 소름이 돋았다.

"그 정도 칭찬은 받아야 하지만, 사실 인정받는 게 쉽진 않습니다. 남작님과 반하겐 님에게는 시궁쥐들의 머리를 몽땅 가져다 줘야 하거든요. 안 그러면 돈을 안 주니까요. 만약 팔카의 머리가 필요지 않다면, 남작님께 드릴 시궁쥐들 머리 중 하나로 넣어도 괜찮겠습니까?"

"이중으로 현상금을 타겠다는 거요? 아니, 상도덕이라는 것도 없소?"

"아, 저명하신 스켈렌 님, 저는 살인에 대한 대가를 받는 게 아니라 살인이 포함된 서비스를 제공하고 대가를 받는 것이니까요. 스켈렌 님에게도, 반하겐 님에게도 서비스를 제공하는 것이고, 제 입장에서는 양쪽 모두에게 서비스를 제공하는 편이 낫지 않겠습니까."

본하트가 눈을 가늘게 떴다.

"논리적이군. 하고 싶은 대로 하시오. 그럼 현상금은 언제 받으러 올 예정이요?"

올빼미 스켈렌이 고개를 끄덕이며 물었다.

"곧 받으러 가겠습니다."

"곧 받으러 오겠다라?"

"시궁쥐들은 산적들이 다니는 길로 다니지요. 산에서 겨울을 날 생각이고요. 그 길을 막으면 됩니다. 한 20일 정도, 더는 안 걸립니다."

"그 길은 확실한 거요?"

"펜 아스프라에서 최근에 대상과 두 명의 상인을 습격했죠. 티피에서도 도적질을 했습니다. 그러고 나서 농부들의 축제일에 나타나 드루이그에 들렀고 춤을 췄다더군요. 그런 후에 로레도에 왔지요. 거기서 그 팔카라는 아이가 사람 하나를 죽였죠. 아직도 사람들이 치를 떨며 그 얘기를 할 정도입니다. 그래서 그 팔카라는 아이에게 뭔가 있는지 물어본 겁니다."

"뭔가라…… 당신들에게도 있는 '그것'이 팔카에게도 있는 거겠지. 용서하시오, 뭐 그렇진 않겠지만. 당신들은 살인에 대한 대가를 받는 게 아니라, 서비스를 제공하고 그에 대한 대가를 받는 것이니까. 당신들은 기술자요, 본하트 씨. 제대로 된 전문가란 말이지. 뭐, 다른 직업도 마찬가지 아니겠소? 일을 처리하고, 대가를 받고, 그렇게들 먹고 사는 것 아니겠소?"

스켈렌이 조소하듯 말했다.

현상금 사냥꾼 본하트는 스켈렌을 오랫동안 바라보았다. 스켈렌의 입가에서 웃음기가 완전히 사라질 때까지. 잠시 후에 본하트가 입을 뗐다.

"그렇습니다, 먹고는 살아야 하니까. 자신이 할 줄 아는 일이나, 해야만 하는 일로 먹고 사는 이들은 많죠. 거기에 비하면 전 운이 좋은 편입니다. 좋아하는 일로 먹고 사니까요."

필리파가 마른 목을 축이고 잠시 간식을 먹으며 휴식 시간을 갖자고 제안했다. 예니퍼는 안도의 한숨을 내쉬며 기대감을 가지고 그 제안을 기꺼이 받아들였다. 그러나 괜한 기대였다. 예니퍼와 이야기를 나누고 싶어 하는 모습이 역력했던 마르가리타를 필리파가 홀 한쪽 끝으로 데려가 버렸고, 예니퍼에게 다가오던 트리스 옆에는 프란체스카가 따라붙었다. 프란체스카는 거리낌 없이 자신의 뜻대로 대화를 끌고 갔다. 그러나 예니퍼는 파란 트리스의 눈동자에서 불안감을 읽고, 프란체스카가 옆에 없었다고 해도 트리스에게 도움을 청할 수는 없었으리라는 것을 깨달았다. 트리스는 의심의 여지없이 회합에 충성하고 있는 것이었다. 그리고 의심의 여지없이, 예니퍼의 자신의 충성심이 흔들리고 있는 것도 느낄 수 있었다.

트리스는 게롤트가 브로킬론에서 드라이어드들의 도움으로 건강을 회복하고 안전하게 있다는 소식을 전하며 예니퍼를 안심시키려고 했다. 언제나 그랬듯 게롤트 얘기를 하며 트리스의 얼굴이 빨개졌다. 분명 그때 일이 있었던 거야, 예니퍼는 딱히 악감정 없이 생각했다. 트리스는 게롤트 같은 인물이 처음이었겠지. 금방 잊기는 힘들 거야. 잘된 일이야.

예니퍼는 트리스가 전한 좋은 소식에도 별 관심 없다는 듯 어깨를 으쓱했다. 트리스도 프란체스카도 전혀 속아 넘어가지 않았지만, 상관없었다. 예니퍼는 혼자 있고 싶었다. 혼자 있고 싶다는 것을 이들이 알아주길 바랐고, 다행히 이해한 것 같았다.

예니퍼는 잘 차려진 뷔페의 맨 끝에 서서 굴을 먹는 데 열중했다. 조심스럽게 먹어야 했다. 아직도 압축 마법의 여파가 남아 있어 고통스러웠다. 몸이 어떤 식으로 반응할지 짐작이 되지 않아서 포도주도 마실 수 없었다.

"예니퍼?"

예니퍼가 고개를 돌렸다. 프린질라 비고가 예니퍼의 손에 들려 있는 짧은 나이프를 보고 살짝 미소를 지었다.

"곁에서 보니 확실히 알겠군요. 굴 대신 나를 찔러 열고 싶겠죠. 아직도 적대감이 남아 있나요?"

프린질라가 여전히 미소를 머금은 채 물었다.

"우리 회합은 서로의 충성심을 요구하죠. 우정을 요구하는 건 아니에요."

예니퍼가 차갑게 대꾸했다.

"네, 그래서도 안 되겠죠. 우정이란 것은 오래된 작업의 결과로 생겨나거나 아니면 즉각적으로 생겨나죠."

닐프가드의 마법사 프린질라는 홀 주변을 둘러보며 말했다.

"적대감도 마찬가지에요. 눈이 멀지 않았다면 가끔은 누군가를 순간적으로 본 것만으로도 싫어할 수 있어요."

예니퍼는 프란질라의 말을 받아 치고는 굴을 열어 꿀꺽 삼켰다.

"오, 적대감이라는 것은 훨씬 더 복잡한 거예요. 예를 들어 본 적 없는 누군가가 언덕 꼭대기에서 당신의 친구를 눈앞에서 갈기갈기 찢었다고 해봐요. 그러면 그 사람이 누군지 모르지만 증오하게 되겠죠."

프린질라가 별 이야기 아니라는 듯 두 눈을 깜빡였다.

"그렇겠죠. 운명의 장난이로군요."

예니퍼가 어깨를 으쓱하며 대꾸하자 프린질라는 작은 목소리로 말했다.

"운명은 마치 아이처럼 짓궂어요. 친구들이 등을 돌리고, 적이 쓸모가 있어질 때도 마찬가지죠. 예를 들어 적과 단둘이 이야기를 하게 된다면 말이에요. 누구도 방해하지 않고, 이야기를 끊지도 않고, 엿듣지도 않죠. 누구나 '서로 적인 저 두 사람이 무슨 얘기를 하고 있지?'라고 생각할 테니까요. 중요한 얘기도 아니겠지, 아마 별것도 아닌 얘기를 하면서 서로를 날카로운 혀로 찌르고 있겠지, 하고 생각할 거예요."

"분명 다들 그렇게 생각하겠죠. 그리고 그 생각은 틀리지 않았어요."

예니퍼가 고개를 끄덕였다.

"그러니 잘된 셈이죠. 그런 조건 속에서 우린 중요하고 특별한 문제를 다루게 될 테니까요."

프린질라는 서두르지 않았다.

"무슨 문제를 생각하는 거죠?"

"여기서 당신이 계획하고 있는 탈출 문제요."

예니퍼는 두 번째 굴을 열려다가 손가락을 칼로 찌를 뻔했다. 예니퍼는 조심스럽게 주위를 살펴보고는 프린질라를 바라보았다. 프린질라는 가볍게 웃었다.

"그 칼 빌려주세요, 굴 좀 먹어보려고요. 당신들의 굴은 정말 맛있네요. 남쪽에서는 이런 걸 맛보기가 쉽지 않아요. 특히 요즘처럼 전쟁으로 봉쇄가 되어 있는 상황에서는…… 봉쇄란 아주 좋지 않은 것이에요, 그렇지 않나요?"

예니퍼는 작게 헛기침을 했다. 프린질라가 굴을 삼키고는 두 번째 굴을 집어 들었다.

"네, 나도 봤어요. 필리파가 우릴 보고 있죠. 아시르도요. 아시르는 회합에 대한 나의 충성심에 의혹을 가지고 있어요. 아시르는 내가 동정 비슷한 감정에 치우칠 거라고 생각하죠. 흠…… 사랑하는 남자는 처참하게 당하고, 딸처럼 생각했던 소녀는 사라지고, 어쩌면 감금당해 있을지도 모르죠. 죽음에 처해 있을지도? 어쩌면 그 아이는 부정한 게임에 그저 카드로 이용되는 것일 수도 있겠죠? 나라면 참지 못했을 거예요. 여기서 곧장 도망쳐버렸겠죠. 자, 여기 칼 받아요. 이제 굴은 그만 먹어야겠어요. 몸매 생각도 해야 하니까."

"좀 전에 당신이 언급한 봉쇄는 정말 좋지 못해요, 구역질이 날 정도로. 하려고 마음먹은 일을 못하게 막고 있어요. 그러나 봉쇄는…… 수단이 있다면 뛰어넘을 수 있어요. 나에게는 그런 수단이 없지만."

예니퍼는 프린질라의 초록색 눈을 똑바로 바라보며 말했다.

“내가 당신에게 그런 수단을 제공할 거라고 생각하나요? 오, 그럴 리는 없겠죠. 난 회합에 충성하니까. 그리고 이 회합은, 당신이 사랑하는 사람들에게 달려가는 것을 원치 않아요. 게다가 난 당신의 적이에요. 어떻게 당신이 그 사실을 잊을 수 있나요, 예니퍼?”

프린질라는 아직도 손에 쥐고 있는 울퉁불퉁한 굴 껍질을 바라보았다.

“그렇군요. 어떻게 내가 그 사실을 잊겠어요?”

“당신이 내 친구라면 텔레포트 주문에 필요한 모든 요소를 갖추고 있더라도, 다른 이들 몰래 봉쇄를 뚫을 수는 없다고 충고할 거예요. 그건 시간도 필요하고, 지나치게 시선을 끄니까요. 더 나은 방법은 별것 아니면서, 동시에 반응을 일으키는 살아 있는 물질이에요. 반복하지만 별것 아닌 물질이죠. 즉흥적인 물질을 사용해서 텔레포트하는 건, 당연히 알겠지만 아주 위험해요. 친구가 그런 위험을 무릅쓰겠다고 하면 말리겠지만, 당신은 친구가 아니죠.”

프린질라가 낮게 속삭이며 손에 쥔 굴 껍질을 기울여 식탁 위에 바닷물을 떨궈냈다. 그리고 천천히 말을 이었다.

“우리의 별것 아닌 얘기는 여기서 끝이에요. 회합은 우리에게 서로의 충성심을 요구하죠. 하지만 우정은, 다행히 필요조건이 아니에요.”

“텔레포트를 했군요. 흥분할 거 없어요, 여러분. 이제는 우리도 어쩔 수 없으니까. 너무 멀리 갔어요. 내 잘못이에요. 예니퍼의 흑요석 별에서 주문의 반향을 봤는데…….”

예니퍼가 사라지는 바람에 일어난 소동이 조금 가라앉자 프란체스카가 차갑게 말했다.

"도대체 어떻게 한 거지, 젠장! 반향은 가릴 수 있어, 그건 어렵지 않아요. 하지만 도대체 어떻게 포털을 연 거야? 몬테칼보는 봉쇄되어 있다고!"

필리파가 소리를 질렀다.

"난 예니퍼를 한 번도 좋아한 적이 없어. 걔가 사는 방식은 정말 마음에 안 들어. 하지만 예니퍼의 재능 또한 의심한 적이 단 한 번도 없지."

쉴라가 어깨를 으쓱하며 중얼거리자 사브리나가 외쳤다.

"다 떠벌리고 다닐 거예요! 우리 회합에 대해서! 아마 곧장……."

"말도 안 돼요. 예니퍼는 우리를 배신하지 않아요. 배신하려고 여길 탈출한 게 아니에요."

트리스가 프란체스카와 이다를 바라보며 단언하자 마르가리타도 트리스의 편을 들었다.

"트리스 말이 맞아요. 예니퍼가 왜 여길 도망쳤는지, 누굴 구하려고 하는지 난 알아요. 시리와 예니퍼가 같이 있는 걸 본 적이 있어요. 그걸 보면 모든 것이 이해됩니다."

"난 조금도 이해 못하겠는데!"

사브리나가 소리를 지르자 홀 안은 다시 시끄러워졌고, 그 틈을 타 아시르는 친구 프린질라에게 바싹 몸을 기울이며 속삭였다.

"왜 이런 짓을 했는지는 묻지 않을게, 어떻게 했는지도. 어디로 갔는지 그것만 알려줘."

아시르의 물음에 프린질라는 소리 없이 웃으며 손가락으로 의자 팔걸이의 스핑크스 조각을 매만졌다.

"이 굴이 어느 해변에서 왔는지 내가 어떻게 알겠어?"

프린질라가 조용히 속삭였다.

*이틀리나. '이틀린 아에글리'라고도 불리며, 전설적인 엘프 치료사이자 점성술사이다. 점쟁이 에베니엔의 딸로, 앞날을 내다보는 점술과 예언으로 유명했다. 그녀가 했던 예언 중 흔히 '아엔 이틀리네스피스', 또는 '이틀린의 예언'으로 알려져 있는 게 가장 유명하며, 여러 형식으로 전해져 내려오고 있다. 이 예언은 시대에 따라 엄청난 반향을 불러일으켰는데, 이 예언에 더해진 해설과 실마리, 해석 등이 축적되어 위대한 이틀린의 예언력에 대한 확신이 더욱더 견고해진다. 이틀린의 예언 중에는 북쪽의 전쟁(1239~1268), 대역병(1268, 1272, 1294), 잔인했던 두 유니콘 전쟁(1309~1318), 하크 족의 침략(1350) 등이 있다. 또한 이틀린은 13세기 말 '백색 서리'로 인한 기후 변화를 예고했는데, 이는 민간의 미신에서 세상의 종말과 세상의 파괴자(본문 참고)가 도래한다는 예언과 합쳐져 전래되었다. 또한 이틀린의 예언 일부분은 악명 높은 마녀사냥(1272~1276)에 이용되기도 했으며, 세상의 파괴자로 여겨진 수많은 처녀들과 불행한 여인들의 죽음을 초래했다. 오늘날 연구자들은 이틀린을 전설상의 인물로 생각하고 있으며, 그 '예언' 역시 현대에 이르러 만들어진 이야기이자 문학적 창조물로 여기고 있다.*

에펜베르그와 탈봇, 〈막시마 문디 백과사전, 제10권〉

# 제 7 장

이야기꾼 방랑자 포그비즈드를 둥그렇게 둘러싼 아이들은 알아들을 수 없는 소리를 내며 화를 내고 난리를 쳤다. 아이들 중 가장 나이가 많고 힘도 제일 세고 용감한, 대장장이 아들 코너가 아이들의 대변인 역할을 맡아 모두의 의견을 말해줄 때까지 이야기꾼 포그비즈드는 잠자코 기다렸다. 코너는 두 개로 이어진 항아리 하나에 양배추 수프를 가득 담고, 다른 하나에는 튀긴 베이컨 조각이 흩뿌려진 감자를 담아 포그비즈드에게 식사를 건네준 아이이기도 했다.

"어떻게 그럴 수가 있어요? 할아버지, 어떻게 그럴 수가 있냐고요! 오늘은 이제 그만이라고요? 어떻게 여기서 이야기를 끝낼 수 있어요? 우린 궁금해서 죽을 지경이에요! 어떻게 됐는지 알고 싶다고요! 할아버지가 우리 마을에 또 오실 때까지 어떻게 기다리란 말이에요? 반년 아니면 1년 후에나 오실 텐데! 더 이야기해주세요!"

코너는 잔뜩 화를 내며 따졌다.

"해가 졌잖니. 너희들은 이제 잘 시간이야. 내일 일하다가 하품을 하거나 피곤해하면, 부모님들이 뭐라고 하시겠니? 포그비즈드 영감이 또 한밤중까지 이야기를 늘어놓는 바람에 애들 머릿속을 뒤죽박죽으로 만들어놔서 잠도 못 자게 했군. 이놈의 영감탱이가 또 마을에 오면 죽 한 그릇 주지 말고 내쫓아야지, 그 영감탱이 이야기 들어봤자 애들에게 해롭고 걱정거리만 늘어난다고……."

"부모님들은 그렇게 말씀하지 않으실 거예요! 더 얘기해주세요, 할아버지, 제발요!"

아이들이 입을 모아 외쳤다.

야루가 강 반대편 기슭의 나무 꼭대기 사이로 지고 있는 해를 바라보던 포그비즈드가 말했다.

"오냐, 더 해주마. 하지만 조건이 있다. 너희들 중 한 명이 빨리 집에 가서 우유를 가지고 오거라. 목을 축여야 하지 않겠니. 나머지는 내가 어떤 이야기를 할지 정하고. 전부 다 하기에는 밤을 꼬박 새도 모자라거든. 어떤 이야기를 지금 하고, 어떤 이야기를 다음에 할지 골라야 한다."

그러자 저마다 외치는 아이들의 고함 소리 때문에 또다시 시끌벅적해졌다. 이야기꾼 포그비즈드가 지팡이를 흔들며 외쳤다.

"조용히 하거라! 고르라고 했지, 누가 어치처럼 소리를 지르라고 했니! 자, 그럼 이제 어떻게 할까? 누구의 운명에 대해 얘기해줄까?"

"예니퍼요!"

작아서 '팔꿈치만 하다'는 뜻의 이름이 붙은 가장 어린 니무에가 바닥에서 자고 있는 고양이를 쓰다듬으며 새된 목소리로 말했다.

"여자 마법사 예니퍼 얘기해주세요. 민둥산에서 있었다는 그 회…… 회의에서 시리를 구하려고 마법으로 도망친 다음에 어떻게 되었는지 듣고 싶어요. 왜냐하면 전 크면 마법사가 될 거거든요.”

“네가? 코나 닦고 말해, 팔꿈치야. 코흘리개는 마법사 조수로도 안 받아준다고! 할아버지, 예니퍼 말고 시리와 시궁쥐들 얘기해주세요, 산적질을 하고 돌아다니는 얘기요!”

방앗간 집 아들 브로닉이 소리치자 침울한 표정으로 생각에 잠겨 있던 코너가 말했다.

“조용히 해, 바보같이 굴지 말고. 오늘 얘기를 더 들을 수 있다면 순서대로 들어야지. 할아버지, 그러니까 위쳐와 그 일행이 야루가 강 위로 간 얘기를…….”

“난 예니퍼 얘기가 듣고 싶어!”

니무에가 꽥 소리를 질렀고 니무에의 언니 오를라가 옆에서 거들었다.

“나도요, 예니퍼랑 위쳐가 서로 좋아하는 얘기요. 사랑하는 얘기요. 하지만 결론은 행복했으면 좋겠어요, 할아버지! 죽는 얘기는 싫어요!”

“조용히 해, 이 바보야! 사랑 얘기 따위를 누가 듣고 싶어 한다고! 전쟁 얘기해주세요, 싸우는 얘기요!”

“위쳐의 칼이요!”

“시리랑 시궁쥐들이요!”

그러자 코너가 주위를 위협적으로 둘러보며 소리쳤다.

“다들 입 닥쳐! 너희들 다 몽둥이로 두들겨 맞기 전에. 내가 말했잖아, 순서대로. 그러니까 할아버지, 일단은 위쳐 얘기를 하고, 단델라이온이랑 밀바 모두 어디로 향했는지…….”

“좋아! 밀바 얘기 듣고 싶어요, 밀바! 전 여자 마법사가 못 되면, 궁수가 될 거예요!”

또다시 니무에가 소리쳤고, 코너가 재빨리 말을 받았다.

"이제 골랐어요. 지금이라도 골라서 다행이야. 할아버지 좀 봐, 곧 주무실지도 모른다고! 흰 머리를 끄덕끄덕하면서 코를 메추라기처럼 찧고 계시잖아. 할아버지, 졸지 마세요! 저희에게 위쳐 게롤트 얘기부터 해주세요. 야루가 강에 닿은 일행이 어떻게 되었는지부터요."

"하지만 우선, 너무 궁금하니까 다른 사람들 이야기도 조금만, 아주 조금이라도 해주세요. 어떻게 됐는지 너무 궁금하단 말이에요. 그래야 할아버지가 다음에 우리 마을에 오실 때까지 기다릴 수 있죠. 조금이라도 말해주세요. 예니퍼와 시리 이야기도요. 제발 부탁이에요."

브로닉이 지지 않고 끼어들었고, 포그비즈드 할아버지는 참지 못하고 클클거리며 웃었다.

"예니퍼는 민둥산이라고 하는 마법의 성에서 마법으로 탈출했지. 그리고 곧장 바다로 떨어졌단다. 거센 파도가 출렁이는 바다, 날카로운 바위들 사이였지. 하지만 걱정하지 마라, 여자 마법사에게 그 정도는 아무것도 아니니까. 예니퍼는 바다에서 무사했어. 곧장 스켈리게 섬으로 가서, 자기편이 되어줄 사람들을 찾았지. 왜냐하면 알다시피 예니퍼의 마음속에는 마법사 빌게포츠에 대한 증오심이 타오르고 있었거든. 예니퍼는 빌게포츠가 시리를 납치한 것이 틀림없다고 믿었고, 빌게포츠를 잡아서 복수하고 시리를 구해야겠다고 다짐했어. 그게 다란다. 어떻게 되었는지는 나중에 기회가 되면 이야기해주마."

"그럼 시리는요?"

"시리는 시궁쥐들과 함께 몰려다녔지. 팔카라는 이름으로 자신을 감춘 채 말이야. 시리는 산적 생활이 마음에 들었어. 왜냐하면 그때까지 아무도 그 사실을 몰랐지만, 시리 안에는 인간 안에 숨어 있는 가장 나쁜 증오와 잔인함이 점점 더 쌓여가고 있었거든. 케어 모헨의 위쳐들은 큰 실수를 한 거야. 시리에게 죽이는 법을 가르쳤으니까. 시리는 자신이 죽음을 선사하고 다니면서, 정작 죽음의 사신이 자기 발뒤꿈치까지 따라붙었다는 사실은 몰랐지. 현상금 사냥꾼 본하트 형제 중 맏이가 이미 시리를 쫓기 시작했거든. 하지만 이 이야기도 언젠가 때가 되면 이야기해주마. 지금은 위쳐 얘기를 할 테니 잘 듣거라."

아이들은 이야기꾼 포그비즈드 할아버지를 둘러싸고 앉아 조용히 귀를 기울였다. 어둠이 내렸다. 낮에는 예뻤던 삼나무도, 래스베리 덤불도, 집 옆의 접시꽃 덤불도 갑자기 형언할 수 없는 어두운 숲처럼 보였다. 저 안에서 무슨 소리가 나지 않나? 쥐일까? 아니면 불타는 눈을 가진 무서운 엘프일까? 아이들을 노리는 스트리가나 바바야가는 아닐까? 헛간에서 쿵쿵거리는 건 소일까, 아니면 몇 백 년 전 야루가를 넘어온 무서운 침략자들의 말일까? 지푸라기로 덮인 지붕 밑에서 소리를 낸 것은 쏙독새일까, 아니면 피에 굶주린 뱀파이어일까? 어쩌면 마법을 통해 먼 바다로 이동하는 아름다운 여자 마법사가 아닐까?

이야기꾼 포그비즈드 할아버지가 이야기를 시작했다.

"위쳐 게롤트는 자신의 일행과 함께 앙그렌으로 이동했어. 앙그렌은 늪과 숲이 가득한 곳이지. 그때는 숲이 있었단다, 허허. 이제 그런 숲은 없지, 브로킬론에나 남아 있을까…… 일행은 동쪽을 향해, 야루가 강의 상류를 향해, 검은 마법의 숲을 향해 갔지. 처음에는 아무 문제도 없었어. 하지만…… 허허, 그 다음에 일어난 일을 이제부터 이야기해주마."

오래전에 있었던, 잊혀버린 시간의 이야기가 펼쳐지며 흘러갔다. 아이들은 눈을 반짝이며 이야기에 귀를 기울였다.

게롤트는 벼랑 끝에 놓인 나무둥치에 앉아 있었다. 야루가 강의 갈대밭과 습지의 풍경이 펼쳐져 있었다. 해가 저물고 학들이 우거진 수풀 사이에서 소리를 내며 대열을 지어 날아올랐다.

엉망이 되었군, 게롤트는 벌목꾼들이 남기고 간 폐허와 밀바가 피운 모닥불의 연기를 바라보며 생각했다. 망한 거야, 그런대로 괜찮았는데 이상한 일행이지만, 한 팀이었지. 우리는 가깝고, 현실적이고, 구체적인 목적도 있었어. 앙그렌을 통해 동쪽으로, 캐드 드후로 가고 있었지. 지금까지 오는 길은 괜찮았다고. 하지만 이렇게 망할 수밖에 없었어. 이것은 운일까, 아니면 운명일까?

학들이 길게 우짖었다.

에미엘 레지스 로헬렉 테르지에프-고드프로이는 게롤트가 아르메리아에서 얻은, 갈기와 꼬리가 까만 닐프가드산 밤색 말을 타고 길을 인도했다. 처음에 말은 뱀파이어와 약초 냄새를 거부하는 듯했지만, 곧 익숙해졌는지 더 이상 말썽을 부리지 않았다. 그 옆에서 쇠파리에게라도 물린 듯 걸핏하면 난리를 치는 로취가 훨씬 더 말썽이었다. 레지스와 게롤트 뒤에는 단델라이온이 머리에 붕대를 감은 채 전사다운 표정으로 페가수스에 올라타 있었다. 오는 길에 단델라이온은 박자가 강한 영웅가를 만들었는데, 흥겨운 멜로디와 운율 안에는 최근의 모험담이 담겨 있었다. 이 영웅가의 내용은, 노래의 작자 자신이 모험담 속 영웅들 중에서도 최고로 용감하다는 것을 명백히 드러내고 있었다. 일행의 맨 마지막에는 밀바와 카히르가 뒤따르고 있었다. 카히르는 다시 만나게 된 밤색 말을 타고 일행의 소박한 짐 일부를 실은 회색 말을 끌고 오고 있었다.

일행은 마침내 강가의 습지를 벗어나 좀 더 높은 곳에 있는 마른 언덕에 다다랐다. 이 언덕에서 남쪽으로는 야루가 강의 빛나는 물줄기가, 북쪽으로는 먼 마하캄 산맥 앞의 높고 바위투성이인 평원이 보였다. 화창한 날씨에 햇볕은 따뜻하게 내리쬐고, 모기들도 귀찮게 굴지 않았다. 신발과 발싸개도 말랐다. 햇볕을 받은 길가의 덤불에서는 맛있어 보이는 나무딸기가 잔뜩 익어가고 있었다. 말들은 풀을 발견했고, 언덕에서 내려오는 개천의 맑은 물에는 송어가 가득했다. 어둠이 내리자 모닥불을 피워놓고 그 옆에 누울 수 있었다. 더 이상 바랄 것이 없었고, 모두의 기분은 최상이어야 했다. 그러나 그렇지 않았다. 자리를 잡은 첫날밤에 일어난 사건 때문이었다.

"잠깐만 기다려, 게롤트. 너무 서둘러 돌아가지 말고. 여기서 자네와 개인적으로 할 얘기가 좀 있네, 밀바랑 같이. 그러니까…… 그, 레지스 얘기야."

단델라이온이 주위를 둘러보더니 헛기침을 했다.

"아하, 슬슬 무서워지기 시작한 건가? 반응이 참 빠르군."

게롤트는 손에 쥐었던 작은 나뭇가지들을 바닥에 놓았다.

"비꼬지 말고. 우리가 레지스를 동행으로 받아들였잖아. 시리를 찾는 데 도움을 주겠다고 했고, 우리가 교수형당할 뻔한 것도 구해줬어. 하지만 말이지, 뭔가 두려움워. 이게 이상한 건가? 자넨 평생 레지스 같은 자들을 쫓아다니고 해치웠잖아."

단델라이온이 낮은 소리로 속삭이며 얼굴을 찡그렸다.

"레지스를 해치운 적은 없어. 그럴 생각도 없고. 이렇게 말하면 충분한가? 두렵다고 해도 내가 그 공포심을 치료해줄 수는 없어. 역설적이지만 우리들 중 뭔가 치료할 줄 아는 이는 레지스뿐이니까."

"비꼬지 말라고 했잖아. 지금 예니퍼랑 얘기하고 있는 게 아니니까 멋지게 말하려고 애쓰는 건 그만두라고. 간단한 질문에 간단히 대답만 해주면 돼."

단델라이온이 신경질을 냈다.

"그럼 간단히 질문해봐. 멋지게 말하지 말고."

"레지스는 뱀파이어잖아. 뱀파이어가 뭘 먹고 사는지는 비밀이 아니고. 만약 레지스가 정말로 배가 고파지면 어떻게 되지? 알아, 레지스가 생선 수프 먹는 걸 봤지. 그때부터 말짱한 진짜 인간처럼 우리랑 같이 먹고 마시잖아. 하지만 앞으로도 계속 그…… 욕구를 다스릴 수 있을까? 게롤트, 내가 이렇게까지 말을 해야겠어?"

"피의 욕구는 다스렸잖아. 자네 피가 머리에서 흐를 때 말이야, 아주 가까이 있었는데도 문제없었잖아. 자네 머리에 붕대를 감으면서 손가락을 빨지도 않았고. 그리고 보름달이 뜨던 밤, 우리 모두 만드라고라 술에 취해 레지스의 움막에서 잠들었던 날을 생각해봐. 습격하기에 그보다 좋은 기회가 또 있을까? 자네의 백조 같은 목에 이빨 자국 같은 건 없는지 확인해봤나?"

"놀리지 말아요, 게롤트. 당신은 우리들보다 뱀파이어에 대해서 잘 알잖아요. 단델라이온을 놀릴 생각이라면 내 질문에도 대답해봐요. 난 벌판에서 자랐죠. 학교도 다닌 적 없고 무식해요. 무식한 건 내 잘못이 아니니 놀릴 생각 말아요. 아무튼 나도 이렇게 말하긴 창피하지만, 레지스가 좀 무서워요."

어느 틈엔가 옆으로 다가온 밀바가 화를 내자 게롤트는 고개를 끄덕였다.

"근거 없는 두려움은 아니지. 레지스는 고위 뱀파이어니까. 상당히 위험한 존재요. 만약 레지스가 우리의 적이었다면 나도 두려워했을 거요. 하지만 젠장, 알 수 없는 이유로 레지스는 우리의 길동무가 되었소. 시리에 대한 정보를 줄 수 있는 캐드 드후의 드루이드들에게 우리를 안내하고 있단 말이요. 난 필사적이고 어떤 기회든 붙잡을 생각이요. 그래서 뱀파이어와 길동무가 된 것이고."

"그 이유가 전부인가요?"

게롤트는 잠시 머뭇거리는 듯했지만 솔직하게 말하기로 결심했다.

"아니, 그것만은 아니오. 레지스는…… 레지스의 행동은 올바르오. 호틀라의 난민촌에서 그 처녀가 마녀로 몰렸을 때, 행동하는 것을 주저하지 않았소. 그러다 자기 정체가 드러날 수도 있었는데."

"불에서 이글이글 달궈진 편자를 맨손으로 집었지. 한동안 맨손으로 들고 있으면서도 얼굴 한번 찡그리지 않았어. 구운 감자를 들고도 우린 그렇게 못했을 거야."

단델라이온이 말했다.

"레지스는 불 따위 아무렇지도 않으니까."

"그거 말고 또 할 수 있는 게 뭐야?"

"본인이 원하기만 한다면, 눈에 보이지 않을 수도 있지. 시선만 가지고도 사람을 홀리거나, 깊은 잠에 빠지게 할 수도 있고. 비세게르드의 막사에서 그렇게 한 거야. 박쥐로 변신해서 날아다닐 수도 있어. 내 생각에 그런 것들은 밤에만, 그리고 보름달이 뜰 때만 가능한 것 같아. 하지만 내가 잘못 알고 있을 수도 있고. 이미 몇 번이나 날 놀라게 했어. 외투 주머니에 또 뭘 감추고 있는지 그건 모르지. 내 생각에 레지스는 고위 뱀파이어 중에서도 뛰어난 존재인 것 같아. 인간과 매우 비슷한 모습을 갖추고 있고, 그것도 몇 년 동안이나 유지하고 있지. 말들과 개들이 그의 진짜 모습을 알아볼 법도 한데, 항상 가지고 다니는 약초 냄새로 동물들마저 교란시키지. 내 위쳐 메달도 레지스에게는 반응하지 않았어. 다시 말하지만, 레지스는 일반적인 판단으로는 가늠이 불가능해. 밀바, 나머지는 직접 물어보시오. 우리의 길동무니까. 우리 안에서 하지 못할 이야기가 있어서는 안 되고, 특히나 서로 믿지 못하거나 두려워하는 건 더더욱 안 될 일이니. 이제 야영지로 돌아갑시다. 이 나뭇가지 좀 도와주고."

"게롤트?"

"왜, 단델라이온?"

"만약…… 이론적으로 묻는다면…… 그러니까……."

"모르겠어, 내가 그를 죽일 수 있을지. 사실…… 그런 일은 일어나지 않았으면 좋겠군."

게롤트는 정직하고 솔직하게 대답했다.

단델라이온은 게롤트의 충고를 가슴에 새기고 불확실한 부분을 확인한 후 의심을 털어버리기로 했다. 그래서 길을 떠나자마자 곧장 행동으로 옮겼고, 그건 두말할 것 없이 단델라이온다운 방식이었다.

"밀바! 우리보다 앞서가서 활로 사슴이나 멧돼지 좀 잡아봐요. 젠장, 나무딸기, 버섯, 물고기, 민물조개는 이제 질렸다고. 진짜 고기 좀 먹어봤으면 좋겠어. 레지스, 당신 생각은 어떠시오?"

단델라이온은 말을 달리며 레지스 쪽을 흘끗 바라보고 외쳤다.

"뭐라고 했나요?"

레지스가 고개를 들었다.

"고기! 밀바에게 사냥 좀 해오라고 부탁하는 참이오. 신선한 고기 어떻소?"

단델라이온이 힘주어 말했다.

"좋지요."

"그럼 피는, 신선한 피도 마실 거요?"

"피?"

레지스는 침을 삼켰다.

"아닙니다, 피는 됐어요. 하지만 만약 당신들이 마시고 싶다면 마음대로 하시죠."

게롤트와 밀바, 카히르 모두 무덤처럼 무겁게 침묵했다.

"단델라이온, 무슨 말이 하고 싶은지 알아요. 그리고 내가 당신을 안심시켜야 한다면, 그렇게 하고 싶군요. 난 뱀파이어입니다. 하지만 피는 안 마셔요."

레지스는 말을 달리는 중에도 차분히 말했다.

침묵은 납처럼 무거워졌다. 하지만 여기서 함께 침묵한다면 단델라이온은 단델라이온이 아니었다. 그는 아무렇지도 않은 척 말을 이었다.

"내 말을 잘못 이해한 것 같소. 내 말은, 그러니까……."

"난 피는 안 마십니다. 아주 오래전부터요. 습관을 바꾼 거죠."

레지스는 단델라이온의 말을 끊었다.

"아니, 어떻게 습관을 바꿨소?"

"그냥 바꿨어요."

"무슨 말인지 모르겠소."

"미안하지만, 개인적인 사정이라……."

"하지만……."

"단델라이온!"

게롤트는 더 이상 참지 못하고 안장에서 몸을 돌렸다.

"레지스가 지금 그만하라고 말한 거잖아! 그걸 예의 바르게 표현했다는 걸 몰라? 그러니 자네도 제발 예의 바르게 그 입 좀 닥치라고!"

불안과 불확실성의 씨앗은 결국 싹이 터 번지고 있었다. 잠을 자기 위해 멈춰 섰을 때 분위기는 무겁고 긴장되어 있었다. 밀바가 강가에서 8파운드짜리 기름진 기러기를 잡아, 모두 함께 진흙을 바르고 구워서 가장 작은 뼛조각까지 남김없이 먹었는데도 무겁게 가라앉은 분위기는 나아지지 않았다. 배고픔은 해결했지만 불안감은 해결하지 못했다. 단델라이온이 열심히 노력했지만 대화는 자꾸 끊어졌다. 단델라이온의 이야기는 결국 독백이 되었고, 혼자 떠들고 있다는 것이 명백해지자 결국은 입을 다물고 말았다. 모닥불 주변으로 내려앉은 무덤 같은 침묵을 깨는 것은 말들이 여물을 씹는 소리뿐이었다.

밤이 깊었는데도 누구도 자려고 하지 않았다. 밀바는 모닥불 위에 걸린 솥에 물을 데우고, 뜨거운 김 위에 구겨진 화살 깃을 폈다. 카히르는 부츠의 부러진 죔쇠를 손보고 있었고, 게롤트는 칼로 나뭇가지를 깎고 있었다. 레지스는 한 명, 한 명을 찬찬히 바라보았다.

"할 수 없군요. 피할 수 없는 일이에요. 좀 더 일찍 모두에게 설명했어야 했는데……."

레지스가 마침내 입을 열었다.

"누구도 당신에게 설명하라고 요구하지는 않았소."

게롤트는 그렇게 오랫동안 열심히 깎고 있던 나뭇가지를 모닥불 속으로 툭 던져 넣고는 고개를 들었다.

"난 당신의 설명이 없어도 되오. 난 구식을 선호하는 사람이라 내 손을 뻗어 누군가를 동료로 받아들였으면, 그건 공증인이 쓴 계약서보다 더 중요하니까."

"나도 구식을 선호하는 편이고."

여전히 부츠의 죔쇠를 손보고 있던 카히르가 말했다.

"어떤 식으로 생각해야 할지 전혀 모르겠네."

밀바는 또 다른 화살 깃을 뜨거운 김 위에서 반듯하게 펴며 중얼거리자 게롤트가 덧붙였다.

"단델라이온의 말에는 신경 쓰지 마시오. 단델라이온은 원래 저렇소. 그리고 우리에게 고백을 하거나 설명해줄 필요도 없소. 우리도 당신에게 모든 것을 고백한 건 아니니까."

"그래도 내가 스스로 하고 싶은 얘기가 있다면, 들을 생각들은 있겠지요? 내가 손을 뻗어 동무로 맞이한 이들에게 솔직해야 할 것 같아서 하는 말입니다."

레지스는 소리 없이 웃어 보였다. 이번에는 아무도 대꾸하지 않았다.

"일단 말해둬야 할 것은 나의 뱀파이어적 속성과 관련해서라면 두려워하지 않아도 된다는 겁니다. 난 누구도 공격하지 않아요. 밤중에 몰래 숨어들어 자는 사람의 목에 이빨을 박아 넣지도 않지요. 그건 여기 있는, 구식을 선호하는 길동무들에게만 해당되는 것이 아닙니다. 난 피는 손대지 않아요. 전혀, 그리고 절대로. 피가 문제가 된 이후부터 난 피를 끊었습니다. 나에게는 해결하기 힘든 문제였지요."

레지스는 잠시 생각에 잠겼다가 차분히 말을 이었다.

"문제가 생겼고 누가 보더라도, 어떤 면에서도 좋은 상황이 아니었어요. 내가 젊었을 때는 나도 그러니까…… 흠…… 친구들과 몰려다니는 것을 좋아하고, 그런 점에서는 내 동년배들과 조금도 다르지 않았어요. 당신들 사이에는 그래도 금기와 제한이라는 게 있지요. 부모나 양육자들의 권한, 윗사람, 나이든 사람, 관습 같은 것 말입니다. 우리들 사이엔 그게 없어요. 젊은이들은 완전한 자유를 즐기고, 그 자유를 누리죠. 그리고 행동에 대한 자신만의 모델을 만들어요. 사실 아주 바보 같은 짓이죠. 젊은 시절의 바보짓이라고 보면 될 거예요. 피를 안 마신다고? 그럼 넌 뱀파이어야, 뭐야? 피를 안 마신다고? 저 녀석은 초대하지 마, 분위기 망치니까! 난 분위기를 망칠 생각이 없었고, 친구들 사이에서 인정받지 못할까봐 두려웠어요. 우리의 놀이는 끝이 없었지요. 술을 마시고 놀고, 난리를 치고, 피를 마시고, 보름달이 뜰 때마다 시골로 날아가 닥치는 대로 인간의 피를 마셨어요. 가장 끔찍한, 최악의…… 음료였죠. 우린 누구든 상관하지 않았어요, 그저…… 헤모글로빈만 충족되면…… 피가 없이는 놀이가 아니었죠. 여자 뱀파이어들에게 다가갈 용기도 별로 없었어요. 뭐라도 한 입 마시기 전까지는."

레지스는 말을 멈추고 또다시 생각에 빠졌다. 누구도 입을 열지 않았다. 게롤트는 갑자기 목이 타서 뭔가 마시고 싶었다. 레지스가 다시 말을 이었다.

"점점 더 심하게 놀게 되고, 시간이 지날수록 더 나빠졌지요. 주체할 수 없이 열이 오를 때면, 나는 지하실로 내려가 몇 날 며칠이고 돌아오지 않았어요. 그때 마셨던…… 엄청난…… 나는 완전히 자제력을 잃었지만, 자제력을 잃은 것이 노는 데는 문제가 되지 않았어요. 친구들도 마찬가지였지요. 간혹 어떤 친구들은 나를 말리려 했고, 난 그들에게 화를 냈어요. 하지만 대부분의 다른 친구들은 놀자며 날 불러냈고 아무 사람이나 끌어내서…… 갖다 댔어요. 날 빌미로 신나게들 노는 것이었지요."

구겨진 화살 깃을 펴는 데 열중하고 있던 밀바가 화가 난 듯한 신음 소리를 흘렸고, 카히르는 너무 조용해서 부츠를 다 고치고 잠든 것처럼 보였다. 레지스의 이야기는 계속되었다.

"시간이 점점 지나자 경고의 신호들이 나타나기 시작했어요. 놀이도, 친구들도 완전히 뒷전이 되고 말았죠. 나는 이들 없이도 살 수 있다는 걸 알았어요. 나에게 가장 중요한 것은 오직 피, 피가 나의 전부가 되고 말았지요. 피만 있으면……."

"거울만 보고 혼자 마셔도 좋았단 말이오?"

단델라이온이 끼어들었다.

"그것보다 더 나쁘죠. 난 거울에 모습이 비치지 않는답니다."

레지스가 차분히 대답하고는 한동안 아무 말도 하지 않았다.

"그러다 한 여자 뱀파이어를 알게 되었죠. 진지한 관계로…… 발전할 수도 있었어요. 나는 노는 걸 중단했어요. 하지만 긴 시간은 아니었지요. 그 여자가 날 떠났으니까요. 그 이후부터 더 많은 피를 더 마시기 시작했어요. 절망, 회한, 이런 것들은 핑계거리로 딱 좋지요. 모두들 이해하는 것 같았고, 나 스스로 합리화하기에도 용이했어요. 난 이론을 현실에 적용시킨 것뿐입니다. 내 얘기가 지루한가요? 이제 거의 끝났습니다. 난 드디어 도저히 용납될 수 없는, 생각조차 할 수 없는, 어떤 뱀파이어도 하지 않았던 일을 시도한 겁니다. 피를 마신 채로 날아다녔던 것이지요. 어느 날 친구들이 날 시골로 보내 피를 가져오게 했어요. 그런데 난 우물로 가는 여자를 놓친 후 속도를 줄이지 못하고 그대로 우물 속에 처박히고 말았어요. 마을 사람들은 나를 짓이겨놓았지만, 다행히 뱀파이어를 어떻게 해치워야 하는지 모르더군요. 나무 막대로 내 몸에 구멍을 내고, 머리를 잘라내고, 성수를 퍼붓고는 나를 땅에 묻었어요. 그러니…… 다시 깨어났을 때 내가 어떤 기분이었을지 상상할 수 있나요?"

"상상할 수 있어요."

밀바가 화살을 살펴보며 말했다. 모두들 놀란 눈으로 밀바를 바라보자 밀바는 헛기침을 하고 고개를 돌렸다. 레지스는 조용히 웃음을 지었다.

"이제 이야기는 거의 끝났습니다. 무덤 속에서 난 내 자신에 대해 생각해 볼 시간이 충분히 있었죠."

"충분히? 얼마나 말이오?"

게롤트의 물음에 레지스는 게롤트를 바라보았다.

"직업적인 호기심인가요? 50년 정도였습니다. 다시 살아났을 때, 정신을 차리기로 결심했어요. 쉽진 않았죠. 하지만 할 수 있었어요. 그때부터 난, 다시는 피를 안 마십니다."

"전…… 전혀? 전혀? 절대로? 아니, 그래도……."

단델라이온은 말을 더듬고 있었지만 호기심이 이기고 말았다.

"단델라이온, 자제 좀 하라고. 그리고 생각도 좀 하고, 입도 좀 닫고."

게롤트가 눈썹을 꿈틀거렸다.

"미안하게 됐소."

단델라이온이 풀죽은 듯 중얼거리자 레지스가 화해라도 시키듯 말했다.

"미안해할 것 없어요. 그리고 게롤트, 너무 구박하지 말아요. 단델라이온의 호기심을 이해합니다. 정확히 말하면 나와 나에 대한 전설들은 사실, 모든 인간들이 두려워하지 않나요? 인간에게 두려움을 갖지 말라고 요구할 수는 없지요. 두려움은 인간의 정신 속에서 다른 감정들만큼이나 중요한 역할을 해요. 두려움이 없는 정신은 무언가 잘못된 것이죠."

"하지만 당신은 나에게 두려움을 일으키지는 않는데, 그럼 내가 정신이 이상한 거요?"

또다시 기가 살아난 단델라이온이 물었다.

게롤트는 잠시, 레지스가 이빨을 드러내며 단델라이온의 정신 상태를 정상으로 돌려놓으리라 생각했지만 그런 일은 벌어지지 않았다. 레지스는 연극적인 행동을 취할 생각이 없는 모양이었다. 뱀파이어 레지스는 차분히 설명을 이어갔다.

"우리의 의식과 무의식 속에 있는 두려움에 대해 이야기한 것이지요. 이런 비유를 해서 미안하지만, 예를 들어 까마귀들은 나무 기둥에 걸쳐놓은 모자와 코트를 무서워하지 않아요. 공포를 극복하고 일단 앉으면 말이죠. 그러나 바람이 허수아비를 흔들면, 다시 도망치고 말죠."

"까마귀들의 행동은 살아남기 위한 투쟁이오."

카히르가 어둠 속에서 중얼거렸고 밀바는 코웃음을 쳤다.

"무슨 소리에요? 까마귀들은 허수아비를 무서워하는 것이 아니라, 사람을 무서워하는 거예요. 사람이 돌을 던지고 활을 쏘니까."

게롤트가 고개를 끄덕이며 레지스를 응시했다.

"살아남기 위한 투쟁, 그렇소. 그러나 까마귀가 아니라 사람의 투쟁이지. 설명해줘서 고맙소, 레지스. 우린 완전히 받아들였소. 하지만 인간의 무의식까지 파고들지는 마시오. 밀바의 말이 맞소. 목마른 뱀파이어에 대해 인간이 두려움을 느끼고 위협적이라고 반응하는 것은, 비이성적인 것이 아니라 생존 본능에서 나온 거요."

"전문가의 의견이군요. 가짜 공포와의 싸움에는 돈을 받지 않는 직업적 자부심이 있는 전문가 말입니다. 제대로 된 위쳐라면, 진짜 악, 실제로 위협이 되는 악과의 싸움에 임해야겠지요. 전문가로서 뱀파이어가 어째서 용이나 늑대보다 더 악한지 우리에게 말해줄 겁니다. 사실 용과 늑대도 발톱이 있는데 말이죠."

레지스가 대답을 기대하는 눈빛으로 게롤트를 바라봤다.

"적어도 용이나 늑대는 발톱을 스스로를 지키거나 굶주렸을 때 사용하지, 친구들과 유흥을 즐기기 위해서나 여자에 대한 수줍음을 극복하는 데 쓰지는 않으니까."

"사람들은 그 사실을 모릅니다. 당신은 예전부터 알고 있었지만, 우리 일행들만 해도 이제야 알게 된 사실이죠. 대부분의 사람들이 생각할 때 뱀파이어는 놀지도 않고, 피만 먹고 살며, 그것도 인간의 피만 마신다고 생각하지요. 피는 생명의 액체, 피를 잃는 것은 생명이 다하고 기력이 쇠하는 것을 뜻하니까요. 그러니까 인간들은 이렇게 이해하는 거예요, 우리 인간의 피가 범벅된 괴물은 최대의 적이라고. 우리의 피를 마셔 생명을 유지하는 괴물은 더 큰 악이라고 생각하는 것이죠. 우리 인간의 생명을 희생시켜 자신들의 생명을 이어가는 것이니, 뱀파이어 종족이 성하려면 우리 인간은 죽어야 하고, 그런 짓을 하는 괴물은 끔찍하다, 피가 생명의 액체라는 것을 알고는 있지만, 피는 구역질 난다고 여깁니다. 혹시 당신들 중 누군가 피를 마셔본 적 있습니까? 아마 없겠지요. 그리고 사람들 중에는 피를 보기만 해도 다리가 후들거리거나 기절하는 사람들도 있어요. 어떤 집단에서는 여자들의 경우, 한 달에 며칠간 부정하다고 간주되어 격리되기도 하지요."

"야만인들이나 그럴 거요. 피를 보고 기절하는 것도 아마 노들링인들이

나 그러겠지."

카히르가 끼어들자 게롤트가 고개를 들고 말했다.

"이야기가 다른 데로 새버렸군. 복잡하고 의심스러운 철학의 미로로 빠졌소. 레지스, 만약 뱀파이어들이 인간을 먹을 것이 아니라 마실 것으로 여긴다는 걸 사람들이 안다고 했을 때, 그게 무슨 차이를 만들 거라고 생각하시오? 이 부분에서 어떤 비이성적인 두려움을 보는 거요? 뱀파이어들은 사람들에게서 피를 빨아 마시고, 그 사실만은 변함이 없소. 보드카가 적셔진 스펀지처럼 뱀파이어에게 피를 빨린 사람은 힘을 잃게 되는 것도 사실이고. 사람은 피가 마르면 결국 생명력을 잃게 되잖소. 보통은 죽고 말지. 미안하지만 죽음에 대한 공포를, 피에 대한 거부감과 동급으로 취급할 수는 없소. 그 피가 생리혈이건 아니건."

"다들 어려운 말만 해서 머리가 빙글빙글 도는 것 같아. 하지만 그 얘기들이 결국은, 여자 치마 속에 뭐가 있는지에 대한 거잖아, 젠장맞을 철학 같으니."

밀바가 짜증스럽다는 듯 언성을 높이자 레지스가 부드러운 어조로 말했다.

"피의 상징은 일단 넘어가도록 하죠. 대체로 상징들은 그 안을 자세히 들여다보면 전설도 정당화할 수 있는 근거가 있는 법이거든요. 그러면 도저히 정당화할 수 없는, 파다하게 퍼져 있는 전설들에 집중해봅시다. 뱀파이어에게 물린 사람이 만약 살아난다면, 자신도 뱀파이어가 된다는 건 누구나 알고 있겠죠?"

"그렇소. 그런 발라드도 있었……."

단델라이온의 대답이 채 끝나기도 전에 레지스가 다시 물었다.

"산수는 할 줄 아시지요?"

"일곱 개의 모든 학문 분야를 공부했소. 그리고 학위는 숨마 쿰 라우데*로 받았소만."

"당신들의 세계에서 우주의 결합이 있은 후, 대략 1200명의 고위 뱀파이어가 남았어요. 피를 거의 마시지 않는 이들은 나 말고도 많은데, 젊은 시절의 나처럼 피를 마구 마시는 이들의 머릿수와 비교해봤을 때 절묘하게 균형을 이루지요. 그럼 여기서 계산을 한번 해볼까요? 어떤 뱀파이어가 우리에게는 일종의 축제일 같은, 특별한 음료로 축하해야 하는 보름달이 뜨는 밤에 피를 마신다고 해봅시다. 인간의 달력으로 보면 1년에 열두 번 보름달이 뜨고, 이론적으로는 매년 14400명의 인간이 피를 빨려야 하지요. 우주의 결합 후, 인간들의 시간으로는 거의 1500년이 지났어요. 그러니 단순한 곱하기만으로도, 현재 이 세상에는 이론적으로 21600000명의 뱀파이어가 존재해야 합니다. 이 계산을 지수로 나타낸다면……."

"됐소. 주판은 없지만 그 숫자는 대충 상상이 가니까. 하지만 상상이 안 되기도 하고. 그러니까 결론은 뱀파이어에게 물리면 뱀파이어가 된다는 속설은 지어낸 이야기였구먼."

단델라이온이 한숨을 내쉬자 레지스는 깊이 고개를 숙였다.

"고맙습니다. 그럼 다음 전설로 넘어갈까요? 뱀파이어는 죽은 인간이지만 완전히 죽지는 않은 상태다, 무덤에서 썩지 않고 가루로 변하지도 않는다, 싱싱하게 땅속에 누워 혈색이 좋은 채로, 곧 나가서 인간을 공격할 준비를 갖추고 있다…… 도대체 어디서 이런 전설이 생긴 걸까요? 추모해야 할 망자에 대한 인간의 무의식적이고 비이성적인 혐오감 때문에 비롯된 전설

* 숨마 쿰 라우데(Summa Cum Laude): 라틴어로 최고 등급을 뜻한다.

아닐까요? 죽은 이들을 존경과 추억으로 감싸고, 영원히 살기를 원하고, 당신들의 전설과 이야기 속에서는 곧잘 죽은 이가 살아 돌아오고, 죽음을 극복하는 이야기가 등장하지 않나요? 하지만 당신들이 존경하는 증조할아버지 시체가 갑자기 무덤에서 나와 맥주 한 잔 달라고 했다가는 모두들 공포에 휩싸이겠죠. 이상하진 않습니다. 모든 유기물질은 삶을 끝내면 불쾌한 분해 과정을 거치죠. 고약한 냄새가 나고, 질척질척하게 녹아내려요. 죽지 않는 영혼, 당신들이 절대로 놓지 않는 전설의 일부를 보면, 이 냄새나는 고깃덩어리는 그냥 놔둔 채 하늘로 올라가죠. 영혼은 깨끗해서 존경하기가 아주 쉬워요. 하지만 당신들은 또 다른 종류의 영혼도 생각해냈죠. 하늘로 올라가지 못하고, 시체를 놓아주지 못하고, 썩지도 않는 영혼이죠. 이거야말로 구역질 나고 부자연스러운 것이지요. '살아 있는 죽은 자'는 인간의 관점에서 봤을 때, 끔찍한 비정상 중에서도 가장 끔찍한 존재입니다. 어떤 자들은 좀비라는 표현을 우리 뱀파이어들에게도 아무렇지 않게 사용해요."

"인간들은 미개하고 미신을 따르는 종자요. 그들이 나무 막대로 구멍을 내고, 머리를 자르고 50년을 땅에 묻어놨는데도 다시 살아나는 어떤 존재에 대해, 제대로 이름을 붙이고 그를 이해하기란 쉽지 않을 거요."

게롤트가 슬쩍 조소하듯 말했지만 레지스는 게롤트의 냉소적인 말에도 아랑곳하지 않았다.

"물론 어렵겠죠, 그건 맞아요. 당신들 돌연변이 종족은 손톱과 머리카락과 표피를 재생시키면서도, 세상에 더 발달한 종족이 있다는 사실을 인정할 수 없는 거죠. 그걸 인정할 수 없는 것은 미개함에서 비롯된 게 아니에요. 오히려 자기중심주의와 자신의 완벽성에 대한 확신에서 온 거죠. 당신들보다 더 완벽한 존재가 있다면, 그건 분명 혐오스러운 변종이겠죠. 그리고 그

혐오스러운 변종은 전설로 각인되지요. 사회학적 이유로 말입니다."

"무슨 말인지 하나도 모르겠네."

밀바가 화살촉으로 머리카락을 넘기며 말했다.

"무슨 동화 같은 걸 이야기한다는 것 정도는 알겠어요. 나도 동화는 알아요, 숲에서 온 바보 같은 여자지만. 난 당신이 태양을 두려워하지 않는 게 이상해요, 레지스. 동화에서 보면 뱀파이어는 햇볕을 받으면 재가 되어 타버리던데. 내가 다른 얘기와 착각한 건가요?"

"그렇죠. 사람들은 밤에만 뱀파이어를 조심하면 된다고 생각해요. 햇빛이 비치기만 하면 재로 변해버린다고 믿지요. 선사시대의 모닥불 앞에서 만들어진 이런 전설의 바탕에는 태양에 대한 당신들의 사랑과 따뜻함을 좋아하는 습성, 대낮에 활동하는 하루 일과의 리듬이 내재해 있는 겁니다. 당신들에게 밤이란 춥고, 컴컴하고, 기분 나쁘고, 위협적이고, 각종 위험이 도사리고 있는 시간이지요. 태양이 떠오르는 것은 곧 생존의 싸움에서 또다시 승리한 것이고 새로운 날을 맞이한 존재의 지속성을 뜻합니다. 당신들에게 밝음과 따스함, 생기를 선사하는 이 태양 빛은 적대적인 괴물들에겐 죽음을 선사하죠. 뱀파이어는 재로 변하고, 트롤은 돌로 변하고, 늑대인간은 인간의 모습으로 돌아가고, 고블린은 눈을 가린 채 도망치지요. 밤중에 활동하는 맹수들은 자기들의 굴로 돌아가고, 인간들에게 더 이상 위협이 되지 않아요. 태양이 질 때까지, 이 세상은 인간의 것이 되지요. 다시 한 번 강조해서 말하자면 전설이라는 것은 아주 먼 옛날, 모닥불에서 생겨난 겁니다. 지금은 그저 전설일 뿐이죠. 오늘날 인간들은 밤이 되면 불을 밝히고 추우면 장작을 때지요. 물론 지금도 여전히 태양에 맞춰 살지만 인간은 이제 밤에도 적응을 했습니다. 우리 고위 뱀파이어들 역시 우리의 지하실에서 한 걸음 나왔지요. 우린 낮에 적응했어요. 양쪽 상황은 공통점이 있어요. 내 설명이 만족할 만한가요, 밀바?"

"전혀요. 하지만 이해는 했어요. 배울 게 많네요. 이러다가 나도 똑똑해지겠어요. 사회학, 활성화, 생존, 늑대인간. 학교에서는 공부를 시키면서 회초리로 때리죠. 당신들이랑 공부하는 편이 더 낫네요. 머리는 좀 아프지만 엉덩이는 무사하니."

밀바가 한쪽으로 활을 휙 던지며 대꾸하자마자 단델라이온이 입을 열었다.

"한 가지, 의문의 여지가 없는 사실이 있소. 태양은 당신을 재로 만들지 않는다는 거요. 태양의 따뜻함 역시 영향을 끼치지 않고. 당신은 시뻘겋게 달궈진 편자를 맨손으로 집어 들었는데도 아무렇지 않았소. 하지만 공통점 얘기로 다시 돌아가면, 우리 인간들에게는 낮이 자연스러운 활동 시간이고, 밤보다는 낮에 더 잘 보이지 않소? 게롤트야 밤에도 똑같이 잘 보이겠지만, 게롤트는 돌연변이니까. 그럼 뱀파이어도 돌연변이가 있소?"

"그렇게 이름을 붙일 수도 있겠죠. 하지만 아주 오랜 기간 동안 진행되어 온 돌연변이는 돌연변이가 아니라, 진화라고 해야 옳을 듯합니다. 그러나 물리적인 구조에 대해 물은 것이라면, 맞아요. 대낮의 햇살에 적응하는 것은 우리들에게 힘든 과제였지만 어쩔 수 없는 일이었죠. 생존하기 위해서 말입니다. 이 점에서는 인간과 비슷해져야만 했어요. 인간인 척하는 거죠. 하지만 그 결과도 만만치 않았어요. 비유를 써서 말하자면, 우리는 환자용 침대에 누운 셈이지요."

"그게 무슨 소리요?"

"오랫동안 태양 빛을 받게 되면, 치명적이라고 생각할 만한 이유가 있어요. 대충 계산했을 때 약 5000년 후에는 어두운 밤, 달빛 아래서만 살아가는 존재들로 가득하게 될 거라는 이론이 있죠."

"그때까지 살아 있지 않을 테니 천만다행이군. 다른 분들은 어떠신지 모르겠지만, 낮 동안 활발하게 활동한 몸이 이제는 밤잠을 자야 한다고 아우성이오."

카히르가 한숨을 쉬더니 크게 하품을 하자 게롤트도 고개를 끄덕였다.

"나도 피곤하군. 살인적인 해돋이까지 이제 몇 시간 남지도 않았소. 그러니 일단 자긴 해야겠는데…… 레지스, 배우고 학문을 넓히자는 의미에서 또 다른 뱀파이어에 대한 잘못된 전설이 있으면 말해주시오. 분명 아직 몇 개는 더 있을 텐데."

"당연하죠. 하나만 더 이야기해볼까요? 마지막이지만 상당히 중요한 이야기입니다. 당신 인간들의 성적인 공포가 만들어낸 거짓 전설이지요."

레지스의 말에 카히르가 조용히 웃음을 삼키자 레지스는 카히르를 힐끗 쳐다보았다.

"이 이야기는 마지막으로 남겨뒀지요. 사실 말을 꺼내지 말까도 싶었지만, 게롤트가 이렇게 도전을 해오니 얘기할 수밖에 없네요. 성적인 색채가 깔려 있는 공포는 인간을 가장 많이 움직이지요. 피를 빨고 있는 뱀파이어와의 포옹에서 기절하는 젊은 처녀, 끔찍한 여자 뱀파이어의 입술이 온몸에 찍힌 청년, 그런 것들을 상상하죠. 또는 뱀파이어가 희생자를 공포로 꼼짝 못하게 제압한 후 구강성교를 강요하는 모습을 상상하기도 하지요. 혹은 구강성교를 흉내 낸 다른 무엇을 강요한다고 상상하거나. 어쨌든 출산의 목적이 배제된 이러한 성교는 무언가 구역질 나는 것이라고 여깁니다."

"단지 자기 자신과 쾌락만이 목적인 그런 것……."

게롤트가 중얼거리자 레지스가 고개를 끄덕이며 이야기를 계속했다.

“출산이라는 왕관이 없는, 단지 쾌락만을 좇는 죽음의 행위. 그런 이유로 인간들은 나쁜 전설들을 만들어왔어요. 인간들 역시 그런 것을 무의식적으로 욕망하지만, 그런 욕망을 자신의 상대 남자나 상대 여자가 즐긴다는 생각에는 치를 떨죠. 그런 것을 대신해주는 것이 바로 전설상의 뱀파이어지요. 이를 통해 매혹적인 악의 상징으로 거듭났고 말입니다.”

“내가 아까도 말했잖아요!”

단델라이온이 레지스의 말이 무슨 뜻인지 다시 자세히 설명해주자마자 밀바가 소리쳤다.

“하여튼 그런 이야기뿐이라니까! 엄청 유식하게 시작해서는, 결국 이렇게 끝나잖아요!”

학들의 울음소리가 멀리서 천천히 잦아들었다.

내일이 되면 우리는 훨씬 더 나은 기분으로 길을 나설 수 있을 거야, 게롤트는 생각했다.

그러나 바로 그때, 전혀 생각지도 못한 전쟁이 일행을 쫓아왔다.

게롤트 일행은 사람이 거의 살고 있지 않은, 전략적으로도 전혀 중요하지 않아 어떤 침략자도 노리지 않는 울창한 숲을 지나고 있었다. 닐프가드와 거리상으로는 이제 가까워졌고 황제의 영토와 일행을 가르고 있는 것은 거대한 야루가 강뿐이었지만, 이곳은 사람이 닿기 힘든 곳이었다. 그렇기 때문에 그 놀라움은 더 컸다.

이 전쟁은 밤마다 지평선이 불길로 환하게 밝혀지고, 낮에는 검은 연기가 푸른 하늘을 가렸던 브뤼헤와 소덴보다는 덜 극적으로 나타났다. 여기,

앙그렌에서 그런 광경은 보이지 않았다. 더 심했다. 갑자기 숲 위를 맴도는 까마귀 떼가 요란하게 나타나고, 곧이어 시체들을 보게 되는 식이었다. 옷이 찢겨져 정확히 알 수는 없었지만, 시체들은 한결같이 아주 급작스러운 죽음을 맞은 것이 분명했다. 이 사람들은 싸우다가 살해당한 것이었는데, 그게 전부가 아니었다. 대부분의 시체들은 숲속에 그냥 버려져 있었지만, 어떤 시체들은 끔찍하게 난도질당한 채 손과 발이 나뭇가지에 매달려 있거나, 불이 꺼진 장작더미에서 몸이 그슬린 상태이거나, 나무 꼬챙이에 꽂혀 있었다. 지독한 냄새가 풍겼다. 앙그렌 전체가 무시무시한, 구역질 나는 야만의 냄새를 풍겼다.

일행은 곧 계곡과 빽빽한 덤불 속으로 숨어들어야 했다. 왜냐하면 오른쪽에서도 왼쪽에서도, 앞에서도 뒤에서도 군사들의 말발굽 소리로 땅이 울리고 있었고, 여러 다른 군대들이 일행이 숨어 있는 곳 지근거리에서 먼지를 일으키며 지나가곤 했기 때문이었다.

"또 시작이군. 누가 누구와 싸우는지, 왜 싸우는지도 알 수 없어. 어느 군대가 우리 뒤에 있는지, 누가 앞에 있는지, 어느 방향으로 가는지도 알 수 없고. 누가 공격하고 누가 후퇴하는지도. 젠장! 내가 이미 말했는지 모르겠지만, 전쟁은 언제나 불난 매음굴 같다는……."

고개를 절레절레 저으며 중얼거리는 단델라이온의 말을 게롤트가 끊었다.

"말했어, 수백 번은."

"도대체 여기서 뭘 두고 싸우는 거야? 주목나무 덤불과 모래를 서로 가지려고 싸우나? 이 아름다운 땅에 그것 말고 다른 건 아무것도 없잖아?"

단델라이온이 걸게 욕을 해대자 밀바가 말했다.

"덤불 속에는 엘프들이 있었어요. 스코이아텔 부대들이 다니는 길이라고요. 이 길이 돌 블라타나와 푸른 산맥에서 테메리아로 가는 지원병들에게는 가장 편한 길이죠. 누군가 그 길을 막으려고 하는 거예요. 내 생각은 그래요."

"그것도 배제할 수는 없군요. 테메리아 군대가 이곳에서 다람쥐 매복 작전을 벌이나 봅니다. 그렇다고 해도 군대들이 이 근처에 너무 많은데. 내 생각엔 아무래도 닐프가드군이 야루가 강을 넘어온 것 같군요."

레지스가 주위를 돌아보며 말했다.

"나도 같은 생각이오. 아침에 본 시체들을 보면, 닐프가드군과 싸운 것 같더군."

게롤트가 바위처럼 무표정한 카히르의 얼굴을 쏘아보며 미간을 찡그린 채 말했다.

"이편이나 저편이나 나을 게 하나도 없어요. 그리고 카히르에게 사발눈 좀 하지 말아요. 이제 우린 모두 한 운명으로 엮였으니까!"

밀바가 예상치 못하게 카히르 편을 들며 소리쳤다.

"카히르는 검은 군대에게 잡혔다간 바로 죽은 목숨이고, 당신들은 테메리아군에게 잡혀갔다가 교수형을 당할 뻔했잖아요. 그러니 우리 뒤에 무슨 군대가 있고 앞에는 어떤 군대가 있고, 누가 우리 편이고 남의 편이고 따질 것도 없어요. 누가 좋은 놈이고 나쁜 놈이고 가려낼 필요도 없고요. 군복을 입은 놈들은 모조리 우리의 적이에요!"

"당신 말이 맞소."

"흥미롭군. 군대가 언덕을 넘어가는 통에 땅이 쿵쿵 울리는데, 야루가 강에서는 도끼질 소리가 들린단 말이지. 벌목꾼들이 아무 일도 없는 것처럼 나무를 베고 있어. 다들 들리시오?"

다음 날 또다시 덤불에 숨어 기마부대가 지나가길 기다리던 중에 단델라이온이 말했다.

"벌목꾼이 아닐 수도 있소. 어쩌면 군대에서 작업 중인지도 모르지. 공병들 말이오."

카히르가 도끼질 소리가 들려오는 방향을 보며 말했다.

"아니, 벌목꾼이에요. 난리통에도 앙그렌의 금을 수탈하는 것은 중단되지 않는 모양이네요."

레지스가 확신하며 대꾸했다.

"무슨 금 말이오?"

"저 나무들을 보세요."

레지스는 또다시 아무것도 모르는 아이들에게 무언가를 가르쳐야 하는, 우월감 가득한 현자의 목소리로 이야기를 시작했다. 요즘 저런 톤으로 상당히 자주 얘기하는군, 게롤트는 좀 짜증이 났다.

"저 나무들은 잎갈나무, 개버즘단풍나무, 그리고 앙그렌 소나무예요. 아주 값나가는 목재들이지요. 이곳에는 어디에나 나무둥치를 강 아래로 흘려보낼 수 있는 선착장들이 설치되어 있어요. 어디에서나 나무들을 자르고, 도끼질 소리는 밤낮없이 계속되고 있습니다. 우리가 보고 들은 전쟁도, 여기서 의미를 갖게 되는 것이지요. 닐프가드는 아시다시피 야루가 강어귀와 신트라, 베르덴을 장악하고 위쪽의 소든도 손에 넣었어요. 아마 지금쯤은 브뤼헤와 아래쪽 소든까지 손에 넣었을 겁니다. 그 말은 즉 앙그렌에서 목재를 떠내려 보내면 닐프가드의 제재소와 조선소에 공급된다는 말이지요.

북쪽 국가들은 당연히 이를 중단시키려 하고, 닐프가드는 어떻게든 더 많은 나무를 베어내서 공급하고자 혈안이 되어 있어요."

잠자코 듣고 있던 단델라이온이 고개를 끄덕였다.

"항상 그랬듯이 이번에도 우리는 운이 없군. 하필이면 이 목재 전쟁 틈바구니를 헤치고 앙그렌 한가운데 있는 캐드 드후로 가야 하는데 말이오. 젠장, 다른 길은 없나?"

야루가 강으로 저무는 해를 바라보며 게롤트는 자신 역시 레지스에게 똑같은 질문을 던졌다는 것을 생각했다. 군대의 말발굽 소리가 멀어지고 주변이 조용해져서 다시 길을 떠나야 할 때, 그럼 어디로 가야 하는지, 어떤 길로 가야 하는지를 물었던 것이다.

"캐드 드후로 가는 다른 길 말인가요?"

레지스는 잠시 생각에 잠겼다.

"언덕을 피하고, 군대를 피해 갈 수 있는 길이라…… 물론 그런 길이 있긴 하지요. 별로 편하지도 않고 안전하지도 않고 게다가 더 멀기까지 한 길이지만. 그러나 군대는 만나지 않을 겁니다."

"말해보시오."

"남쪽으로 꺾어 들어가 야루가 강의 구불구불한 저지대를 지나는 겁니다. 이스기스를 통해서요. 이스기스를 알고 있나요, 위쳐?"

"알고 있소."

"그 숲을 지난 적이 있나요?"

"그렇소."

레지스가 헛기침을 했다.

"목소리가 차분한 걸 보니, 이 생각에 동의하는군요. 뭐, 우리는 다섯 명이고 그중에는 위쳐도 있고, 군인도 있고 궁수도 있으니까요. 경험과 무사 두 명, 그리고 활이라면 닐프가드 군대 전체를 상대하긴 적지만, 이스기스 정도는 지날 수 있겠지요."

이스기스, 게롤트는 생각했다. 30평방 마일이 넘는 지역으로 작은 호수들과 진흙투성이 늪지대가 즐비하고 기괴한 나무들이 자라는 음침한 숲. 어떤 나무는 나무둥치가 비늘로 뒤덮여 있고, 어떤 나무는 아래쪽이 양파처럼 둥글게 부풀다가 위쪽은 가늘어지면서 꼭대기에는 빽빽하고 평평하게 나뭇가지가 뻗어 있고, 어떤 나무들은 낮고 울퉁불퉁 휘어진 줄기 아래 문어발처럼 생긴 뿌리를 땅 위로 내뻗고 있고, 앙상한 가지 위에는 마치 수염처럼 이끼와 마른 풀들이 늘어져 있지. 그 수염들은 계속 움직이지만 그건 바람 때문이 아니야. 늪지대의 독가스 때문이지. 이스기스, 늪, '냄새나는 늪'이라고 하는 편이 가장 어울리는 곳.

진흙과 모래밭, 물풀로 가득한 이스기스의 늪지대와 호수에는 살아 있는 것들로 가득했다. 수달과 개구리, 거북이와 물새뿐만 아니라 위험한 존재들이 너무 많았다. 발톱과 빨판, 달라붙을 수 있는 몸통으로 인간에게 달려들어 상처 입히고, 익사시키고, 몸을 헤집어놓는 존재들이다. 그 종류가 너무 많아 아직까지도 이 괴물들을 전부 조사하거나 분류하지 못한 지경이었다. 심지어 위쳐들조차도.

게롤트 역시 이스기스에서는 일해본 적이 별로 없었고, 돌 앙그렌 자체에 가본 적이 거의 없었다. 늪 가장자리에 겨우 몇몇 사람이 사는 곳이었고 사람들은 이 괴물들을 환경의 일부로 생각했다. 어떤 사람들은 괴물들에 대해 오히려 경외심을 갖고 있기도 해서, 위쳐를 고용해 괴물을 없앤다는 생각은 하지 못했다. 그런 일은 거의 없었지만, 한 번도 없었던 것은 아니었던 터라 게롤트는 이스기스가 얼마나 위험한 곳인지 알고 있었다.

칼이 둘, 활이 하나…… 게롤트는 생각했다. 그리고 경험과 위쳐로서의 내 능력, 게다가 이번엔 함께하는 동료들이 있으니 괜찮겠지. 내가 앞장서서 앞에 뭐가 있는지 잘 살피면 되는 거야. 썩은 나무둥치나 물풀 더미, 덤불, 무성한 잡초와 풀들, 난초도 조심해야 해. 이스기스에서는 가냘파 보이는 난초마저 사실은 독이 있는 게거미일 수도 있으니까. 단델라이온을 잘 감시하고, 아무것도 못 만지게 해야지. 특히 이스기스에는 부족한 광합성을 육식으로 보충하는 식물들이 있으니까. 피부와 접촉하는 순간 줄기에서는 게거미의 독이 발산되지. 그리고 독가스도 있어, 중독성의 연기. 입과 코를 어떻게 가릴지 준비해야 해…….

"어떻게 할까요? 그 길로 갈까요?"

레시스가 게롤트를 생각에서 불러냈다.

"갑시다. 움직이시오."

그때 내가 미쳤었지, 게롤트는 생각했다. 나머지 일행들에게 이스기스를 가로지르는 계획에 대해 제대로 말하지 않은 것과 레지스에게도 이스기스에 대해 이야기하지 말라고 당부한 것은 정말 미친 짓이었어. 왜 그런 짓을 했는지 나도 모르겠군. 오늘, 모든 것이 엉망이 되고 완전히 만신창이가 된 뒤에야 밀바의 행동이 이상하다는 것을 눈치챘던 것 같아. 밀바의 문제에 대해, 너무나 명백한 증상들에 대해서 말이야. 하지만 난 아무것도 몰랐어. 그리고 내가 본 것들도 있었지만 중요하게 생각하지 않았지, 어리석게도. 그런 중에도 우리는 동쪽으로 달렸던 거야, 늪 쪽으로 들어가는 걸 계속 미루면서 말이지.

하지만 어찌 생각하면 계속 미룬 것이 잘된 일일 수도 있어. 게롤트는 칼을 꺼내 면도날처럼 날카로운 칼날을 엄지손가락으로 만지며 생각했다. 우리가 그때 이스기스 쪽으로 곧장 갔더라면, 지금 이 칼은 없었을 거야.

새벽부터 군대의 흔적이 보이지도 들리지도 않았다. 밀바는 일행과 멀리 떨어져 앞장서서 달리고 있었고, 레지스와 단델라이온, 카히르는 함께 대화 중이었다.

"그 드루이드들이 시리를 찾는 일에 성의를 가지고 도와줬으면 좋겠네. 나도 드루이드들을 만난 적이 있지만, 정말 협조가 안 되는 과묵하고 별난 종족이더란 말이오. 어쩌면 우리랑 아예 말을 섞지 않을지도 몰라. 마법을 써주는 일은 고사하고."

단델라이온이 걱정을 하자 게롤트가 말했다.

"레지스가 캐드 드후에 있는 드루이드 중 아는 자가 있다고 하잖아."

"그 아는 드루이드가 한 300년이나 400년 전에 알던 드루이드 아니야?"

"그렇지는 않아요. 그리고 드루이드들도 오래 살죠. 손상되지 않은 원시 자연의 공기를 마시며 사는 건 건강에 아주 좋으니까요. 단델라이온, 숨을 크게 들이마셔요."

레지스가 수수께끼 같은 미소를 지으며 권하자 단델라이온이 비꼬며 대꾸했다.

"그 빌어먹을 숲의 공기만 마시다가는 곧 짐승처럼 몸에 털이 날 지경이라고, 젠장. 밤마다 술집과 맥주, 목욕탕 꿈을 꾼단 말이오. 염병할 원시의

자연인지 뭔지. 그리고 건강에 좋다는 말도 사실 잘 모르겠다고. 특히 정신 건강에 좋은지는 정말 모르겠소. 드루이드들이 좋은 예 아니오? 괴짜로 정평이 나 있잖소. 자연과 자연 보호에 병적으로 집착한단 말이오. 나도 드루이드들이 군주들에게 청을 넣으러 오는 걸 몇 번이나 봤다고. 사냥도 하지 말아라, 나무도 베지 말아라, 강에 배설물을 버리지 말아라 등등의 말도 안 되는 소리를…… 하지만 시다리스의 에타인 왕 앞에 드루이드 무리들이 겨우살이 줄기를 머리에 뒤집어쓰고 나타났을 때는 정말이지…… 내가 그걸 직접 봤다니까."

"무슨 이유 때문에 온 거였는데?"

게롤트가 흥미를 보였다.

"다들 알겠지만 시다리스는 어업으로 먹고 사는 나라잖아. 드루이드들은 왕이 명령을 내려서 사람들이 쓰는 그물코를 규제해달라고 요청했어. 너무 작은 그물코는 쓰지 말고, 아주 어린 물고기까지 잡는 이들은 엄벌에 처해달라고. 에타인 왕이 기가 막혀 하는데, 겨우살이를 뒤집어쓴 드루이드들은 그렇게 그물을 규제하는 것만이 앞으로 물고기 자원이 동나는 것을 방지할 수 있는 유일한 방법이라고 했지. 왕은 드루이드들을 발코니로 데리고 나가 바다를 가리키면서 자신의 뱃사람들이 한 번은 배 안의 물이 다 떨어질 때까지 두 달을 항해했는데도 육지는 보이지 않았다고 했지. 그러니 드루이드 여러분, 도대체 이 넓은 바다에서 물고기가 바닥난다는 상상을 어떻게 했소? 그랬더니 겨우살이를 뒤집어쓴 드루이드가 하는 말이, 정말 바닥이 난다고, 자연에서 곧바로 식량을 얻는 방식인 지금의 어업을 그만둬야 할 때가 오고, 물고기가 바닥나 모두가 굶주리게 되는 날이 올 거라고 했지. 그러니 큰 그물코 그물로만 물고기를 잡고 어린 물고기는 보호해야 한다고.

그러자 에타인 왕이 물었지, 그러면 그 끔찍한 굶주림의 시대는 언제 오냐고. 그랬더니 드루이드들이 자기들 계산으로는 2000년 후라고 말한 거야. 왕은 예의 바르게 드루이드들에게 작별 인사를 하고, 한 1000년 있다가 다시 오라고 했지, 그때가 되면 생각을 좀 해보겠다고. 드루이드들은 농담을 전혀 이해하지 못했고 그 자리에 뻣뻣이 서 있는 바람에 결국은 문 밖으로 쫓아냈어야 했지."

"드루이드들은 원래 그렇소. 우리 닐프가드에서는……."

카히르가 말을 채 시작하기도 전에 단델라이온이 의기양양하게 소리쳤다.

"오! 드디어! 우리 닐프가드에서! 어제까지만 해도 내가 닐프가드인이라고 하면 펄펄 뛰며 난리를 쳤으면서! 카히르, 이젠 어느 나라 사람인지 마음을 정하라고."

단델라이온의 말에 카히르는 어깨를 으쓱했다.

"당신들에게 난 닐프가드인이어야 하잖소. 내가 뭐라고 말해도 믿지 않으니까. 하지만 정확히 말하면, 황국에서 닐프가드인이라고 명명된 사람들은 수도와 알바강 하류 가까이에 사는 주민들뿐이오. 우리 가문은 비코바로에서 왔고……."

"조용히 해요!"

앞쪽에서 달려가던 밀바가 느닷없이 냅다 소리를 질렀다.

모두들 입을 다물고 말을 멈추었다. 밀바는 화살을 쏴서 잡을 수 있는 먹거리를 구하기 위해 항상 주변을 신중히 살핀다는 사실을 모두들 알고 있었기 때문이었다. 밀바는 일행의 예상대로 화살을 들었지만, 안장에서 뛰어내리지는 않았다. 그러니 사냥감은 아니었다. 게롤트가 조심스럽게 다가가자 밀바가 짧게 말했다.

"연기."

"안 보이는데."

"냄새를 맡아봐요."

연기 냄새는 흐릿했지만, 밀바의 후각은 정확했다. 화재나 큰 불길은 아니었다. 이 연기의 냄새는 어쩐지 기분이 좋아지는 데가 있었다. 무언가를 굽고 있는 모닥불에서 나는 연기 냄새였다.

"그냥 지나갈까요?"

밀바가 조그만 목소리로 물었다.

"뭔지는 보고 갑시다."

게롤트는 말에서 뛰어내려 고삐를 단델라이온에게 쥐어주었다.

"뭘 지나쳐 가는지는 보고 가는 게 좋겠지. 우리 뒤에 누가 있는지도 확인하고. 따라오시오. 나머지는 말에서 내리지 말고 기다리시오. 조심하고."

숲 끝의 덤불에서부터 넓은 평원이 펼쳐졌고, 평원 한쪽에는 나무 장작이 고르게 쌓여 있었다. 가느다란 연기가 그 장작더미 사이로 올라오고 있었다. 게롤트는 조금 안심이 되었다. 시야가 닿는 범위 안에서 움직이는 것은 없었고, 장작더미 사이의 공간은 여러 명이 있기엔 너무 협소했기 때문이었다. 밀바 역시 같은 생각을 하는 것 같았다.

"말은 없어요. 군대는 아니군요. 벌목꾼들 같은데."

밀바가 속삭였다.

"내 생각도 그렇소. 하지만 가서 확인해보겠소. 날 엄호해주시오."

게롤트가 장작더미 사이로 조심스럽게 몸을 낮춰 가까이 다가가자 목소리가 들려왔다. 게롤트는 더 가까이 다가갔다. 그리고 깜짝 놀랐다. 잘못 들었을 리 없었다.

"다이아몬드 안에 반!"

"별 안에 작은 카드!"

"켄트!"

"계속 가. 그만! 손 펼쳐서 보여줘, 아니 이게……."

"하하하! 기사의 숫자가 적구만! 잘못 걸렸어! 별 카드를 내기 전에 포기해야 할걸!"

"다시 보라고. 여기 기사를 놓는다! 뭐라고, 가져간다고? 야존! 지금 뭐 하는 짓거리야?"

"왜 아가씨를 안 놓은 거야, 이 똥강아지들아! 다이아몬드를 들어야지!"

게롤트는 아직 완전히 안심할 수는 없었다. 켄트 놀이는 누구나 할 수 있으니까. 그리고 야존이라는 이름도 다른 이의 이름일 수 있었다. 그러나 카드놀이를 하면서 점점 커지는 목소리 중에 무척이나 익숙한 외침이 들려왔다.

"씹-할!"

게롤트는 지체 없이 장작더미 사이에서 모습을 드러냈다.

"다들 무사한 거요? 다시 만나서 반갑소. 그것도 이렇게 모두를, 앵무새까지."

"이런 젠장할!"

너무 놀란 나머지 졸탄 치베이가 카드를 집어던지며 벌떡 일어나는 바람에 어깨에 앉아 있던 야전 사령관 두다가 날개를 퍼드덕거리며 꽥꽥 소리를 질렀다.

"게롤트! 어떻게 된 건가? 아니, 허깨비인가? 퍼시벌, 지금 내가 보는 게 게롤트 맞지?"

퍼시벌 셔튼바흐, 먼로 브루이스, 야존 바르다와 피기스 메를루조는 게롤트를 둘러싸고서 오른손으로 우악스럽게 악수를 해왔다. 장작더미 뒤에서 나머지 일행들도 모습을 드러내자 떠들썩한 반가움은 더 커졌다.

"밀바! 레지스! 단델라이온! 모두들 살아 있었군! 대가리에 붕대를 감았지만 말이야! 시인 양반, 도대체 다음 멜로드라마에는 무슨 얘기를 쓰려고 그러나! 이래서 시가 삶과 다르다는 거야! 왜 그런지 아나? 비판에도 끄떡하지 않는 게 사는 거니까!"

졸탄이 모두를 와락 껴안으며 외쳤다.

단델라이온은 반가운 얼굴로 주위를 둘러보다가 물었다.

"그런데 캘럽은 어디 갔나?"

졸탄과 드워프 일행은 갑자기 조용해졌고 한동안 말을 잇지 못했다. 졸탄이 마침내 코를 훌쩍거리며 말했다.

"캘럽은…… 자작나무 아래에서 자고 있지. 그렇게도 좋아하던 카본 산의 봉우리들과 멀리 떨어진 채로. 이나 강 앞에서 검은 군대가 우리를 습격했을 때, 캘럽은 발이 느려서 숲까지 달려오지 못했어. 머리에 칼을 맞았지. 쓰러지자 창으로 또 한 번 찌르더군…… 그러지들 마, 얼굴 펴. 우리는 이미 애도했어, 충분히. 지금은 이렇게 다시 만났으니 반가워할 때라고. 난민촌의 그 난리 속에서 모두들 잘 빠져나왔군. 아니, 일행이 늘어나기까지 했구먼."

카히르는 자신을 주의 깊게 살펴보는 드워프의 눈길에 고개 숙여 인사했지만, 아무 말도 하지 않았다.

"앉아, 앉으라고. 우린 양을 굽고 있었어. 며칠 전 불쌍하게 혼자 돌아다니는 쓸쓸한 양을 발견했지. 가만히 놔두면 굶어 죽거나 늑대에게 잡혀갈 것 같아서 데려왔지. 지금은 음식으로 둔갑시키는 중이고. 다들 이리로 와. 레지스는 잠시만…… 게롤트, 자네도."

길 뒤에는 두 명의 여자가 앉아 있었다. 한 여자는 아이에게 젖을 물리고 있었는데, 일행이 다가오는 것을 보고 부끄러운 듯 몸을 돌렸다. 멀지 않은 곳에 지저분한 천으로 손을 감싼 젊은 여자가 모래밭에서 아이들과 놀고 있었다. 젊은 여자의 흐릿한, 아무것도 개의치 않는 듯한 눈빛을 보자마자 게롤트는 그 여자가 누구인지 알아보았다. 졸탄이 바로 입을 열었다.

"마차가 불타고 있을 때 묶여 있던 끈을 간신히 풀 수 있었지. 이 여자를 태워 죽이려던 그 사제의 뜻대로 될 뻔했다니까. 불의 세례를 받은 셈이지. 불길이 핥고 지나가서 화상을 입고 말았어. 우리가 되는대로 붕대를 감아주고, 기름을 발라주긴 했지만 엉성해. 이발사 양반, 혹시 좀……."

"지금 확인해보지요."

레지스가 붕대를 풀려고 다가가자 여자는 뒤로 물러나며 손으로 얼굴을 가리고 비명을 질렀다. 게롤트도 여자를 붙잡으려고 다가갔지만 레지스가 손짓으로 말렸다. 그러더니 레지스는 여자의 흐릿한 눈을 똑바로 응시했다. 여자는 바로 진정되는 듯 보였고 온몸의 힘이 빠지는 것 같더니 곧이어 고개를 툭 떨궜다. 레지스가 조심스럽게 더러운 붕대를 풀고 화상을 입은 팔에 고약한 냄새가 나는 연고를 발랐지만 여자는 꿈쩍도 하지 않았다.

게롤트는 고개를 돌려 두 여자와 두 아이, 그리고 졸탄을 바라보았다. 졸탄이 헛기침을 하고는 웅얼거리며 말했다.

"여자들과 이 아이들은 여기 앙그렌에 와서 만났어. 피난길에 애들이 길을 잃고 겁에 잔뜩 질려서 배를 곯고 있길래 우리가 데려와 보살피고 있지. 뭐, 어쩌다 보니 그렇게 됐어."

"어쩌다 보니 그렇게 되었다라…… 졸탄 치베이, 당신은 구제불능의 이타주의자요."

게롤트가 슬쩍 웃음을 지었다.

"누구나 결점은 있는 법이지. 자네 계속 그 여자아이를 구하러 가고 있지 않나?"

"그렇소, 계속. 하지만 일이 더 복잡해졌지."

"자네를 쫓아다니다가 이제 일행에 합류한 닐프가드인 때문인가?"

"약간은. 졸탄, 저 피난민들은 어디서 왔고, 누구 때문에 도망치는 거요? 닐프가드 군대를 피하는 거요, 아니면 다람쥐들인가?"

"짐작하는 게 쉽지 않아. 애들은 아무것도 모르고, 여자들은 말이 없는데다가 걸핏하면 토라지기 일쑤고. 옆에서 욕이라도 하거나 방귀라도 뀌면 얼굴이 비트처럼 새빨개지는데…… 아, 상관할 거 없네. 하지만 오는 길에 다른 피난민들과 벌목꾼들도 만났는데, 이 근처에는 닐프가드 군대가 돌아다닌다고 하더군. 우리가 아는 그 군대인 것 같아, 이나 강 건너 서쪽에서 온 놈들. 하지만 여긴 남쪽에서 온 군대들도 있네. 야루가 강 건너서."

"누구와 싸우는 거요?"

"그게 수수께끼야. 벌목꾼들 말로는 흰 여왕인지 뭔지가 이끄는 군대가 있다고 하는데, 그 여왕이 검은 군대를 무찌르고 있다는 거야. 야루가 이쪽, 황제의 땅에 불과 칼을 들이대고 있다더군."

"그게 무슨 군대를 말하는지 알고 있소?"

"전혀 모르겠네."

졸탄은 귀를 긁었다.

"여긴 매일 무장한 기사들이 말발굽으로 길을 닦고 있지만 누군지, 어느 부대 소속인지 우리가 물어보지는 않으니까. 우린 덤불에 숨어서…….”

여자의 화상을 치료하던 레지스가 둘의 대화를 잠시 중단시키고 말했다.

“붕대는 매일매일 갈아줘야 합니다. 연고와 화상에 들러붙지 않는 거즈 붕대를 드리지요.”

“고맙소, 이발사 양반.”

“팔에 생긴 화상은 나을 겁니다. 젊은 피부라면 흉터가 남지 않을 수도 있어요. 하지만 저 불행한 여자의 머릿속이 더 문제군요. 저 상처는 내 연고로도 고칠 수 없어요.”

레지스는 게롤트를 바라보며 작은 목소리로 말했다.

게롤트는 아무 말도 하지 않았다. 레지스는 손을 붕대에 닦으며 낮게 중얼거렸다.

“운명인지, 저주인지…… 핏속에서 병을 감지할 수는 있지만, 그 병의 본질을 알면서도 고칠 수가 없으니…….”

“뭐, 껍질이야 어떻게든 붙일 수 있지만, 이성이 고장 난 건 어쩔 수 없지. 그저 잘 살피고 돌봐주는 수밖에…… 이발사 양반, 고맙소. 당신도 위쳐 일행에 합류한 거요?”

졸탄이 긴 한숨을 내쉬고는 물었다.

“어쩌다 보니 그렇게 되었군요.”

“흠…… 그럼 이제 시리를 찾으러 어디로 가는 거요?”

졸탄이 수염을 쓰다듬었다.

“우린 동쪽으로 방향을 잡았소. 캐드 드후, 드루이드들이 사는 곳. 드루이드들의 도움을 기대하고 있소.”

“도움은 없어. 피만 있다. 그리고 불의 세례. 불은 정화한다. 하지만 죽이기도 하지."

레지스가 감아준 붕대를 두른 채 나무둥치 아래 앉아 있던 여자는 금속성의 목소리로 또박또박 말했다.

너무 놀라 몸이 굳어버린 졸탄의 어깨를 레지스가 꽉 잡고서 조용히 하라는 손짓을 했다. 최면 상태의 트랜스에 대해 알고 있는 게롤트는 아무 말도 하지 않고 움직이지도 않았다.

"피를 흘리고 피를 마시는 자, 피로 갚을 것이다. 사흘이 되기 전에 한 사람이 다른 사람 안에서 죽는다, 그때 모두의 안에서 무언가 죽어…… 철로 만든 신발이 다 닳는 마지막 순간에, 눈물이 마르면, 그 나머지도 죽는다. 절대 죽지 않는 것도 죽어."

여자는 고개도 들지 않고 말했다.

"말해봐요, 뭐가 보이나요?"

레지스가 작은 목소리로 부드럽게 물었다.

"안개. 안개 속의 탑. 제비의 탑…… 얼어붙은 호수 위."

"또 뭐가 보이나요?"

"안개."

"어떤 느낌이 드나요?"

"아파……."

레지스는 다음 질문을 하지 못했다. 여자는 갑자기 세차게 고개를 흔들더니 무서운 비명을 질렀다. 여자가 다시 눈을 들었을 때, 그 눈동자 안에는 흐릿한 안개밖에 없었다.

게롤트는 룬어가 새겨져 있는 칼날 위에 손가락을 갖다 대며 회상했다.

그 일이 있고 나서 졸탄은 레지스에게 존경심을 갖게 되었지. 레지스에게 말을 걸 때도 마음 쓰는 게 느껴졌다. 레지스의 부탁에 게롤트도 졸탄도 다른 일행들에게 이 이상한 일에 대해서는 말하지 않았다. 게롤트에겐 사실 그렇게 놀라운 일도 아니었다. 비슷한 현상의 트랜스를 본 적도 많았고, 저런 현상이 예언이라기보다는 어쩌다 머릿속에 남게 된 생각과 최면을 건 사람의 제안을 무의식적으로 내뱉는 것이 아닐까 하고 생각했기 때문이었다. 물론 이번엔 최면이 아니라 뱀파이어의 마법이었고, 게롤트는 만약 트랜스가 더 지속되었더라면 여자가 레지스의 머릿속에서 무언가를 더 잡아낼 수 있었을까 하는 생각이 들긴 했다.

반나절 동안 일행은 드워프들과 드워프들이 돌보는 무리와 함께 동행했다. 그러다 얼마 지나지 않아 졸탄은 가던 길을 멈추고 게롤트를 한쪽으로 불렀다.

"이제 헤어져야겠군. 게롤트, 우린 결정을 내렸어. 북쪽엔 이미 마하캄이 보이고, 이 계곡은 곧장 산으로 통하고 있네. 모험은 이제 여기까지야. 우린 고향으로 가려고. 카본 산으로."

졸탄은 간단히 말했다.

"알겠소."

"이해해준다니 고맙군. 자네와 자네 일행에게 행운이 있길 빌겠네. 이렇게 말해도 될지 모르겠는데, 정말 괴상한 일행이야."

"날 돕고 싶어 하는 자들이오. 내겐 새로운 경험이고. 그래서 더 이상은 묻지 않기로 했소."

게롤트가 작은 목소리로 말했다.

"현명하군."

졸탄은 고개를 끄덕이고는 고양이 가죽에 감싸여 있는 옻칠한 칼집에서 드워프의 시힐을 꺼냈다.

"이걸 가져가게. 우리의 갈 길이 갈라지기 전에."

"졸탄……."

"아무 말 말고 가져가게. 우린 산에서 전쟁이 끝날 때까지 앉아서 기다리면 돼. 칼이 무슨 필요가 있다고. 가끔 맥주를 마실 때, 마하캄에서 만들어진 시힐이 좋은 손에서 좋은 일을 하는 데 활약하고 있다고 생각하면 기쁠 것 같네. 명예롭게 말이지. 게롤트, 이 시힐의 날이 시리를 해한 놈들을 해치울 때, 한 놈 정도는 캘럽 스트래튼을 위해 처치해주게. 그리고 졸탄 치베이와 드워프들의 대장간을 생각해주고."

"그건 약속드릴 수 있소. 내가 반드시 기억하리라는 것을 믿어도 좋소. 이 미친 세상에서 졸탄 치베이와 그의 친구들, 선행과 정직함, 옳은 일은 기억 속에 남을 수밖에 없으니까."

게롤트는 칼을 받아들고는 등 뒤에 단단히 맸다.

"그렇겠지. 그래서 나 역시 자네도, 숲속의 낙오자들도, 레지스와 불 속의 편자도 잊지 못할 거야. 하지만 여기서 상호 간의 신뢰에 대해 말한다면……."

졸탄은 눈을 껌뻑거리며 말을 중단하더니 헛기침을 하고 쉰 소리로 침을 뱉었다.

"게롤트, 우린 딜링겐에서 상인 한 명을 털었어. 하브카쥐 거래로 부자가 된 놈이었지. 금과 보석을 마차에 가득 싣고 도시를 빠져나오는 걸 우리가 잡아서 턴 거야. 자기 재산을 필사적으로 지키기 위해 악을 쓰며 도와달라고 아주 난리였지. 하지만 도끼질 몇 번에 조용해지더군. 우리가 마차에 신고 다니던 상자를 기억나지? 오 강 아래 묻어놓은 그 상자 말이야. 바로 그게 우리가 훔친 하브카쥐의 재산이네, 도둑질이지. 그 상자를 기반으로 우리는 우리의 미래를 새로 세우려고 했네."

"나에게 왜 이런 얘기를 하는 거요, 졸탄?"

"왜냐하면 내 생각에 겉모습으로 자네를 속이는 자들이 아직도 많은 것 같기 때문이야. 선행과 옳은 일이라고 생각한 예쁜 가면 뒤에, 실은 추악하고 불명예스러운 것들이 감춰져 있을 수 있어. 위쳐 양반, 자네는 속이기 쉬운 사람이야. 자네는 남의 진짜 동기를 보지 못하기 때문이지. 그러니 드워프가 도와준 여자와 아이들만 보지 말고, 지금 자네 앞에 서 있는 드워프가 선하고 정직하다고도 생각하지 말게. 자네 앞에 서 있는 드워프는 도둑, 산적, 어쩌면 살인자일 수도 있어. 마차를 몰던 상인이 딜링겐의 길가에서 죽었을지도 모르니까."

둘은 구름에 쌓인 북쪽의 먼 산을 바라보며 오랫동안 아무 말도 하지 않았다.

"부디 잘 지내시오, 졸탄. 어쩌면 이전엔 믿지 않았지만 점점 더 믿을 수밖에 없는, 더 큰 힘들에 의해 우리가 다시 만날 수 있을지도 모르오. 그렇게 되었으면 좋겠소. 당신에게 시리를 소개해주고, 시리가 당신을 만나봤으면 좋겠소. 하지만 그렇게 되지 않더라도, 난 당신을 잊지 못할 거요. 잘 가시오, 졸탄."

"나와 악수할 건가? 산적에다가 도둑인데?"

"물론이오. 난 이제 옛날처럼 쉽게 속지 않소. 남의 진짜 동기 따위는 모르지만, 가면 아래의 얼굴을 보는 법도 조금씩 배우고 있소."

게롤트는 시힐을 휘둘러 날아가던 나방을 반으로 갈랐다.

졸탄과 헤어진 후 숲에서 방황하는 농부 무리를 만났지. 일부는 게롤트 일행을 보고 바로 도망치려 했지만, 밀바가 활로 위협해서 무리를 멈춰 세웠다. 농부들은 조금 전까지만 해도 닐프가드의 포로로 잡혀 있었다고 했다. 삼나무를 자르는 노역에 동원되었지만, 며칠 전 어떤 군대가 감시병들을 공격해서 농부들을 풀어주었다고 했다. 그들은 지금 집으로 돌아가는 중이었다. 단델라이온은 그 군대가 어느 군대냐고 끈질기게, 그리고 단호하게 설명을 요구했다.

"그 군인들은 흰 여왕의 군대예요. 닐프가드 그 검은 놈들을 무찌르고 있다고요! 그리고 후미에서는 고릴라로 작전을 펼치는 중이라고 했어요."

농부가 되풀이하며 말했다.

"뭐라고?

"말했잖아요, 고릴라라고."

"고릴라래, 젠장. 아이고, 맙소사…… 도대체 그 군대가 어떤 문장을 달고 있었소?"

단델라이온이 얼굴을 찡그리며 손을 내저었다.

"여러 가지였어요. 기마부대는 또 달랐고요. 보병들은 주황색 문장을 달고 있었어요."

농부는 나뭇가지를 집어 들더니 모래 위에 마름모를 그렸다.

"마름모꼴? 테메리아의 백합도 아니고, 마름모라니. 리비아의 문장이군. 흥미롭구먼. 리비아는 여기서 200마일은 되는데. 리리아와 리비아 군대는 돌 앙그라와 알더스버그 전투에서 완전히 섬멸되지 않았나? 닐프가드에 점령되기도 했고…… 이게 도대체 무슨 일인지 이해가 안 되는군."

가문 문장에 대해 해박한 단델라이온이 의아해하자 게롤트가 말을 끊고 재촉했다.

"이상할 것 없어. 그만 떠들고, 움직여."

"하! 이제 알겠어! 고릴라가 아니라, 게릴라였던 거야! 파르티잔! 적의 뒤를 치는 거지, 어떤가?"

농부에게 들은 이야기를 계속 곱씹으며 분석하던 단델라이온이 외쳤다.

"그렇군. 그러니까 이 지역에서는 노들링 게릴라들이 활동하고 있는 것 같소. 아마도 7월 중순에 알데스버그에서 패했던 리리아와 리비아 군대의 잔당들이 모인 부대 말이요. 다람쥐들에게 잡혀 갔을 때 그런 얘기를 들었소."

카히르가 고개를 끄덕이며 말했다.

"그렇다면 좋은 소식이구먼. 만약 농부들이 문장을 잘못 봤다 하더라도, 그 군대는 최소한 테메리아 군대는 아니야. 비세게르드 사령관의 교수대에서 도망친 두 첩자에 대한 정보가 리비아의 게릴라 부대에까지 전달되진 않았겠지. 만약 이 게릴라 부대를 만나게 되더라도 적당히 둘러댈 수 있을 거야."

고릴라의 수수께끼를 푼 것이 자랑스러운 단델라이온이 의기양양하게 말했다.

"그럴 수 있겠군. 하지만 솔직히 말하면, 둘러댈 일이 없는 편이 더 좋겠어."

게롤트가 발버둥 치는 로취를 달래며 말했다.

"하지만 리비아라면 당신네 고향 사람들 아닌가요? 당신 이름이 리비아의 게롤트잖아요?"

레지스가 의아하다는 듯 묻자 게롤트가 무심하게 대꾸했다.

"그냥 멋져 보이려고 내가 붙인 이름이오. 이름 앞에 그런 지명을 붙이면 고객들 입장에서는 더 믿음직해 보이니까."

"그렇군요. 그러면 왜 리비아를 고른 거죠?"

레지스가 조용히 웃으며 다시 물었다.

"듣기 좋은 지명을 나뭇가지에 써서 제비뽑기를 했소. 위쳐 교육 때 날 가르쳤던 스승이자 선배 위쳐가 가르쳐준 방법이었지. 하지만 처음부터 그 방법을 말해준 건 아니었소. 내가 게롤트 로저 에릭 뒤 오뜨-벨가르드라는 이름으로 하겠다고 고집을 피우자 베스미어는 그 이름이 우스꽝스럽고 잘난 척하는 것 같다며 절대 안 된다고 했지. 지금 생각해보면 베스미어 말이 맞았소."

게롤트의 대답에 단델라이온이 웃음을 터뜨리며 의미심장한 눈길로 레지스와 카히르를 바라보았다. 이 시선에 조금 상처를 받은 레지스가 말했다.

"내 복잡한 이름은 진짜 이름이랍니다. 뱀파이어의 전통을 따른 것이기도 하고."

"내 이름도 그렇소. '모르'는 어머니의 이름이고 '디프린'은 증조할아버지 이름이오. 웃길 거 하나 없소, 시인. 그런데 당신의 진짜 이름은 뭐요? 단델라이온은 가명이잖소."

카히르 역시 서둘러 해명하고는 단델라이온에게 물었다.

"나의 진짜 이름은 밝힐 수도, 사용할 수도 없소. 너무 유명하거든."

단델라이온이 거만하게 코를 치켜들고는 비밀스럽게 말했다.

아까부터 우울한 표정으로 아무 말도 없던 밀바가 갑자기 끼어들며 말했다.

"난, 누가 나를 마야, 마냐, 마릴카, 이렇게 부르면 정말 싫어. 그런 이름은 엉덩이를 슬쩍 꼬집어도 되는 여자 이름 같다고."

어두워졌다. 두루미들의 시끄러운 울음소리도 잦아들었다. 언덕에서 불어오던 바람도 잔잔해졌다. 게롤트는 시힐을 칼집 안에 집어넣었다.

오늘 아침에 일어난 일이었다. 바로 오늘 아침에. 오후에는 이미 난리가 벌어졌다.

처음부터 의심할 수도 있었어. 하지만 레지스를 제외하고 우리 중 누가 그런 걸 알겠어? 물론 밀바가 새벽에 자주 토한다는 것은 다들 알고 있었지. 하지만 우리 모두 이상한 것을 먹고 속이 안 좋았던 게 한두 번이 아니잖아. 단델라이온도 두어 번 토했고, 카히르는 설사병이 너무 심해서 이질에 걸린 줄 알고 겁에 질리기도 했으니까. 밀바가 가끔 말에서 내려 덤불로 가곤 했을 때 방광염이라도 걸린 줄 알았는데…….

멍청이가 따로 없군.

레지스는 아마 사실을 짐작했던 것 같다. 하지만 침묵했다. 더 이상 침묵할 수 없을 때까지. 벌목꾼들이 버리고 간 움막집에서 밤을 보내려 했을 때 밀바는 레지스와 함께 숲으로 가서 상당히 오래, 그리고 가끔 소리를 지르며 무언가를 얘기했던 것이다. 레지스는 숲에서 혼자 돌아온 후 약초를 고르고 섞더니, 갑자기 우리 모두를 움막으로 불렀다. 그러고는 예의 그 짜증 나는 현자 같은 말투로 상당히 모호하게 이야기를 시작했다.

"모두에게 말하는 겁니다. 우리는 한편이고, 각자가 공동의 책임을 지고 있지요. 그러니 가장 큰 책임을 져야 할 사람이 우리 중 따로 있지 않습니다. 하지만 직접적인 책임자가 없다고 해도 사실이 달라지진 않아요. 내 말은, 직접적인 책임을 말하는 겁니다."

"젠장, 무슨 말인지 알아듣게 좀 이야기해보시오. 한편이니, 책임이니…… 밀바에게 무슨 일이 있는 거요? 어디가 아픈 거요?"

단델라이온이 신경질을 냈다.

"아픈 게 아니오."

카히르가 작은 목소리로 말했다.

"정확히 말해서 질병은 아닙니다. 밀바는 임신했어요."

레지스가 말했다.

카히르는 짐작하고 있었다는 듯 고개를 끄덕였다. 단델라이온은 얼음이 되었고, 게롤트는 입술을 깨물었다.

"몇 달째요?"

"밀바는 마지막 생리 날짜와 어떤 날짜 등을 알려줘야 하는데, 상당히 무례하게 이를 거부했어요. 하지만 살펴보니 알겠더군요. 지금이 9주째입니다."

"그래서 직접적 책임이라는 말을 들먹인 거였군. 우리 중에서는 아니오. 만약 그 점에 대해 의심의 여지가 있다면, 바로 해명할 수 있소. 하지만 공동의 책임에 대해서는, 당신 말이 맞소. 밀바는 지금 우리와 함께 있으니까. 갑자기 우리 모두 남편과 아버지 역할을 하게 되었군. 의사의 입장에서 뭐라고 말씀하실지 일단 듣겠소."

게롤트가 잔뜩 가라앉은 목소리로 말했다.

"제대로 된 규칙적인 식사. 스트레스는 피해야 하고 잠을 잘 자야 해요. 그리고 이제 곧, 말도 타서는 안 됩니다."

레지스의 말에 모두들 한동안 말이 없었다. 마침내 단델라이온이 입을 열었다.

"알겠소. 남편 여러분, 아버지 여러분, 큰일이오, 큰일입니다!"

"여러분이 생각하는 것보다 더 큰일입니다. 어쩌면 별일 아닐 수도 있겠지만. 보는 관점에 따라 다르겠지요."

레지스가 말했다.

"무슨 말인지 이해가 안 가는데."

"이해를 해봐야겠지." 카히르가 중얼거렸다.

잠시 침묵하던 레지스가 말했다.

"밀바는 나에게 상당히 강력하고 과격한…… 약을 요구했어요. 그러면 문제를 해결할 수 있다고 생각하더군요. 결정은 이미 내린 상태입니다."

"그래서, 그 약을 주었소?"

"다른 아버지들과 아무 상의도 없이?"

레지스는 그저 조용히 웃음을 지었고, 카히르가 작은 목소리로 이야기를 꺼냈다.

"밀바가 부탁하는 약은 기적의 만병통치약이 아니오. 난 여자 형제가 셋이라 조금은 압니다. 밀바는 저녁에 그 약을 먹고 한숨 자고 일어나면, 다음 날 우리와 함께 길을 떠날 수 있으리라 생각하는 거요. 하지만 전혀 그렇지가 않소. 한 열흘은, 말에 앉지도 못할 거요. 밀바에게 그 약을 주기 전에, 일단 이런 얘기부터 설명해줘야 하오. 그리고 약은, 밀바가 누울 수 있는 침대라도 확보한 후에 주는 게 좋을 거요. 깨끗한 침대 말이오."

"알겠습니다. 한 명은 찬성이고. 그럼, 게롤트 당신은?"

"뭐, 나 말이오?"

"여러분, 무슨 말인지 모르는 척하지 말아요."

뱀파이어 레지스가 깊고 검은 눈으로 모두를 훑어보았다.

그러자 카히르가 얼굴을 붉힌 채 고개를 푹 숙이며 말했다.

"닐프가드에서 이런 문제는 무조건 여자가 결정하오. 누구도 당사자인 여자의 결정에 반론을 제기할 권리가 없소. 레지스의 말에 따르면 밀바는…… 약을 복용하겠다는 의지가 확고하다고 했소. 난 오로지 그 이유로, 이 일은 이미 결정된 사항이라고 생각했소. 그래서 그 이후에 해야 할 일에 대해 말한 것이오. 하지만 난 타국인이고, 뭘 모르고…… 이 일에 대해서 왈가왈부해서는 안 된다고 생각하오. 미안하게 됐소."

"지금 뭐라는 거요? 우리를 무슨 야만인 취급하는 건가, 닐프가드인? 샤머니즘적인 타부에 얽매인 야만족? 이런 일은 당사자인 여자만이 결정할 수 있는 거야, 당연히! 그건 그 여자의 권리라고. 만약 밀바의 결정이……."

"입 닥쳐, 단델라이온. 제발, 가만히 좀 있으라고!"

게롤트가 소리를 지르자 단델라이온도 지지 않고 목소리를 높였다.

"자네 생각은 다른가? 지금 밀바에게……!"

"젠장, 제발 입 좀 다물어, 자네 때문에 폭발하기 직전이야! 레지스, 지금 투표라도 하겠다는 거요? 도대체 왜? 의사는 당신이잖소. 밀바가 요청한…… 그 수단은…… 약이라는 말은 좀 어울리지 않는 것 같고…… 그걸 만들어 밀바에게 줄 수 있는 건 당신뿐이요. 그리고 밀바가 또다시 요청하면 거절하지 않겠지."

"이미 만들어놓았지요. 다시금 요청한다면 거절하지 않을 겁니다. 또다시 요청한다면 말이죠."

레지스는 검은 유리로 된 작은 병을 모두에게 보여주었다.

"그럼 도대체 왜 이러는 거요? 우리의 일치된 의견이라도 원하는 거요? 다들 순순히 받아들이길 원하는 거냐, 이 말이오!"

"왜 이러는지 잘 알지 않나요? 뭘 어떻게 해야 하는지 정확히 알고 있을 텐데요. 하지만 질문을 했으니 답해주지요. 그래요, 게롤트. 바로 그거예요. 네, 그걸 해야 합니다. 그리고 그걸 기대하는 건 내가 아니에요."

"명확히 좀 말해줄 수는 없소?"

"단델라이온, 더 이상 명확히 말하는 건 불가능해요. 게다가 그럴 필요도 없고. 그렇지 않나요, 게롤트?"

게롤트는 깍지 낀 손에 이마를 기댔다.

"그렇소, 젠장, 정말이오. 하지만 왜 나한테 묻는 거요? 내가 그걸 해야 하는 거요? 난 못해, 할 줄도 모르고. 그런 역할은 전혀…… 전혀 말이오, 다들 알겠소?"

"아니, 난 전혀 모르겠는데. 카히르, 자네는 무슨 말인지 알겠나?"

단델라이온이 카히르를 바라봤고, 카히르는 레지스를 빤히 보다가 다시 게롤트를 바라봤다.

"아마도. 그런 것 같소."

카히르가 천천히 대꾸하자 단델라이온이 고개를 절레절레 저었다.

"아하, 게롤트는 바로 알아들었고, 카히르는 아는 것 같고. 난 일단 설명을 요구했지만, 입 다물고 있으라고 하더니 이제는 이해할 필요가 없다고 하네? 고맙소. 20년을 시인으로 살았으니, 세상에는 긴말 없이도 바로 이해할 수 있는 일이 있고, 절대 이해하지 못하는 일이 있다는 것 정도는 아니까.”

단델라이온의 말에 레지스가 조용히 웃어 보였다.

“이 상황을 당신보다 더 우아하게 정리할 사람은 아무도 없을 겁니다.”

완전히 어두워졌다. 게롤트는 자리에서 일어났다.

기회는 한 번이야. 그 앞에서 도망치지 않는다. 더 이상 미룰 수는 없어. 해야 해. 해야 하고, 그게 끝이다.

밀바는 일행들의 움막과 멀리 떨어진 곳에 피워둔 작은 모닥불 옆에 홀로 앉아 있었다. 게롤트의 발걸음 소리를 듣고도 움직이지 않았다. 마치 게롤트를 기다리고 있었던 것처럼. 게롤트에게 앉을 자리를 내주고자 앉아 있던 쓰러진 나무둥치 위에서 조금 옆으로 비켜났을 뿐이었다.

“그래서요? 나 때문에 곤란해진 거죠, 그렇죠?”

밀바는 기다리지 않고 날카롭게 물었다. 게롤트는 대답하지 않았다.

“우리가 함께 떠날 때 이런 건 생각하지 못했죠? 날 일행에 넣었을 때 말이에요. 뭐, 시골의 무식한 여자애면 어때? 이렇게 생각한 거겠죠. 가는 길에 지적인 대화는 나누지 못하겠지만, 뭐라도 쓸모는 있겠지. 건강하고 튼튼한 여자애고, 활도 쏘고, 안장에 엉덩이가 쓸린다고 난리칠 일도 없고, 무슨 일이 일어난다 해도 무서워서 오줌을 싸진 않을 테니 쓸모는 있겠지, 하고요. 그런데 쓸모가 아니라 문제만 일으켰군요. 골칫거리가 되었어요. 젠장할, 바보 같은 여자들이 다 이렇지, 뭐!”

“왜 나와 함께 온 거요? 브로킬론에 왜 남아 있지 않았소? 이미 알고 있었던…….”

"알고 있었어요. 드라이어드들 사이에 있었으니까요. 드라이어드들은 인간 여자의 몸에 무슨 일이 일어났는지, 보면 바로 알아요. 그들 앞에서 감출 수는 없죠. 드라이어드들이 나보다 더 빨리 알았어요…… 하지만 몸이 이렇게 금방 나빠질 거라고는 생각하지 못했어요. 그냥, 기회가 되면 맥각균*이나 뭐 다른 약을 먹으면 아무도 모르게…… 짐작도 못할 거라고……."

"그렇게 간단한 문제가 아니오."

"알아요. 레지스가 설명해줬어요. 지체하면서 생각만 하느라 결정을 못한 거죠. 덕분에 이젠 일이 더 어려워졌어요."

"그 말이 아니오."

"젠장, 난 단델라이온을 생각했죠! 온갖 용감한 척은 다 하지만, 사실은 물러 터졌고 힘든 일은 안 할 사람이니까 더 이상 못 가게 될 상황이 생기면 단델라이온은 남겨두고 가면 될 거라고. 그래서 상황이 안 좋아지면 단델라이온과 돌아가면 된다고 생각했어요. 그런데 지금…… 단델라이온은 영웅이 되고 난……."

갑자기 밀바의 목소리가 갈라졌다. 게롤트는 밀바를 끌어안았다. 그리고 바로 알 수 있었다. 그의 품이 밀바에겐 무척이나 필요했으며 기다리고 있었던 몸짓이라는 것을 깨달았다. 브로킬론의 궁수, 그녀를 감싸고 있던 거칠고 단단한 것들이 순간적으로 사라지고, 그저 떨고 있는, 공포에 질린 아가씨의 연약한 부드러움만이 남아 있었다. 하지만 계속되는 침묵을 깬 것은 밀바였다.

---

* 맥각균: 맥류 식물에 기생하며 독성 알칼로이드를 만드는 균. 발작, 구토, 두통, 경련 등을 일으키며 심한 경우 사망에 이른다.

"언젠가 나에게 말했죠, 브로킬론에서. 내가…… 어깨를 필요로 하면, 컴컴한 밤중에라도 비명을 지르면…… 당신이 오겠다고 했어요. 그런데 정말 이렇게 옆에 있네요. 당신의 팔이 느껴져요. 하지만 난 아직 비명을 지르고 싶진 않아요. 젠장, 왜…… 왜 몸을 떠는 거죠?"

"아무것도 아니오. 옛 기억 때문에 그렇소."

"난 어떻게 될까요?"

게롤트는 대답하지 않았다. 게롤트에게 던진 질문이 아니었으니까.

"아빠가 보여준 적이 있는데…… 우리 동네 강가에 말벌 떼가 득실거리는 곳이 있었어요. 놈들은 살아 있는 지렁이 안에 알을 낳았죠. 그 알에서 애벌레가 나오면, 지렁이를 산 채로 먹었어요…… 몸속에서부터…… 지금 내 몸속에 그런 게 들어 있어요. 내 안에, 내 몸속에, 이 배 속에. 계속 자라나서 날 산 채로 먹어버릴 거야……."

"밀바……."

"마리아. 난 마리아예요, 밀바가 아니라. 난 연이 아니에요. 난 알을 품고 있는 암탉이 된 거라고요, 연이 아니라…… 드라이어드들과 전장에서 웃어댔고, 피 흘리는 시체들에게서 화살을 뽑았죠. 좋은 화살촉은 잃어버려선 안 되니까, 아까우니까! 쓰러진 자들 가운데 아직 숨어 붙어 있거나 가슴을 들썩이고 있으면, 칼로 목을 땄어요! 밀바는 인간들에게 죽음을 선사하고 웃었어요…… 지금 그들의 피가 외치고 있어요. 그 피들이, 말벌의 알처럼, 이제 마리아를 안에서부터 집어삼킬 거예요. 마리아가 밀바의 죄를 갚게 될 거라고요."

게롤트는 아무 말도 하지 않았다. 무슨 말을 해야 할지 몰랐기 때문이었다. 밀바는 게롤트의 팔을 꽉 잡고서 작고 낮은 목소리로 말했다.

"나는 브로킬론으로 부대를 피신시키고 있었어요. 불탄 곳을 지나고 있었고, 6월, 여름이 되기 직전의 일요일이었죠. 우리는 쫓기고 있었고, 곧 전투가 벌어지자 일곱 마리의 말을 타고 겨우 도망쳤어요. 일곱 명의 남자 엘프와 한 명의 여자 엘프, 그리고 내가 전부였죠. 리본강에서 겨우 반 마일 떨어진 곳이었지만 말 탄 기사들이 뒤에서도 앞에서도 쫓아왔고, 주위는 온통 어둡고 컴컴한 늪이었어요…… 밤에는 버드나무 아래 숨어 말들과 함께 쉬어야만 했어요. 그때 그 여자 엘프가 아무 말도 없이 옷을 벗더니 누웠어요…… 그러자 남자 엘프 한 명이 그녀에게 다가갔어요. 난 얼어붙었고 어떻게 해야 할지 몰랐죠…… 자리를 피해야 하나, 아무것도 보이지 않는 척해야 하나? 관자놀이에 피가 몰리는 것 같았는데 갑자기 그 여자 엘프가 말했어요. '내일 무슨 일이 생길지, 누가 알겠어? 누가 리본 강을 건너게 되고, 누가 땅 아래 눕게 될지? 엔'카 민네.'라고. 엔'카 민네. 조그만 사랑. 이렇게 해야 죽음도, 공포도 이길 수 있다고. 그들은 모두 두려움에 떨고 있었어요. 그 여자 엘프도, 나도…… 그래서 나도 옷을 벗고는 좀 떨어진 곳에 누웠어요. 외투를 등 아래에 깔고…… 첫 번째 엘프가 날 안았을 때, 나는 이를 악물었어요. 준비가 되지 않았거든요. 겁에 질려 있었고 바싹 말라서…… 하지만 그는 현명했어요. 아주 젊고 현명하고 따뜻한…… 이끼와 풀, 이슬 냄새가 났어요. 두 번째 엘프에겐 내가 먼저 팔을 뻗었어요, 기꺼이…… 조그만 사랑이라고? 악마나 알고 있겠죠. 그 안에 사랑이 얼마나 있고, 공포가 얼마나 있는지. 하지만 분명한 건 공포가 더 많았어요, 난 확신해요. 왜냐하면 사랑은 가짜였으니까요. 시장 바닥에서 하는 연극처럼 말이에요. 시장 연극도 배우들이 연기를 잘하면, 그러는 척하는 것뿐이라는 사실을 잊게 되잖아요. 하지만 공포는 분명 있었어요, 정말로."

게롤트는 아무 말도 하지 않았다. 밀바는 계속 말을 이었다.

"하지만 우리는 죽음을 이길 수 없었어요. 새벽녘, 리본 강을 건너기도 전에 둘이 죽었어요. 살아남은 나머지 엘프도 다시는 보지 못했어요. 우리 엄마가 그랬어요, 여자는 누구의 열매를 맺는지 언제든 알 수 있다고 했는데…… 난 몰라요. 난 그 엘프들의 이름도 몰랐어요, 내가 어떻게 알겠어요? 어떻게?"

게롤트는 아무 말도 하지 않았다. 대신 밀바가 붙잡고 있는 팔을 그대로 두었다.

"그리고 알 필요도 없잖아요. 레지스가 맥각균을 조제해줄 거예요. 마을이 나타나면 아무 데나 날 놔두고 가요. 아니, 아무 말도 말아요, 가만히 있어요. 난 알아요, 당신이 어떤 사람인지. 당신은 그러겠다고 대답하겠지만…… 당신은 그 변덕스러운 말을 버리지 않았고, 다른 말로 갈아타지도 않았죠. 당신은 누군가를 버리고 가는 사람이 아니에요. 하지만 지금은 그래야만 해요. 맥각균을 마시고는 말은 못 타요. 하지만 건강해지면, 다시 당신들을 쫓아갈 거예요. 왜냐하면 당신의 시리를 꼭 찾았으면 좋겠으니까. 내 도움을 받아서 시리를 다시 찾았으면 좋겠어요."

"그 이유 때문에 함께 여기까지 왔던 거였군. 바로 그 이유 때문에."

게롤트는 이마를 닦으며 낮게 중얼거렸고, 밀바는 고개를 떨궜다.

"그 이유로 나와 함께 여기까지 온 거였어. 다른 사람의 아이를 구하기 위해 당신은 여기까지 왔소. 빚을 갚고 싶었던 거지. 계속해서 끌고 왔던 그 빚을 갚기 위해…… 다른 사람의 아이를 위해 자기 아이를…… 난 분명 당신이 도움을 필요로 할 때 돕겠다고 약속했소. 밀바, 하지만 난 당신을 도울 수가 없어. 믿어주시오, 난 못해."

이번엔 밀바가 아무 말도 하지 않았다. 게롤트는 밀바의 뜻을 받아들일 수가 없었다. 그래서는 안 된다고 생각했다.

"그때 브로킬론에서, 나는 당신에게 빚을 지고 꼭 갚겠다고 맹세했지. 현명하지 못한 행동이었소. 바보 같았지. 당신은 내가 정말로 도움이 필요할 때 날 도와주었소. 그런 빚은 갚을 수가 없소. 가격이 없는 것에 대해서는, 값을 치를 수 없는 법이오. 어떤 이들은 이 세상의 모든 것들에는 가격이 있다고 주장하지만 그건 사실이 아니오. 이 세상의 어떤 것은 잃어버렸을 때만, 영원히 잃어버렸을 때만 그 가치를 알 수 있지. 난 그런 것들을 많이 잃어버렸소. 그래서 오늘은 당신을 도울 수가 없소."

"바로 지금 도와줬어요. 얼마나 큰 도움을 줬는지, 당신 자신도 모를 거예요. 이제 가요. 혼자 있고 싶어요. 가요, 게롤트. 내 세상을 무너뜨리지 말고, 가요."

밀바는 아주 편안한 목소리로 말했다.

새벽에 일행이 다시 길을 나섰을 때, 밀바는 맨 앞에서 침착하게 웃는 얼굴로 달리고 있었다. 그 뒤를 달리던 단델라이온이 류트를 뜯기 시작하자 음악에 맞춰 휘파람도 불었다.

행렬의 맨 마지막에는 게롤트와 레지스가 있었다. 어느 순간 레지스가 게롤트를 바라보며 미소 지은 채 인정한다는 듯 감탄을 담아 고개를 끄덕였다. 아무 말도 없이. 그러고는 자신의 가방에서 작고 검은 유리병을 꺼내 게롤트에게 보여주었다. 그러더니 다시 웃음을 짓고는 유리병을 덤불 속으로 던져버렸다.

게롤트는 아무 말도 하지 않았다.

일행이 말에게 물을 먹이기 위해 멈춰 서자 게롤트는 레지스를 조용한 곳으로 데리고 갔다.

"계획이 바뀌었소. 이스기스를 통과하지 않을 생각이요."

게롤트가 건조한 목소리로 통보했다. 레지스는 검은 눈으로 게롤트를 뚫어지게 바라보며 침묵하다가 마침내 입을 열었다.

"내가 만약 당신이 위쳐로서 실제적인 위협만 두려워한다는 걸 몰랐다면, 정신이 불안정한 여자의 말도 안 되는 이야기를 너무 심각하게 받아들였다고 생각했을 겁니다."

"하지만 당신은 알고 있으니까. 그러니 더 논리적으로 생각해보시오."

"물론이죠. 하지만 일단 두 가지 점부터 생각해보도록 하죠. 첫 번째는 지금 밀바의 상태는 질병도, 장애도 아니라는 겁니다. 밀바는 자기 몸을 신경 써야 하지만 건강하고 멀쩡해요. 사실 보통 때보다 더 멀쩡하다고 할 수 있죠, 왜냐하면 호르몬의 작용이……."

"윗사람처럼 가르치려는 그 말투는 이제 그만, 신경에 거슬린다고."

"일단 내가 첫 번째로 말하고자 하는 건 방금 이야기했습니다. 두 번째는 우리가 밀바를 계란이라도 대하듯 조심스럽게 대하며 벌벌 떠는 걸 알게 된다면, 밀바는 엄청나게 화를 낼 거예요. 굉장한 스트레스를 받을 텐데, 절대로 안 될 일이죠. 게롤트, 난 가르치려는 게 아니에요. 이성적으로 말하는 것뿐입니다."

게롤트는 대답하지 않았지만, 레지스는 여전히 게롤트를 뚫어져라 바라보며 말을 이었다.

"세 번째도 있어요. 이스기스를 통해서 가려고 한 건, 좋아서 혹은 모험심에 불타서가 아니라 어쩔 수 없어서 지나가려는 거예요. 언덕이 있는 길에는 군대들이 잔뜩 깔려 있고, 우리는 캐드 드후의 드루이드들에게 가야만 하니까요. 난 급하다고 판단했어요. 최대한 빨리 시리에 대한 정보를 알아내서 구하러 가는 것이 당신에게는 가장 중요한 일이라고 생각했으니까요."

게롤트는 레지스의 검은 눈을 피했다.

"중요해, 아주 중요하다고. 시리를 구해내고 되찾아야만 하니까. 얼마 전까지는 어떤 대가를 치러도 좋다고 생각했소. 하지만 아닌 것 같소. 이런 대가는 치를 수 없고, 이런 위험을 무릅쓸 수도 없소. 이스기스로는 가지 맙시다."

"대안은?"

"야루가 저쪽 강변으로 갈 생각이요. 늪에서 멀리 떨어진 강 상류로 갑시다. 그래서 캐드 드후와 근접한 위치에서 야루가 강을 건너는 거요. 만약 그게 힘들다면 드루이드들에게는 우리 둘만 갑시다. 난 헤엄을 칠 테니, 당신은 박쥐로 변신해서 날아가면 되잖소. 왜 날 그렇게 보는 거요? 뱀파이어가 강을 무서워한다는 것 역시 사람들이 지어낸 미신 아니오? 아니면 내가 잘못 안 건가?"

"아니, 잘못 알지는 않았어요. 하지만 비행은 보름달이 뜨는 밤에만 가능해요."

"2주 남았소. 우리가 그곳에 도착할 때쯤이면 보름달이 뜰 거요."

"게롤트, 당신은 이상한 사람이군요. 놀리려고 하는 말이 아니라, 당신이라는 사람을 정의하는 겁니다. 좋아요, 상태가 불안정한 여인을 위해 이스기스를 통과하는 건 포기합시다. 그리고 당신 생각에 더 안전하다고 판단한 야루가 강 저쪽 강변으로 갑시다."

레지스는 게롤트에게서 시선을 떼지 않은 채 말했다.

"위협의 정도는 진단할 수 있소."

"물론 그렇겠지요."

"밀바와 다른 이들에게는 아무 말도 마시오. 만약 물어보면 계획의 일부라고 둘러대고."

"물론이죠. 그럼 조각배를 찾는 것부터 시작해야겠군요."

조각배를 찾는 데는 많은 시간이 걸리지 않았고, 결과물은 기대보다 훨씬 좋았다. 작은 조각배가 아니라 페리를 찾아낸 것이다. 버드나무 사이에서 가지와 잡동사니에 가려져 있던 배가 강둑에 묶여 있던 선 때문에 보였던 것이다. 또한 페리를 모는 뱃사공도 찾아냈다. 일행이 말을 타고 다가오자 뱃사공은 덤불에 숨었지만 밀바가 추적해 덤불에서 멱살을 잡고 끌고 나왔다. 또한 거구의, 바보 같은 얼굴을 하고 있는 사공의 조수 역시 찾아냈다. 뱃사공은 온몸을 떨고 있었고 눈동자는 마치 빈 곡시 헛간의 쥐새끼처럼 정신없이 움직였다.

"저쪽 강가로요?"

일행이 무엇을 원하는지 알게 된 뱃사공은 신음 소리를 내며 고개를 저었다.

"절대로 안 됩니다! 저쪽은 닐프가드 땅이에요, 지금은 전쟁 중입니다! 잡혔다가는 꼬챙이에 꿰어버릴 거예요! 절대로 못 가요! 날 죽인다 해도, 못 가요!"

"죽이는 건 어렵지 않아. 하지만 그 전에 실컷 때려줄 수도 있어. 한 번만 더 소리치면, 무슨 일을 당하는지 알게 될 거야."

밀바가 이를 악물었다. 옆에 있던 레지스는 뱃사공을 뚫어지게 바라보며 말했다.

"전쟁 중인데, 밀수에는 아무 지장이 없나 보군요, 사공 양반? 닐프가드의 항구와 멀리 떨어진 이곳에서 당신 배는 뭘 하는 건가요? 자, 그러니 빨리 배를 물에 띄워요."

"그렇게 하는 게 나을 거요. 계속 이렇게 거절하면, 우리가 직접 배를 띄울 거요. 그럼 당신의 배는 저쪽 기슭에 남게 되고, 배를 다시 찾아오려면 헤엄이라도 쳐야 할 텐데. 지금 우리와 함께 가면 배를 가지고 돌아올 수 있소. 한 시간만 견디면 될 거요. 그리고 잊어버리시오."

카히르가 칼집을 쓰다듬으며 말했다. 그 말이 끝나기 무섭게 밀바가 악을 썼다.

"만약 계속 저항한다면, 이 얼간이 같으니! 겨울까지 우릴 잊지 못하게 해줄 테다!"

논쟁의 여지가 없는 여러 주장들에 뱃사공은 결국 입장을 바꿨고, 모두들 페리에 올라탔다. 말들 중 일부는, 특히 로취는 배에 오르지 않으려고 고집을 피우며 버텼지만, 뱃사람과 바보 같은 얼굴의 조수가 나뭇가지와 끈으로 만든 발판을 앞에 깔아놓았다. 그 익숙한 솜씨로 볼 때, 야루가 강에서 훔친 말들을 빼돌린 게 한두 번이 아닌 것 같았다. 거구의 조수가 출발하는 페리의 바퀴를 돌리며 항해는 시작되었다.

잔잔한 물결 속으로 배가 나아가고 바람이 불어오자 분위기는 좋아졌다. 야루가를 넘어가는 것은 곧 일행의 여정에서 크게 한 발 나갔다는, 새로운 단계로 접어들었다는 의미였다. 모두들 갑자기 활기를 띠었다. 그 분위기는 바보 같은 얼굴의 조수에게까지 전염되어 갑자기 휘파람을 불며 이상한 노래를 흥얼거리기 시작했다. 게롤트 역시, 강 건너편의 오리나무 그늘에서 시리가 뛰어나와 반가움의 환호성이라도 지를 것 같은 이상한 환상을 즐기고 있었다.

하지만 시리 대신 소리를 지른 것은 뱃사공이었고, 반가움의 환호성도 아니었다.

"신들이시여! 우린 끝장이에요!"

게롤트는 뱃사공이 가리키는 방향을 확인하고는 욕설을 내뱉었다. 높은 강둑의 오리나무 사이로 무기가 번쩍거렸고 말발굽 소리가 울려 퍼지고 있었다. 곧이어 왼쪽 강둑의 정박장은 말 탄 기사들로 가득 메워지고 있었다.

"검은 군대다! 닐프가드다! 이제 다 죽은 목숨이야! 신들이시여, 도와주십시오!"

뱃사공은 얼굴이 하얗게 질린 채 이리저리 뛰며 소리를 질러댔다.

"말들을 잡아요, 단델라이온! 말을 잡아!"

밀바가 활집에서 활을 꺼내며 고함을 질렀다.

"저건 황제의 군대가 아니오. 내가 보기엔……."

카히르의 목소리는 정박장에서 울려 퍼지는 말 탄 이들의 함성과 뱃사공의 비명 때문에 더 이상 들리지 않았다. 뱃사공의 비명을 들은 바보 같은 얼굴의 조수는 도끼를 꺼내 마구 휘두르며 줄을 잘라버렸다. 뱃사공 역시 도끼를 들고 이를 도왔다. 정박장으로 몰려들던 말 탄 군인들도 그 모습을 보고 소리를 지르기 시작했다. 이미 몇 명은 강물 안으로 말을 몰고 들어와 줄을 잡았고, 어떤 이들은 페리 쪽으로 헤엄쳐 오고 있었다.

"그 줄을 가만 놔두시오! 닐프가드가 아니오! 자르지 말라고!"

단델라이온이 소리쳤지만 이미 늦었다. 잘린 줄은 무겁게 물속으로 떨어졌고, 페리는 살짝 방향을 틀더니 강 아래로 흘러가기 시작했다. 강둑에 있던 말 탄 기사들은 거칠게 고함을 질렀다.

“단델라이온 말이 맞소. 저건 황제의 군대가 아니오. 닐프가드 쪽 강둑에 있지만, 닐프가드군은 아니오.”

카히르가 중얼거리자 단델라이온이 외쳤다.

“당연히 아니지! 저 문장을 좀 봐! 독수리와 마름모잖아! 리리아의 문장이라고! 저건 리리아의 게릴라 부대야! 이봐요! 여기!”

“배 옆으로 숨어, 이 멍청이!”

단델라이온은 늘 그렇듯 주의 사항을 듣기보다는, 대체 무슨 일인지 알아보는 편을 택했다. 바로 그때 화살들이 휙휙 소리를 내며 공기를 가르기 시작했다. 몇 개는 육중한 소리를 내며 선체에 박히고, 몇 개는 더 높이 날아와 물속으로 떨어졌다. 두 개의 화살이 단델라이온을 향해 날아오고 있었지만, 이미 칼을 꺼내 든 게롤트가 훌쩍 뛰어올라 빠른 동작으로 두 개를 모두 쳐냈다. 그 모습을 본 카히르의 몸이 굳었다.

“태양이시여, 화살을…… 화살 두 개를 단번에 쳐냈어. 어떻게 이런 일이! 이제껏 한 번도 본 적이 없소!”

“그리고 앞으로도 못 볼 거요! 나도 두 개를 쳐낸 건 처음이니까! 옆으로 다들 숨어!”

그러나 정박장에 있던 군인들은 더 이상 화살을 쏘지 않았다. 속도가 줄어든 페리가 군인들이 있는 강둑으로 향하고 있었기 때문이었다. 강으로 달려든 말들 옆으로 물거품이 일고 있었다. 정박장은 또다시 말 탄 군인들로 가득 찼다. 족히 이백 명은 되는 것 같았다.

“도와줘요! 막대를 잡아요! 여러분! 강둑으로 떠내려가고 있어요!”

뱃사공의 외침을 들은 일행은 바로 이해했다. 다행히 막대는 많이 있었다. 레지스와 단델라이온은 말을 잡고, 밀바와 카히르, 게롤트는 뱃사공과 바보 같은 얼굴의 조수를 도왔다. 다섯 개의 막대를 강바닥에 꽂고 힘차게 밀어내자 페리는 방향을 틀고, 강 한가운데의 물결을 타고서 빠른 속도로 내려가기 시작했다. 강가의 군인들은 또다시 소리를 지르며 활을 잡았고, 몇 개의 화살이 휙휙 소리를 내며 날아들었다. 말 중 한 마리가 겁에 질려 울부짖었다. 그러나 거센 물결을 탄 페리는 다행히 속도를 내며 점점 더 강둑에서 멀어져 더 이상 화살이 닿지 못하는 거리까지 흘러갔다.

페리는 강 한가운데, 잔잔한 수면 위에 떠 있었다. 페리는 마치 얼어붙은 강 한쪽에 깨진 구멍 위로 떠 있는 똥처럼 빙글빙글 돌고 있었다. 말들은 발굽을 구르고 히힝 울어대며 단델라이온과 레지스가 잡고 있는 고삐를 당겼다. 강둑에 있는 말 탄 기사들은 소리를 지르고 주먹을 휘두르며 위협했다. 게롤트는 그들 가운데 백마를 타고 칼을 휘두르며 명령을 내리고 있는 기사를 보았다. 잠시 후 기마부대는 숲 쪽으로 물러나더니 강변의 높은 언덕으로 달려가기 시작했다. 강둑의 덤불 사이에서 무기들이 번쩍였다.

"우릴 그냥 가게 놔두지 않을 거예요. 이 강의 굽어진 곳을 지나면 또다시 강둑 쪽으로 밀려간다는 걸 아는 거라고요. 모두 막대를 잡아요! 만약 오른쪽 기슭으로 배가 돌아간다면 막대로 밀어내 물이 흐르는 방향을 거슬러서 상륙해야 해요. 아니면……."

뱃사공은 숨이 가쁜지 신음 소리를 냈다.

배는 빙글빙글 돌며 오른쪽 기슭의 높고 가파른, 소나무가 삐죽삐죽 자라 있는 벼랑 쪽으로 가고 있었다. 왼쪽으로는 평평한 반원의 모래 기슭이 물에 둘러싸여 있었다. 그런데 그 모래 기슭으로 말을 탄 기마병들이 달려와 곧장 강으로 말을 몰았다. 모래 기슭 주변은 물이 얕아서 상당히 많은 수의 기마병들이 물까지 나올 수 있었다.

"화살이 닿을 거리에요, 숨어요!"

밀바가 음울한 목소리로 경고했다.

또다시 화살이 날아드는 소리와 함께 화살 몇 대가 배에 맞았다. 하지만 기슭에서 밀려나온 센 물살이 뱃머리를 오른쪽 기슭으로 내몰았다.

"막대기를 잡아요, 빨리! 상륙합니다! 물의 흐림이 바뀌기 전에!"

뱃사공이 몸을 떨며 소리쳤다.

하지만 말처럼 쉽지 않았다. 물살은 빠르고, 물은 깊고, 페리는 크고 무거웠으며 둔하게 움직였다. 처음엔 아무리 밀어도 꿈쩍하지 않더니 마침내 막대들이 힘차게 강바닥을 밀기 시작했다. 이제 됐다 싶었을 때, 갑자기 밀바가 막대를 떨어뜨리고는 오른쪽 강기슭을 가리켰다. 카히르가 고개를 들더니 이마에서 흐르는 땀을 닦았다.

"이번엔…… 이번엔 확실히 닐프가드군이오."

게롤트도 보았다. 오른쪽 기슭에 나타난 기사들은 검은색과 초록색의 튜닉을 입고 있었고, 말들은 닐프가드 특유의 안경 모양으로 구멍이 뚫린 마구를 착용하고 있었다. 최소한 백 명은 될 듯싶었다.

"큰일 났어요…… 어, 어머니! 검은 군대에요!"

뱃사공은 말을 더듬기 시작했다.

"막대를 잡아! 막대를 잡고 물살 안으로 들어가! 강기슭에서 떨어져야 해!"

게롤트가 고함을 질렀다.

이번에도 말처럼 쉽지는 않았다. 오른쪽 기슭의 물살은 세찼고, 닐프가드군의 함성 소리가 들리는 언덕 아래로 자꾸만 배가 밀려갔다. 막대에 기댄 게롤트가 위쪽을 바라보자 머리 위로 소나무 가지들이 보였다. 언덕 꼭대기에서 날린 화살들이 곧장 수직으로 날아와 게롤트 바로 옆에 박혔고, 카히르에게 날아온 화살은 간신히 칼로 쳐냈다.

밀바와 카히르, 뱃사공과 조수는 이미 강바닥이 아니라 강기슭과 언덕에서 배를 밀어내고 있었다. 게롤트는 칼을 내던지고 다시 막대를 잡아 이들을 도왔다. 배는 다시 잔잔한 물결 속으로 들어갔다. 그러나 아직도 위험할 정도로 오른쪽 기슭과 가까웠고 기슭에는 일행을 쫓아오는 병사들이 있었다. 더 멀리 가기도 전에 언덕을 지나 갈대가 무성한 기슭에 닐프가드 군대가 자리를 잡기 시작했고, 화살이 날아오는 소리가 들렸다.

"숨어!"

그 순간 뱃사공의 조수가 갑자기 이상한 기침 소리를 내더니, 들고 있던 막대를 강물에 떨어뜨렸다. 게롤트는 4인치의 화살 깃이 달린 화살이 조수의 등에 꽂혀 있는 것을 보았다. 카히르의 말은 고통스러운 듯 비명을 지르며 화살에 맞은 목을 흔들다가 단델라이온을 쓰러뜨리고 곧장 배 바깥으로 뛰어내렸다. 다른 말들 역시 큰 소리로 울부짖고 발굽을 굴러대며 난리를 치는 통에 배가 세차게 흔들리고 있었다.

"말을 붙잡아요! 말을……."

다급히 소리치던 레지스가 갑자기 말을 멈추더니 주저앉아 머리를 숙였다. 가슴에는 검정색 화살 깃이 달린 화살촉이 튀어나와 있었다.

이 광경을 본 밀바는 분노에 찬 괴성을 지르더니, 화살통의 화살을 모조리 바닥에 쏟았다. 밀바는 활을 쏘기 시작했다. 빨랐다. 한 발, 한 발. 단 한 발도 빗맞는 것이 없었다.

강기슭에서는 혼란스러운 상황이 벌어지고 있었다. 닐프가드 군대는 갈대밭에 죽은 사람과 비명을 지르는 부상자들을 남겨놓고 숲으로 물러나고 있었다. 덤불 사이에서 계속 활을 쏘긴 했지만 이제 화살은 거의 닿지 않았다. 거센 물결이 또 한 번 강 한가운데로 배를 밀어낸 것이다. 활이 목표물을 맞추기에는 너무 먼 거리였다. 그러나 밀바의 활은 그렇지 않았다.

닐프가드군들 중 검은 망토를 걸치고 까마귀 깃털이 흩날리는 투구를 쓴 장교가 나타났다. 그는 고함을 지르고 칼을 흔들며 강 아래를 가리켰다. 밀바는 다리를 더 넓게 벌리고, 화살을 입까지 당겨 짧게 겨냥했다. 화살이 공기를 가르며 날아갔고 장교는 말 뒤로 몸이 꺾였다. 병사들이 다급히 장교를 붙들었고 장교는 병사들의 손에 몸을 맡긴 채 널브러졌다. 밀바는 또다시 신중하게 활시위를 당겼다가 놓았다. 장교를 떠받치고 있던 닐프가드 병사 하나가 날카로운 비명을 지르더니 말에서 떨어졌고, 나머지 병사들은 모두 숲으로 도망쳤다.

"대가의 솜씨군요. 하지만 이젠 막대를 다시 잡는 게 좋겠어요. 우린 강기슭과 너무 가까이 있고, 이렇게 어물대다가는 우릴 곧 덮치고 말 겁니다."

게롤트의 등 뒤에서 레지스의 차분한 목소리가 들려왔다.

밀바와 게롤트는 동시에 돌아서서 한목소리로 물었다.

"살아 있어요?"

"살아 있소?"

"이런 화살 따위로 날 어떻게 할 수 있다고 생각한 건가요?"

레지스는 검은 깃이 달린 화살을 꺼내 보였다.

놀라고 말고 할 시간도 없었다. 배는 또다시 물의 흐름을 타고 빙빙 돌더니 잔잔한 물살을 타고 흘러갔다. 하지만 구불구불한 강을 돌자 또다시 모래사장으로 된 강기슭이 나타나고 물이 얕아졌다. 강기슭은 닐프가드 군대로 새카맸다. 어떤 이들은 이미 강으로 들어와 활을 준비하고 있었다. 단델라이온을 포함한 모두가 막대를 붙잡아 배를 밀었다. 막대 끝이 강바닥에서 멀어질 때쯤 배는 더 빠른 물살을 올라탔다. 밀바가 막대를 던지며 헐떡였다.

“휴우, 이제 됐어요. 이젠 화살이 닿지…….”

“한 명이 강기슭으로 올라왔어! 활을 쏠 준비를 하고 있다고! 숨어야 해!”

단델라이온이 손가락으로 가리키며 소리쳤다.

“안 맞아요.” 밀바가 차갑게 대꾸했다.

활은 뱃머리에서 두 치쯤 떨어진 물속으로 떨어졌다.

“활시위에 또 화살을 물리고 있어! 조심해!”

단델라이온이 배 바깥쪽을 바라보며 소리쳤다.

“안 맞는다니까요. 활은 좋은 걸 가지고 있는데, 활 쏘는 솜씨가 염소 엉덩이 가죽으로 피리를 부는 꼴이에요. 노력은 하고 있네요. 고작 한 번 쏘고는 다리 사이에 달팽이라도 들어간 여자처럼 덜덜 떨고 있네. 말 좀 잡고 있어요, 걷어차지 않게.”

밀바는 왼쪽 어깨의 보호대를 고쳐 매며 냉랭한 목소리로 말했다.

이번엔 닐프가드 궁수의 활 솜씨가 좀 나아졌는지 화살이 배 위로 날아왔다. 밀바는 자리에서 일어나 다리를 벌리고 서서 재빨리 활시위를 뺨으로 당기고는 아주 부드럽게, 조금도 자세를 바꾸지 않고 그대로 활시위를 놓았다. 닐프가드 궁수는 마치 번개라도 맞은 사람처럼 물속에 빠졌고 물살을 따라 떠내려가기 시작했다. 검은 튜닉이 풍선처럼 부풀어 올랐다.

“활은 이렇게 쏘는 거죠. 하지만 저자는 활쏘기를 배우기엔 이미 늦었군요.”

밀바가 활을 내려놓자마자 그때 카히르가 오른쪽 강둑을 가리켰다.

"나머지 군인들이 우리 뒤를 따라오고 있소. 계속 쫓아올 거요. 밀바가 장교를 쓰러뜨려서, 우릴 포기하지 않을 거요. 강이 구불구불해서 다음에 꺾어질 땐 또 저쪽 강기슭에 닿을 거요. 저들도 그걸 아니 그곳에서 기다릴……."

"하지만 지금은 다른 게 더 큰 문제예요."

무릎을 꿇고 있던 뱃사공이 죽은 조수를 내려놓고 일어났다.

"이제 물살이 우릴 왼쪽 기슭으로 밀어내고 있어요. 신들이시여, 두 개의 불 사이에 우리가…… 이게 다 당신들 때문이에요! 이 피가 다 당신들 머리 위에……."

"입 닥치고 노나 잡아!"

이미 가까워진 왼쪽의 강기슭에는 말 탄 기사들이 잔뜩 모여 있었다. 단델라이온에 따르면 리리아의 파르티잔들이었다. 이들은 소리를 지르며 손을 흔들었다. 게롤트는 이들 중 백마를 탄 기사를 눈여겨보았다. 확실치는 않았지만, 기사는 여자인 것 같았다. 무장한 금발의 여자. 투구는 쓰지 않았다.

"뭐라고 하는 거지? 여왕이 뭐라고?"

단델라이온이 귀를 기울이며 중얼거렸다.

왼쪽 기슭의 외침은 점점 더 커졌고, 쇠붙이들이 부딪치는 소리가 선명하게 들렸다.

"전투로군. 보시오, 숲에서 닐프가드 군대가 공격해온 거요. 노들링인들이 도망치다가 매복에 걸려든 것 같소."

"저기서 빠져나오는 방법은…… 배밖에 없었겠지. 내 생각에는 저들이 여왕과 장교들만이라도 배에 태워 반대편으로 피신시키려고 했던 것 같아. 하지만 우리가 그 배를 가져온 거지. 우리를 증오하고 있을 거야, 분명해."

게롤트가 강물에 침을 뱉으며 중얼거리자 단델라이온이 말했다.

"그렇겠지. 하지만 배는 아무도 살리지 못했을 거야. 오른쪽 기슭에서 기다리고 있던 닐프가드군들의 손아귀로 떨어졌을 테니까. 우리도 오른쪽 기슭에서 멀어지려고 난리잖아. 리리아군들과는 어떻게든 협상이 가능할지도 모르지만, 검은 군대는 우릴 인정사정없이……."

"물살이 더 빨라지고 있어요. 우린 조류 한가운데 있고. 젠장, 이놈이고 저놈이고. 그나마 다행인건 강은 굽어지는데 기슭은 반듯하고 버드나무까지 우거져서 이렇게 야루가 강 아래까지 가면, 우릴 쫓아오지 못할 거예요. 저러다 말겠죠."

밀바도 강물에 침을 뱉고는 떠내려가는 자신의 침을 보며 말했다.

"무슨 소리, 우리 앞에는 붉은 항구가 있어요. 그곳에는 다리가 있다고요! 거기 부딪힐 거예요! 배가 부딪혀…… 만약 군대가 우리보다 먼저 도착해 그곳에서 기다린다면……."

뱃사공이 신음 소리를 냈다.

"노들링인들은 우릴 앞서가지 못해요. 저쪽에는 더 시급한 문제가 있는 것 같군요."

레지스가 망원경을 건네주며 왼쪽 기슭을 가리켰다.

기슭에서는 치열한 전투가 벌어지고 있었다. 격전지는 숲에 가려져 보이지 않았지만 전투의 함성만은 뚜렷이 들려왔다. 여러 곳에서 검은색을 비롯한 여러 색의 튜닉을 입은 기사들이 칼을 휘두르며 얕은 물에서 싸우고 있었고, 풍덩거리는 소리와 함께 시체가 되어버린 사람들이 야루가 강에 빠졌다. 철컹거리는 요란한 금속성 소음은 점점 작아지고 배는 위엄 있게, 그러나 상당히 빠른 속도로 강의 하류를 향해 흘러가고 있었다.

양쪽 기슭에는 무장한 군사도 보이지 않았고, 쫓아오는 소리도 들리지 않았다. 게롤트가 이제 어느 정도 벗어난 게 아닐까 하는 희망을 품기 시작했을 때, 바로 앞에 양쪽 기슭을 잇는 나무다리가 나타났다. 다리 밑으로는 강의 작은 섬들과 모래사장이 있었고, 그중 가장 큰 섬에 다리의 기둥이 세워져 있었다. 오른쪽 기슭을 살펴보자 정박장과 나무둥치, 나무토막 등 엄청난 양의 목재들이 시야에 들어왔다.

"저긴 다 얕아요. 섬 오른쪽 한가운데로만 간신히 배가 지나갈 수 있어요. 지금 물결이 저쪽으로 배를 몰고 있지만…… 일단 막대를 잡으세요, 만약 지나가다가 걸리기라도 하면……."

뱃사공이 숨을 헐떡이며 말을 잇고 있는데, 카히르가 이마에 손을 얹고는 말했다.

"저 다리 위에 군대가 있소. 다리 위와 정박장에……."

모두들 이미 군대를 보고 있었다. 그리고 갑자기 숲에서 나타난 초록색과 검은색의 기마부대가 정박장으로 달려오는 것을 보았다. 전투의 함성이 들릴 정도로 가까웠다.

"닐프가드, 우리를 쫓아온 군대군. 그렇다면 정박장 위에 있는 군대는 노들링인들일 거요."

카히르가 건조하게 말했다.

"막대를 잡아요! 저들이 싸우는 동안, 우리는 빠져나갈 수도 있어요!"

뱃사공이 희망에 차 외쳤지만 빠져나갈 수 없었다. 이미 다리와 매우 가까워진 상태였다. 다리는 달리는 병사들의 발소리로 요란하게 울리고 있었다. 병사들은 쇠사슬로 된 갑옷에 하얀색 겉옷을 걸치고 있었는데, 그 위에는 붉은 마름모가 그려져 있었다. 대부분은 석궁을 들고 있었는데 그 석궁을 다리 난간에 걸친 채 다리를 향해 다가오는 페리를 겨냥했다.

"쏘지 마시오! 여러분! 쏘지 말라고! 우린 같은 편이오!"

있는 힘껏 단델라이온이 외쳤지만 병사들은 듣지 못한 것 같았다. 아니면 듣고 싶지 않았거나.

일제 사격의 효과는 치명적이었다. 막대로 배를 돌리려 했던 뱃사공이 화살에 맞았다. 석궁의 날카로운 화살이 날아와 몸을 관통한 것이다. 카히르와 밀바, 레지스는 제때 배 뒤로 숨었다. 게롤트는 칼을 뽑아 화살 하나를 쳐냈지만, 날아오는 화살이 너무 많았다. 계속해서 소리를 지르며 손을 흔들던 단델라이온은 거짓말처럼 화살에 맞지 않았다. 비처럼 쏟아지는 화살 때문에 가장 큰 피해를 입은 것은 말들이었다. 세 개의 화살에 맞은 회색 말은 무릎이 꺾이며 쓰러졌고, 밀바의 검은 말 역시 다리를 휘청거리더니 쓰러졌다. 레지스의 얼룩 암말도 고꾸라졌다. 마구에 활을 맞은 로취도 놀라 울부짖으며 배에서 뛰어내렸다.

"쏘지 마시오! 우린 같은 편이오!"

단델라이온이 포기하지 않고 고함을 질렀다.

이번엔 효과가 있었다.

물결을 타고 떠내려온 페리는 삐걱삐걱 소리를 내며 섬에 닿았고 그대로 멈췄다. 동시에 게롤트 일행은 발버둥 치는 말들의 발굽을 피해 정신없이 섬을 향해 뛰거나 물속으로 뛰어들었다. 밀바가 마지막이었다. 밀바의 동작이 무서울 정도로 느려졌다. 화살에 맞았군, 게롤트는 밀바가 힘겹게 움직이다가 모래 위로 쓰러지는 것을 보고 생각했다. 게롤트는 곧장 밀바에게 뛰어갔지만, 레지스가 더 빨랐다.

"그게 떨어졌어요."

밀바는 아주 천천히, 매우 부자연스럽게 말했다. 그러고는 손을 사타구니에 가져다 댔다. 양모로 된 바지춤이 검붉은 피로 물드는 것이 게롤트의 눈에도 보였다.

"이 액체를 내 손에 부어요, 빨리."

레지스는 가방에서 작은 병을 꺼내 게롤트에게 건네주며 말했다.

"밀바에게 무슨 일이 생긴 거요?"

"유산입니다. 칼을 줘요. 옷을 찢어야 합니다. 그리고 저쪽에 가 있어요."

"안 돼요. 여기 내 옆에 있어요."

밀바의 뺨에 눈물이 흐르고 있었다.

일행들의 머리 위, 다리에서 병사들의 군홧발 소리가 울렸다.

"게롤트!" 단델라이온이 외쳤다.

게롤트는 레지스가 밀바를 치료하는 모습을 지켜보다가 민망함에 고개를 돌렸다. 그제야 흰 튜닉을 입은 병사들이 다리 위를 정신없이 뛰어가는 모습을 보았다. 오른쪽 기슭, 정박장에서는 계속해서 함성이 들려왔다.

"도망가고 있어. 닐프가드가 이미 다리 오른쪽까지 왔다고! 저긴 아직도 전투 중인데 병사들은 다 왼쪽 기슭에 몰려 있어! 들려? 우리도 도망쳐야 해!"

단델라이온이 뛰어와 헐떡이며 게롤트의 소매를 잡아끌었다.

"도망갈 수 없어. 밀바가 유산을 했어. 지금은 걸을 수가 없어."

게롤트가 이를 악문 채 중얼거리자 단델라이온은 욕설을 내뱉었다.

"그럼 밀바를 들어 옮겨야겠군. 그것만이 유일하게……."

"다른 방법이 있소. 게롤트, 다리 위로 가시오."

카히르가 말했다

"다리 위로?"

"도망치는 길을 막을 거요. 만약 저 노들링인들이 다리 오른쪽을 충분히 방어해준다면, 우리는 왼쪽을 통해 달아날 수 있소."

"어떻게 도망치는 길을 막지?"

"난 군대를 지휘해본 경험이 있소. 저 기둥을 타고 다리로 올라갑시다!"

다리에 오르자마자 카히르는 공황 상태에 빠진 부대를 다뤄본 경험이 있다는 것을 증명해 보였다.

"어디로 가는 것이냐, 이놈들! 도망치겠다는 건가, 이 멍청이들! 멈춰 서! 이 얼간이들아!"

카히르는 소리를 지를 때마다 도망가는 병사들을 향해 주먹을 휘둘렀다.

도망치던 군인들 중 일부는 고함 소리와 카히르가 보란 듯이 휘두르는 칼을 보고 멈춰 섰다. 다른 이들은 카히르의 등 뒤로 숨고 있었다. 하지만 게롤트 역시 칼을 꺼내 들고 연극에 합류했다.

"지금 어디로 가는 거지? 도망이라도 치는 건가? 멈춰! 돌아서라!"

게롤트는 한 병사의 멱살을 잡고는 그 자리에 멈춰 세웠다.

"닐프가드군이에요! 대장님! 저긴 피바다라고요! 놓아주세요!"

병사는 겁에 질린 채 비명을 질렀다.

그때 다리로 기어올라 온 단델라이온이 지금껏 게롤트가 단 한 번도 들어보지 못한 목소리로 외쳤다.

"비겁자들! 불명예스러운 겁쟁이들! 새가슴들! 비겁하게 도망쳐서 껍데기만 보존하겠다는 건가! 평생을 불명예 속에서 숨어 살겠다는 건가!"

"적들의 수가 너무 많습니다, 기사님! 도저히 상대가 안 된다고요!"

"대장님도 죽었습니다…… 그 밑의 조장은 도망갔고요! 죽음이 다가오고 있단 말입니다!"

또 다른 병사가 말을 더듬으며 소리쳤다.

"도망쳐야 해요!"

"너희 동지들이 아직도 다리 앞과 정박장에서 싸우고 있다! 여전히 싸우고 있다고! 전우를 돕지 않는 군인은 수치뿐이다! 나를 따르라!"

카히르가 칼을 휘두르며 소리를 질렀다.

"단델라이온, 섬으로 내려가. 레지스와 어떻게든 밀바를 왼쪽 기슭으로 옮겨. 왜 아직도 여기서 얼쩡거리는 거야?"

게롤트가 씩씩대며 단델라이온을 재촉했다.

"나를 따르라! 신들을 믿는 자들은 모두 나를 따르라! 정박장으로 간다! 적의 목을 베어라!"

카히르가 칼을 휘두르며 목청껏 외쳤다.

그러자 열댓 명의 병사들이 무기를 절그럭거리며 함성을 질렀다. 함성은 결심의 정도에 따라 병사들마다 제각각이었다. 이미 도망친 열댓 명은 수치심을 느꼈는지 다시 돌아서서 위쳐와 닐프가드인이 이끄는, 급조된 다리 위 군대에 합류했다.

이 급조된 다리 위 군대는 정말로 정박장까지 돌진할 참이었는데, 갑자기 다리 앞으로 기사들이 몰려들었고, 다리 앞은 기사들의 망토로 새까맣게 뒤덮였다. 닐프가드군들이 방어벽을 뚫고 다리로 향하고 있는 것이었다. 말발굽 소리가 요란했다. 겨우 붙잡아둔 군인들의 일부가 또다시 도망치기 시작했고, 일부는 망설이고 있었다. 카히르가 욕설을 내뱉었다. 닐프가드어였다. 하지만 게롤트 말고는 아무도 신경 쓰지 않았다.

"시작한 일을 끝내야 한다! 적들을 향해 돌진한다! 우리 군대를 구하러 간다!"

게롤트가 칼을 들고 외쳤다. 그 순간 카히르가 주저하는 눈빛으로 게롤트를 바라보았다.

"게롤트! 지금, 내게…… 우리 편을 해치우라는 거요? 난 그렇게는……."

"난 전쟁 따위 아무래도 상관없소. 이건 밀바를 위한 것이오. 당신도 일행에 합류했으니 결정을 하시오. 나와 함께하든지 검은 망토를 입은 저들과 함께하든지, 지금 당장."

게롤트가 이를 악물고 말했다. 카히르는 잠시 망설이는 듯했지만 곧 결심을 굳혔다.

"당신과 함께 가겠소."

결국 위쳐 한 명과 닐프가드인 한 명이 거친 함성과 함께 칼을 휘두르며 망설임 없이 뛰어들었다. 두 명의 동반자, 두 명의 전우, 그리고 두 친구는 공동의 적을 향해, 전혀 상대가 되지 않는 싸움에 뛰어들었다. 그리고 이것은 그들만의 불의 세례였다. 함께하는 전투의 세례, 미움, 광기와 죽음의 세례. 두 전우는 이렇게 죽기로 작정했다. 둘 다 그렇게 생각했다. 하지만 그날, 그 다리 위, 야루가 강 위에서는 죽지 않으리라는 것을 알지 못했다. 그들에게는 각각 다른 장소와 시간에 다른 죽음이 기다리고 있다는 걸 몰랐던 것이다.

닐프가드군은 소매에 은색 자수로 전갈이 새겨져 있었다. 카히르는 자신의 긴 칼을 뽑아 두 명을 재빨리 베고, 게롤트 역시 두 명을 시힐로 해치웠다. 그런 후에 다리의 난간으로 올라가 난간 위를 달리며 적들을 공격했다. 난간 위에서 중심을 잡는 것 정도는 게롤트에게 아무것도 아니었지만, 곡예사 같은 유려한 동작에 공격하던 닐프가드 병사들은 모두 놀라 잠시 주춤했다. 그리고 병사들이 잠시 주춤한 사이 드워프의 칼날에 맞아 죽어갔다. 시힐에게 사슬 갑옷은 그저 양모에 불과했다. 나무다리는 어느새 붉은 피로 낭자했다.

용감한 두 기사의 활약을 지켜보던 다리 위의 병사들은 함성을 질렀고, 차츰 병사의 수가 늘어나더니 전투력과 함께 사기가 고양되기 시작했다. 곧이어 조금 전까지 공포에 떨던 도망자들이 되돌아왔고 마치 늑대처럼 닐프가드군을 향해 달려들어, 활을 쏘고 도끼를 휘두르고 창으로 찔러대며 손도끼와 갈고리를 내리쳤다. 다리의 난간이 부서지면서 말들은 검은 망토의 기사들과 함께 강물로 떨어졌다. 병사들은 또다시 함성을 지르며 다리 끝까지 전진하기 시작했다. 얼떨결에 군대를 이끌게 된 게롤트와 카히르는 자신들의 의도대로 움직일 수가 없었다. 원래 계획은 이쯤에서 슬쩍 빠져나와 밀바와 함께 왼쪽 기슭으로 달아날 생각이었지만 지금 상황에서는 불가능했다.

정박장에서는 전투가 한창이었다. 닐프가드 군대는 도망치지 않고 삼나무와 소나무로 만든 방벽 뒤에서 맹렬하게 저항하는 병사들을 에워싼 채 다리에서 이들을 고립시키고 있었다. 다리 위의 군대가 점점 늘어나는 것을 보고 한 줌밖에 되지 않는 병사들은 기쁨의 함성을 질렀다. 하지만 좋아하기에는 너무 이른 감이 있었다. 다리 위에서는 닐프가드 군대를 밀어내고 물리쳤지만, 이곳 다리 앞에서 양옆으로 공격해 들어오는 닐프가드 기마부대로부터 역습을 당한 것이다. 퇴각에도 방해가 되고, 기마부대의 속력을 늦추기도 했던 정박장의 나무 방벽과 나무둥치들이 아니었다면, 다리 위의 군대는 눈 깜짝할 사이에 당할 뻔했지만, 나무 방벽을 엄폐물 삼아 버티며 병사들은 전투를 계속했다.

사실 게롤트에게는 생소한 전투였다. 전혀 몰랐던, 처음으로 경험하는 종류의 싸움이었던 것이다. 칼을 다루는 기술이나 발동작은 의미가 없었다. 무질서하게 내리치고 끊임없이 사방에서 날아드는 공격을 막아내는 것 말고는 할 수 있는 게 없었다. 또 하나 특별한 점이 있다면 아무 권리도 없는, 대장으로서의 특권을 충분히 누리고 있다는 점이었다. 병사들이 게롤트 옆으로 몰려들어 측면을 막아주고, 등을 방어하며 앞쪽에서는 미리 정리를 해 자리를 내어주고 게롤트가 칼을 휘둘러 적을 해치울 수 있도록 최선을 다했다. 하지만 자리는 점점 더 좁아졌다. 게롤트와 그의 군대는 이미 어깨가 맞닿기 시작했고 나무 방벽 앞에서 포위되어 피투성이가 된 채 몇 명 남지 않은 병사들과 함께 싸우고 있었던 것이다. 대부분의 부대원은 드워프 용병들이었다. 이들은 완전히 포위된 채로 싸우고 있었다.

그때 불이 났다.

나무 방벽 한쪽 옆, 정박장과 다리 사이에 고슴도치처럼 삐죽삐죽하게 솟은 소나무 껍질과 나뭇가지를 쌓아놓은 높다란 더미가 있었는데, 군인들도 말들도 이를 넘지 못했다. 지금 그 나뭇더미가 불에 휩싸인 것이었다. 누군가 그 안에 횃불을 던져 넣은 것 같았다. 방어하던 이들은 연기와 불길 때문에 물러섰다. 한곳에 몰려 시야를 확보하지 못한 채 서로를 방해하며, 닐프가드군의 공격으로 전멸하기 직전이었다.

이 상황을 구한 것은 카히르였다. 전장에서의 경험을 바탕으로 카히르는 자신의 주위를 둘러싼 병사들에게 나무 방벽을 둘러싸지 않도록 지시했던 것이다. 게롤트와 떨어져 있었지만, 카히르는 어느새 병사들과 함께 돌아왔고, 붉은 군장을 갖춘 말 한 마리까지 구해와 칼을 휘두르며 나무 방벽의

측면을 쳤다. 그렇게 만들어진 틈 사이로 광기 섞인 고함을 지르며 마름모 문장이 그려져 있는, 흰 옷을 입은 군인들이 깃발과 창을 들고 쏟아져 들어왔다.

게롤트는 손가락을 모아 불타고 있는 높다란 나뭇더미에 아드 표식을 던졌다. 몇 주 동안 위쳐의 비약 없이 지냈기 때문에 큰 효과는 기대하지 않았다. 그러나 효과는 분명 있었다. 나무\뭇더미는 폭발을 일으키고 불꽃을 내뿜으며 무너졌다.

"나를 따르라! 나를 따르라! 불을 뚫고 전진한다!"

게롤트는 나무 방벽으로 향하는 닐프가드군 한 명의 관자놀이를 찌르며 고함을 질렀다.

게롤트와 병사들은 활활 불타고 있는 불더미를 창으로 헤치며, 닐프가드 말들을 향해 칼날을 박아 넣으며 전진했다. 불의 세례, 미친 사람처럼 칼을 휘두르고 공격을 막아내며 게롤트는 생각했다. 나는 시리를 위해 불을 통과해야 했어. 난 이렇게 나와는 아무 상관도 없는 전쟁의 불을 통과하는 거야. 내가 전혀 이해하지 못하는 싸움. 나를 정화해야 하는 불은 머리카락과 얼굴을 태우는군.

낭자한 피들이 소리를 내며 타들어가고 있었다.

"앞으로! 전진! 카히르! 이쪽으로!"

"게롤트! 다리로! 사람들을 데리고 다리로 오시오! 방어를 막아야……!"

카히르는 안장에서 닐프가드군 한 명을 밀쳐내며 소리쳤지만 말을 끝맺지 못했다. 투구도 없이 피 묻은 머리카락을 날리며 검은 튜닉을 입은 기사 한 명이 달려들었기 때문이었다. 카히르는 긴 칼로 공격을 막아냈지만, 말에서 떨어졌다. 검은 튜닉을 입은 닐프가드 기사는 땅바닥에 쓰러져 있는 카히르를 찌르려고 몸을 굽혔다. 그 순간 기사는 얼어붙듯 움직임을 멈췄다. 소매에는 은색 전갈이 번쩍이고 있었다. 그가 놀란 목소리로 소리쳤다.

"카히르! 카히르 엡 셀락!"

"모르테이센……!"

바닥에 쓰러진 카히르 역시 놀란 것 같았다.

하지만 게롤트 옆에서 달리던, 마름모가 그려진 흰 겉옷을 입은 드워프 용병은 누가 놀라든 말든 전혀 상관하지 않았다. 있는 힘을 다해 닐프가드 기사의 배에 단검의 칼자루까지 박아 넣고는 그를 말에서 떨어뜨렸다. 다른 용병 하나가 또 달려들어 쓰러진 닐프가드 기사의 가슴팍을 무거운 군화로 밟으며 목에 창을 찔러 넣었다. 닐프가드 기사는 컥컥거리며 피를 토하고는 모래밭 위에서 발버둥을 쳤다.

바로 그 순간, 매우 무겁고 단단한 무언가가 게롤트의 등 아래쪽을 내려쳤다. 힘없이 무릎이 푹 꺾였다. 쓰러지는 순간 게롤트는 커다란 승리의 함성을 들었다. 검은 튜닉을 입은 기사들이 숲으로 달려가는 것을 보았다. 동시에 강 왼쪽 기슭에서 달려 나온, 붉은 마름모와 독수리가 그려진 깃발을 든 기사들의 말발굽 소리로 다리가 쿵쿵 울리고 있었다.

이렇게 야루가 다리에서 벌어진 게롤트의 전투는 끝이 났다. 훗날 역사가들은 이 사실에 대해 단 한마디도 기록하지 않았다.

"걱정하지 마십시오. 다리는 함락되었습니다. 저쪽에서 재공격해올 일은 없어요. 당신의 일행들과 여성 한 분도 무사합니다. 혹시 부인이신가요?"

게롤트의 등을 두드려보고 만져보던 군의관이 말했다.

"아니오."

"아, 제가 잘못 생각했군요. 임신한 여자까지 해치다니…… 전쟁은 정말 끔찍하군요."

"조용히 하시오. 거기에 대해서는 한마디도 하지 마시오. 그런데 이 깃발은 뭐요?"

"누구를 위해 싸웠는지 몰랐단 말씀입니까? 하, 이상한 일이군요…… 리리아 군대입니다. 리리아의 검은 독수리와 리비아의 붉은 마름모죠. 네, 이제 다 됐습니다. 그냥 좀 부었을 뿐입니다. 등 아래가 좀 아프겠지만, 별일 없을 거예요. 금방 건강해지실 겁니다."

"고맙소."

"제가 감사해야죠. 만약 당신들이 다리를 방어해주지 않았다면 닐프가드 군대가 저쪽에서 우리를 강 쪽으로 몰며 학살했을 테니까요. 우린 빠져나오지 못했을 겁니다. 여왕님을 구하신 겁니다! 그럼, 건강히 지내십시오. 전 이만 가보겠습니다. 도움이 필요한 다른 부상병들이 있어서요."

"다시 한 번 감사하오."

게롤트는 나무둥치 위에 걸터앉았다. 몹시 지쳤고 온몸에서 통증이 느껴졌다. 게롤트는 이제 어떻게 되든 상관없다는 듯 멍한 기분이 되어 앉아 있었다. 혼자였다. 카히르는 보이지 않았다. 반으로 무너진 다리 사이에 초록빛과 황금빛이 섞인 야루가 강이 흐르며 석양빛을 반사하고 있었다.

발소리와 말발굽 소리, 방패가 철겅거리는 소리에 게롤트는 머리를 들었다.

"저 사람입니다, 폐하, 내리도록 도와드리……."

"저디 가."

게롤트는 고개를 들었다. 눈앞에는 자신의 흰머리처럼 아주 밝은 금발의 여자가 무장을 한 채 서 있었다. 금발이 아니라 백발에 가깝다는 것을 알아챘지만, 여자의 얼굴에서는 나이의 흔적이 보이지 않았다. 중년 정도의 나이였지만, 노인은 아니었다.

여자는 레이스 장식이 달린 얇은 무명 손수건을 자신의 입에 갖다 댔다. 그러자 손수건은 새빨갛게 피로 물들었다.

“일어나라, 그리고 예를 표하라. 여왕님이시다.”

여자 옆에 서 있던 기사 한 명이 게롤트에게 말했다.

게롤트는 나무둥치에서 일어나 등의 아픔을 무릅쓰고 무릎을 굽혀 예를 표했다.

“네가 다디르 방어했나?”

“네?”

여자는 입에서 손수건을 떼고 피를 뱉었다. 피 몇 방울이 화려하게 장식된 튜닉 위로 떨어졌다.

“리리아와 리비아의 여왕 메브 폐하께서, 야루가 다리의 방어군을 용맹스럽게 이끈 것이 당신들인지 묻고 계시다.”

황금색 자수로 장식된 보랏빛 튜닉을 걸친 기사가 설명했다.

“어쩌다 보니 그렇게 되었습니다.”

“어떠다 보니 그더케 댔타고!”

여왕은 웃으려고 해보았지만, 잘되지 않았다. 얼굴을 찡그리더니 무어라 욕을 했지만 잘 들리지는 않았다. 여왕은 다시 침을 뱉었다. 입을 가리기 전에 게롤트는 입 주변의 끔찍한 흉터와 치아가 몇 개 없는 것을 보았다. 여왕은 게롤트의 시선을 읽었다.

"그더치. 어떤 개다식이 내 얼구르 쳤다. 변거 아니다."

여왕은 레이스 달린 손수건 뒤로 게롤트의 눈을 바라보며 말했다.

"여왕님은 남자처럼, 기사처럼, 전선의 선두에서 우리보다 훨씬 숫자가 많은 닐프가드 군대와 맞서 싸우셨다. 비록 상처를 입으셨지만 굉장히 명예로우셨지. 그리고 당신들은 여왕님과 우리 군대를 구했다. 어떤 배신자들이 우리 배를 훔쳐가는 바람에 저 다리가 마지막 탈출구였다. 그걸 당신들이 영웅적으로……."

보랏빛 튜닉을 걸친 기사가 강조해서 말했다.

"그만, 오도. 네 이듬이 무어딘가, 연웅?"

"저 말입니까?"

"당연히 너에게 묻는 거다. 도대체 왜 그러는 건가? 어디 다치기라도 했나? 머릴 맞아서 뇌진탕이라도 온 건가?"

보랏빛 튜닉을 입은 기사는 게롤트를 위협적으로 노려보았다.

"그렇지는 않습니다만."

"그럼 여왕님이 묻는 말에 제대로 대답을 해라! 지금 입에 상처를 입으셔서 말씀하기가 힘드시잖나!"

"그만, 오도."

여왕의 말에 보랏빛 튜닉을 입은 기사는 잠시 고개를 숙이더니, 다시 게롤트를 바라보았다.

"이름이 무엇인가?"

어휴, 알았다고. 이제 다 지겹다. 거짓말하는 것도 이젠 귀찮군.

"게롤트."

"어디에서 온 게롤트인가?"

"그 어느 곳도 아닙니다."

"닥위는?"

메브 여왕은 또다시 발밑의 모래에 피가 섞인 침을 뱉었다.

"네? 아, 작위는 없습니다, 여왕 폐하."

메브 여왕은 칼을 꺼내 들었다.

"무르프 꾸더라."

게롤트는 지금 일어나고 있는 일이 도무지 믿어지지 않았지만 시키는 대로 했다. 게롤트는 계속, 이스기스의 늪을 피하느라 자신이 택한 길과 밀바에 대해 생각하고 있었다.

여왕은 보랏빛 튜닉을 입은 기사에게 고개를 돌렸다.

"오도, 대신 마해라. 난 이빠니 없다."

그러자 보랏빛 튜닉을 입은 기사가 엄숙한 표정으로 힘주어 말했다.

"전장에서 보여준 전례 없는 용감함과 고결함, 명예, 왕위를 향한 충성심에 대해, 신들의 은총으로 리리아와 리비아의 여왕 나, 메브는 나의 권한과 법, 그리고 특전으로 너를 기사로 임명한다. 충성하라. 이 타격을 참고, 고통을 피하지 말라."

게롤트는 어깨에 칼날이 부딪치는 것을 느꼈다. 그리고 여왕의 연한 녹색 눈을 바라보았다. 메브 여왕은 또 한 번 걸쭉한 붉은 피를 뱉더니, 얼굴에 손수건을 가져다 대고는 레이스 뒤에서 윙크를 했다.

보랏빛 튜닉을 입은 기사는 여왕에게 다가가 무언가를 속삭였다. 게롤트의 귀로 '입각', '리비아의 마름모', '깃발', '명예' 같은 단어가 들려왔다.

"그더치."

메브 여왕이 고개를 끄덕였다. 아픈 걸 참고, 이가 빠진 자리에 혀를 넣고는 좀 더 명확해진 발음으로 말했다.

"너는 리비아의 군인드과 함께 다디를 지켰다. 어디서 온지 모드는 용감한 게롤트여. 어떠다 보니 그더케 댔다고, 하하! 난 어떠다 보니 이런 닥위를 주게 되었다. 리비아의 게롤트여, 하하."

"게롤트 경은 어서 인사를 올리시오."

보랏빛 튜닉을 입은 기사가 엄한 목소리로 말했다.

작위를 받아 '리비아의 게롤트'라고 불리게 된 기사는 도저히 멈추지 않는 웃음 때문에 여러모로 곤란했다. 게롤트는 메브 여왕과 여왕의 기사들에게 웃음이 보이지 않도록, 깊숙이 허리를 숙여 인사를 올렸다.

〈3 | 불의 세례 끝〉